U0631941

凌春杰 / 著

# 午夜的旋

南方出版传媒

花城出版社

中国·广州

## 图书在版编目（ＣＩＰ）数据

午夜的旋 / 凌春杰著. -- 广州：花城出版社，2016.12
（广东中青年优秀作家文丛）
ISBN 978-7-5360-8215-1

Ⅰ．①午… Ⅱ．①凌… Ⅲ．①中篇小说－小说集－中国－当代②短篇小说－小说集－中国－当代 Ⅳ．①I247.7

中国版本图书馆CIP数据核字(2016)第318233号

出　版　人：詹秀敏
责任编辑：李　谓　安　然
技术编辑：薛伟民　林佳莹
封面设计：林　希

| | |
|---|---|
| 书　　名 | 午夜的旋<br>WU YE DE XUAN |
| 出版发行 | 花城出版社<br>（广州市环市东路水荫路 11 号） |
| 经　　销 | 全国新华书店 |
| 印　　刷 | 广东新华印刷有限公司<br>（广东省佛山市南海区盐步河东中心路 23 号） |
| 开　　本 | 880 毫米 ×1230 毫米　32 开 |
| 印　　张 | 8.5　1 插页 |
| 字　　数 | 220,000 字 |
| 版　　次 | 2016 年 12 月第 1 版　2016 年 12 月第 1 次印刷 |
| 定　　价 | 28.00 元 |

如发现印装质量问题，请直接与印刷厂联系调换。
购书热线：020 - 37604658　37602954
花城出版社网站：http://www.fcph.com.cn

# 目录 contents

# 水 爷

## 一

水爷到了深圳，依旧蓄着大胡子，留着长头发。他下巴上的胡须，修成一缕倒三角形，被他闲时捋出了锋芒，柔软，澄亮。他那头天然有些弯曲的长发，结成一根松弛的独辫子，随意地束在背后。平常，水爷面神沉静，流露出一丝仙风道骨，谁也看不出他是专事杀鱼的水爷。

水爷的老婆菊花去年先到深圳，在一家酒店打工，菊花托人介绍，将水爷弄到碧贵轩酒楼，在厨房和大堂之间传菜。水爷上了班，在厨房里候着，没事喜欢凑过去看几个后生杀鱼。那是几个年轻后生，手脚有点笨拙，死鱼都捉不稳，刀口开得七倒八歪。那天，生意好特别忙，大厨锅里烧的油冒出了青烟，客人催了几遍，鱼还没杀好。水爷看着心急，就动手帮忙，伸出手，拇指塞进鱼嘴，两根指头卡进鱼鳃，随着他手指的一松一紧，那条死鱼仿佛又有了生命，在他的手中跃动翻转。眨眼间，大鳞去掉，细鳞也刮干净，往砧板上一按，两根指头从鳃盖伸进去带出鲜艳的鳃，翻转着刀将五脏六腑剜了出来。

大厨刚还骂骂咧咧的，无意看到水爷杀鱼的这一幕，心里又惊又喜，一掌拍住水爷的肩膀，喂，伙计，以前在哪里干？

　　大厨跟他说话，水爷手里的刀子一歪，划到了手上，殷红的血蚯蚓般游动而出，和鱼的血洇在一起，散成一缕明亮的红晕。水爷看看指头，吐口唾沫拿手揉揉，接着清理鱼腹里的黑膜。

　　大厨将鱼夺过，一把丢进池子，高着嗓门问，以前在哪家干？

　　水爷愣住，回过神赶紧说，以前在老家，杀过猪，杀鱼小意思。

　　大厨胖胖的脸上露出一股怪怪的笑，那笑，含蓄，暧昧，水爷一时揣摩不出是什么意思。

　　去！找个创可贴，以后，就干……水爷，端盘子洗碗，狗日的太浪费你了！大厨瞥住水爷说。

　　大厨这一赏识，水爷从此干上了杀鱼的行当。

　　碧贵轩的玻璃鱼缸装在酒楼前，各色鱼虾养在里面，有的烦躁不安地游来游去，有的似乎又安于随时被宰杀的宿命，也有的仿佛已经知道死期吓晕过去，斜翻出银白的肚子，被加氧机喷出的水流激荡得摇来晃去。没活干时，水爷喜欢在大门口溜达，抽一支烟，看看缸里的鱼，瞥瞥过路的美女。咨客领着客人过来，水爷立马精神起来，猛吸一口烟，随着咨客的介绍，把不同的鱼舀出水面给客人看。客人选中了鱼，水爷连同舀子啪地拍在地上，麻利地拎进厨房。厨房耳门旁，砌有一个贴瓷砖的水池，那里，是他杀鱼的用武之地。

　　到了杀鱼池，水爷立即兴奋起来，嘴里哼着小调，脚上踏着节奏，飞快地翻动鱼身，如同遇到了今生最快乐的事。刀背闪着白光逆着松了鳞，钢丝刷在鱼身飞快地来回刷一遍，拿到水龙头下放水冲冲，刚还闪光的一条鱼顿时暗淡下来。冲完一遍，顺手操起小刀，掰着鱼身往鳃里一喂，鱼转了个身，一团猩红的鳃弹到案上，再转个身，两侧的鱼鳃被去得干干净净。再翻转鱼身平掌按住，刀口从鱼腹划拉进去，鱼泡连同五脏六腑蓦地绽露出来，像海滩边裸露的礁石，有着岁月的纹理。那条被剖腹开腔取出内脏的鱼，尾巴竟然狠劲地翕动了几下。水爷将杀好的鱼腹中的血水冲洗干净，丢进一个瘪成麻脸的不锈钢碗，从墙上取下单子拍在碗口，大半截身子侧进耳门，碗顺着里面的铁案哐当一声滑到了墩子的砧板边。一会儿，一股鱼香便从极为复杂的油烟味中弥漫出来。

水爷杀鱼，用的刀与众不同。他那把杀鱼刀，是巴王村里常用的一种小剔骨刀，刀锋有着优雅的曲线，像女人后腰一直往下的弧度。这种刀，巴王村的每个杀猪佬都有一把两把，玲珑，精致。水爷的刀，是他用捡到的一块废铁自制的。水爷将废铁拿到砂轮上打磨出剔骨刀的形状，在厨房的气炉灶上烧得通红，猛地往冷水中淬一下火，刀口顿时变得极为硬韧。有了刀的形状，再把刃口磨得明晃晃的，闪着沉静而凌厉的锋芒。有了这把自制的刀，水爷兴致一来，就把杀鱼弄得像一场实验手术，令整个厨房的人无不佩服。大厨得意地说，掌了十几年勺，只有这个家伙不愧水爷的称号。

水爷这一称呼，渐渐从厨房流传到大堂，又从大堂流传到顾客耳中，大凡有人找他叫他，张口闭口都高喊着水爷。水爷，渐渐成了他在深圳的称呼，仿佛他根本没有过自己的名字。

我一分钟能杀8条草鱼，46条基围虾，15条黄骨鱼，20条荷花鱼。水爷常常不无自豪地说，仿佛杀鱼，他已经成了天下第一。

新来的几个小伙尽管也很佩服水爷杀鱼，看到水爷扬扬自得，极为不屑地说：鱼杀得再好，又不涨工资，顶个屁用？

水爷睁圆双眼，想说什么，只嘀咕了一句：那又咋啦？老子杀得痛快！愤怒地转身，懒得再理他们。

二

那天，水爷拎着条大头鱼进厨房，一个男人堵在他的面前，看着他笑。男人长得壮实，肩膀特宽，宽松的 T 恤套在身上，嘴唇和下巴都留着短短的胡子，长头发随意地束在脑后。男人的气场，一下子镇住了水爷。

有个性，很有型！男人歪头看着水爷说，嗯，就是你了！男人是一家影视公司的老板，身兼导演和摄像，圈里人都叫他彭导。

水爷迷惑地看着彭导，不明白他是什么意思。

彭导看着水爷，左眼习惯性眯在一起，大咧咧地问，听说你杀的鱼与众不同，你给我推荐推荐，有什么鱼好吃？

水爷心里松了口气，脸上绷紧的神经放松下来，问，老板想吃什么鱼？

我今天是慕名而来，你们的咨客老给我推荐最贵的，你觉得我该吃价钱最贵的，还是吃味道最好的？

你要不常来，先尝尝荷花鱼。这鱼是稻田里长的，算得上是野味，别的地方不容易吃到。水爷认真地说。

彭导睁大眯着的眼睛，另一只眼却眯得更紧了些，为什么吃这个？

这种鱼以前没有正经叫法，是我取的名字。它个头很小，味道特好，一个例盘六条，剖开摆在盘子里，像一朵艳丽的荷花，我就给它取名字叫荷花鱼！

彭导把水爷上上下下看了一遍，还真看不出，一条鱼都有故事，好，听你的！

临下班时，水爷刚换下衣服，大堂经理告诉他，丹桂房有客人要他过去。水爷心里一惊。客人找厨房里的人，不是什么好事，多半是要挑个什么毛病。

包房门开着，彭导独自坐在沙发上喝功夫茶。看见水爷进来，依旧睁一只眼眯一只眼，沉着脸色。

一般，荷花鱼一般！朋友跟我介绍，说这里的鱼做得怎么有特色，有个大胡子杀鱼杀得怎么怎么有意思。吃到不如听到，真没有想象的好呀。

水爷有些讪讪地站着，感觉彭导像老家弹墨线的木匠，老在半睁半闭中瞄准着他哪里，不知道什么时候嘭地松开墨线，就把他弹成了两板。

这鱼不贵也不便宜，很多人喜欢，不适合麻辣口味。水爷说，不自觉就放低了声音，心底夹杂了一丝畏惧。

彭导看着茶几，点点头，鱼的味道好不好，那是师傅的手艺问题，可是传出来的却是你的名声！

水爷尴尬地笑笑，我只负责杀鱼，也就混口饭吃。

彭导抬起头看着水爷，冷不丁地问，你杀鱼都能杀出名来，难道还真有什么杀鱼的诀窍？

诀窍没有，不同还是有的！水爷正住身子，一本正经地说。像有一种巴鱼，好吃就好吃在鱼尾巴上，鱼皮下有层骨砂一样的东西，营养好，有嚼劲，能帮助消化，杀的时候，专门要把它弄出来！

还有这样的事？彭导终于睁开了那只眯着的眼睛。

我也是摸索来的，不同的鱼有不同的杀法，有的鱼动作要快，血留在体内，清蒸出来味道新鲜，有的鱼杀了要放进水中汲完血水，汤色才白靓好看。还有的鱼，要特别注意取胆，不然会有股苦味。

鱼还有胆呀！彭导觉得有些奇怪，这可从来没听说过呢。

有的！像青鱼、草鱼、白鲢、鲈鱼、鲤鱼，它们的胆还有毒。杀鱼时，不小心弄破了胆，要先涂酒和苏打水处理，再用冷水冲洗，才消得掉苦味和毒性。

有这么多讲究？彭导再次眯紧眼睛，为什么都叫你水爷呢，这水爷，是哪方的尊称？

水爷嘛，就是酒楼后厨里杀鱼的师傅。酒楼的后厨，掌勺的叫大厨，切菜的叫墩子，只有杀鱼的名字好听，不管爹妈取什么名字，都叫水爷。水爷说着，自个儿笑了起来。

哦？我还以为是从香港那边搞走私的，练到骨灰级的人物呢！彭导释然而笑，眯着眼睛耸耸肩膀，你杀鱼杀了多久？

我以前在家里煮酒熬糖养猪，去年我老婆来了深圳，要我出来看看外面的世界，来了还真是开了眼界！

水爷仿佛打开了话匣子，话多了起来。块把钱一条的黄骨鱼，一卖就卖到七八块。贵还不说，经常有人点了，到走都没动筷子，有钱的人多啊！水爷边说边比画着手势，一块鳞片在指间闪了闪。

你这副身型，这脸络腮胡子，杀鱼真可惜了！彭导盯着水爷说，盯得水爷心里发怵。

那老板看我还能做什么？水爷试探着问，要是在农村，我还会种地，城里也不需要呀！

不！彭导加重了些语气，要是到我那里，看的世界可就更不同了！看到的是省长市长，和很多明星面对着面，甚至还能指手画脚，要他们这样，要他们那样！

水爷陡地愣住，瞪大眼睛问，那是搞什么的事？

影视摄制！你在电视上看到的电视剧，各种各样的广告，这样那样的晚会，都是由我这样的公司做的！

水爷深吸一口烟，吞进去，又从鼻孔长长地吐出来，彭导的话，使他忽然想起自己过去的一件尴尬事。那是水爷在买回巴王村第一台液晶电视后，周围的人聚在他家看电视剧，看到动情处，大家都眼角湿湿的，水爷不由感慨着说要把自己的经历拍成电影，给大家看看。就是这个感慨，第二天迅速在全村广播，常常有人见面就问，水爷，啥时候拍电影？到时候记得把我拍进去啊！水爷满脸尴尬，只好说酒话酒话，再也不敢信口开河，时间久了，自己也看成了一个笑话。现在，他想说出来自嘲一下，想了又想，终于忍住没说。

我一分钟能杀四五十条虾，十条黄骨鱼！老板要是需要拍这个镜头，我免费提供。不管什么鱼，只要到了我手里，分把钟都能搞定，我看到电视上也播过这些的。水爷看着彭导，神往着说。

彭导站直身子，说，现在就有这样一个机会，看你能不能把握得住。把握好了，钱就不会是问题了，甚至还能上中央电视台！

那是什么机会？水爷有些惊愕地问。

我正找一个人，你有点像！你只要跟着我去跑一趟，按我的安排去做，就会明白我说的一点都没错！

水爷惊讶地抬起头，眼睛也眯了起来，我能做什么？要我做什么？

我这件事，说容易很容易，说难也很难，你抽空先到我公司去一趟，我得试试，看看你行不行。彭导递过一张名片，起身边走边说。

彭导走后，水爷捧着名片看了又看，将它揣进衬衣兜里，想想又拿出来看看，才小心揣进裤兜。

三

水爷去了彭导公司。彭导临时摆了个摄制现场，边讲解边示范，详细交代摄制现场的注意事项，帮助水爷快速进入角色。

面对人生中第一次拍摄，水爷的内心充满新奇，心中涌动着忐忑和喜悦。从监视器中，水爷看到了整个房间的场景。习以为常的房间，在屏幕中具有强烈的画面感。而镜头中的自己，似乎真有那么一点艺术气质。

就是这样一台机器，把世界截取出来，放在电视上给观众看。

彭导说，不管观众有多少万千双眼睛，其实就是我们一双眼睛躲在背后，带着他们看这个世界。

水爷似懂非懂地点点头，想着他截取的世界会是什么世界，他看到的和别人看到的，会有些什么样的不同，看了又看，却又没有发现什么不同。

我再找一些现场拍摄的花絮，你反反复复地看，一定要找到导演的感觉！彭导拍拍水爷肩膀说。

水爷特别新奇，他也不知道，究竟有多久没有这么开心，眼睛里闪烁着一股藏不住的亮光。

我们这个行业的人，有点特殊，不管走在哪儿，旁人瞄一眼，就知道你是这个圈里的人！

彭导找了一套长衫行头。水爷脱了上衣，套了T恤，戴了帽子。彭导伸手帮他将帽檐斜着往后拉了拉，这样就另类起来，瞧瞧，酷毙了吧？

水爷转着身子照了照镜子。他从来没有在镜子前照过自己穿着厨衣的样子，这一照，发现现在的自己和厨房里的自己比较起来，成了两个不同的人。

这身衣服谁都可以穿上，关键是要有气质！彭导忽然严肃起来，我们这一行，首先要有的，就是镇得住人的气场，你懂不？

水爷糊里糊涂地点点头，按照彭导教的方法，前前后后地试了好几遍。彭导在旁边看着，指点还不到位的地方。

彭导的客户蓝光幕墙要拍摄一个MTV短片，老板张总非常重视这个短片，要求配备最好的器材，请最强的摄制队伍，专门安排了一个副总跟踪摄制。

彭导拉了一大帮人马，满满两车器材。在现场两侧各摆了一组灯光。地面铺了两组轨道。架了三台摄像机。专人举麦，专人摆反光板。专人牵拉电缆。七八个穿 T 恤戴墨镜的人在现场走来跑去，整个气场，跟张艺谋当年拍《英雄》似的。

水爷身着长布衫，低头盯着隐在遮光布下的监视器。水爷前面，彭导在轨道车上掌着摄像机，演员子玉表演边唱边昂首眺望，她嘴角的微笑，含着一丝羞涩，她的歌声，山泉般清澈。

停！水爷忽然抬起头，直愣愣地看着前面。

子玉的笑容顿时坠落到地，脸上写满不安。

水爷叫停，是他感觉到哪儿有什么不对，但他不知道究竟哪儿不对，就忽然想起了要点一下演员，导演导演，就是要指导演员，任着她自己演那怎么行？彭导说过，必须停一两次，一定要重拍一条两条。看到这么多人将目光聚到自己身上，水爷心里慌了一下，捋了捋胡子，浓密的胡须掩饰住他脸上古怪的表情。

水爷蹙起眉头，眼中射出一股冷峻，猛地闭上眼，伸出手沉声说：再来一条！预备——三，二，一——开始！

子玉再次进入角色。她的内心仿佛刚刚被丢了一颗石子，紧张还没有完全散开，抬手转身之间，带着某些刻意。这一条，还不如刚才那一条呢。

停！水爷伸手做出推挡姿势，抬起头简短地说。

现场一时凝固。彭导抬头不解地看着他。

水爷招招手，示意子玉过来。子玉犹豫了一下，摇曳着碎步走了过来，她身上的香水味，涌满了水爷的鼻子。

再读读本子。没演的时候，听导演的，一旦开机，听自己的。水爷不看子玉，向彭导招招手，今天先拍到这里。说完，朝外走去。

彭导给大家交代了几句，赶紧去追水爷。

坐进车里，水爷说，我要赶紧回酒楼。

你真行啊，比那些电影学院的学生强多了，我都差点儿以为你就是导演了！彭导喜不自禁地说，很有悟性！

水爷拿手揩了揩额头的汗，我心里一直发抖呢，只能说你教我的那几句话，再搞下去，肯定要露了马脚！

彭导睁大眼睛，怕啥？尽管放开摆谱，该拍的我早就拍好了！

水爷愣住，早就拍好了？那还拍什么？

彭导怪模怪样地笑笑，慢慢你就会明白。以后，你要学会在桌子上忽悠。我给你发一百个笑话，你都记住，咱就边吃边喝边讲笑话，一顿饭就被开开心心打发掉了！

这没问题，这东西我肚子里货多！水爷顿时有些得意起来，都是一些日古子经！

我们两个，笑话轮流讲，多长的时间都混得过去！搞我们这一行，段子要特别多，青一点黄一点，都没关系！

水爷觉得，桌子上讲讲笑话，自己能应付得过去，兴许他讲的笑话别人还都没听过呢。

你再学一百句英语，你念熟，以后大有用处！彭导将一本《英语900句》递给水爷，意味深长地笑着说。

奔驰嘎的一声停在碧贵轩大门口。迎宾以为来了客人，提着旗袍边小跑过来拉开车门，水爷躬身从车里出来。

水爷这？迎宾是一个高挑的女孩，眼睛里羡慕夹杂着疑惑，修过的睫毛忽闪忽闪的，仿佛眼睛里进了沙子。

我老乡。水爷边说边快步走进工衣间。

水爷戴上白帽子，穿好白大褂，系着防水围裙，套上长筒水鞋，进入杀鱼状态。他嘴里哼着小调，轻快地掏出鱼的内脏，麻利地刮去鱼腹的黑膜。没鱼杀时，到外面转转，抽一支烟，看看来来往往的人群，有时候也想想老家，想想他该如何拍好彭导接的戏。

# 四

晚上下了班，水爷走路回家，顺着马路捡废弃的瓶子。线路是固定的，沿着梅华路往西，走五公里再折回来，把路边和垃圾桶的瓶瓶罐罐收入蛇皮袋中，第二天上班前卖到废品站。这样顺路捡捡瓶子，就能把他和菊花的房租赚回来。

这个时候，夜生活刚刚开始。空气中弥漫着若隐若现的咸腥，混合着烧烤的辛辣。红男绿女，一簇簇从街上淌过，浸润在市井人间。街边摆满了五花八门的小摊，卖些玲珑细小的东西。水爷一手拎着蛇皮口袋，一手拿着根小木棍，随意地走着，眼睛机警地四处扫描。一些人刚下班，匆匆而过。一些男女挽住手，随意地漫步，偶尔凑头低声一两句话。夜仿佛从白日的清瘦中忽地充盈起来，南腔北调的嘈杂中，洋溢着少有的烟火气。

水爷走过一致药店，在药店门口的垃圾桶中捡到几个易拉罐，往前几米，一棵榕树根边有两个瓶子，一个是咖啡奶茶，一个是矿泉水瓶。矿泉水瓶子空了，奶茶瓶里剩下小半瓶。水爷蹲下来，把奶茶瓶盖拧开，轻轻倒在榕树根上。谁这么奇怪，奶茶就这么浪费了。水爷这样想时，忽地豁然开朗，兴许刚刚就有一对小情侣路过这里，小伙子和他的女朋友曾站在这里说过悄悄话，两人不知道为什么争执起来，小姑娘负气走了，小伙子一咕噜喝光了水，跟着追了过去。现在，这被遗弃的瓶子成了水爷的收获，带给他小小的愉快。水爷将瓶子丢进口袋，继续向前走着。

平常，顺着梅华路一直往前走，有时走不到一半，袋里的瓶子就满了。运气差一点时，就一直走到梅华路尽头，再换转一条路走一两里路，然后转回来。今天，水爷运气不错，刚刚走大半条梅华路，袋里的瓶瓶罐罐就装不下了。前面的丁字路口，就是这条路的尽头了，他几乎每天晚上都来打量过，熟悉那里每一个垃圾桶的位置，每一个隐秘的角落。水爷朝前看了看，又看看口袋，虽然蛇皮袋满了，他还是朝尽头走去。到了尽头，水爷站住，四处看看，然后转身，起步往回走。

街上的行人渐渐少了，间或传来卷闸门下拉的声音。刚还挤成一团蠕动着的汽车，忽然轻快起来，像一尾尾没有鳞片的鱼，拖曳着一片光影，轻快地从他身边滑过。依今天的收获，一个月能多挣到两百块。水爷边走边四处瞅着，嘴里哼着小曲儿。朦胧的夜色中，水爷旁若无人般，拎着鼓鼓囊囊的口袋快乐地漫步，脸上流露着满足的笑。

往回走的路上，又碰上了好些个瓶子，水爷把它们捡起来，拧了盖儿，倒空了里面剩着的水，塞进袋中的缝隙。这个晚上的瓶子似乎特别多，口袋里怎么也塞不进去了，水爷想找一个废塑料袋。前面，公交站旁有一个垃圾桶，马路对面是一家麦当劳，店里敞亮而空空荡荡。水爷伸出棍子到垃圾桶扒拉，露出一个暗红色塑料袋，两个饮料纸盒，一个啃过剩下小半的苹果，几团揉皱的包装纸。忽然，水爷扒到了一个黑色方块状的东西，对，是一个小小的皮包，从他的棍尖冒出来又落回去，躲猫猫一般。水爷愣了下，用棍子扒住塑料纸，方块挂在桶壁缓缓展开，真是一个钱包。

水爷伸手取了出来。钱包新新的，瘪瘪的，仿佛饿了好几天。打开钱包，里面有几张名片，两张银行卡，一张身份证，一张港澳通行证。这是谁的呢？怎么会在这里？还有没有用？水爷翻过来翻过去地看了看身份证，身份证还在有效期内。谁丢在垃圾桶的？水爷一手拿着身份证，一手捏着钱包，愣了好一会儿。这个钱包，显然不是他要捡的废品，也卖不成钱。水爷准备将钱包扔回垃圾桶，想了想又把那几张名片抽出来，名片跟身份证是同一个名字。水爷忽然想起自己刚到深圳时，菊花一再嘱咐要带上身份证，说出了家门，身份证用处大着呢。现在，这个人的身份证丢了，会不会遇到很多麻烦？街上人已经很少了，水爷犹豫了一下，将钱包塞进裤兜，加快脚步朝回走去。

这个晚上，已然空旷的大街似乎特别眷顾水爷，他不得不在半路停下来，将蛇皮口袋中的瓶子全部倒出来，踩瘪了再一个个装回去，他总共捡了两百多个。在租房门口，收杂货的老板还没有打烊，水爷卖了瓶子，整整卖了五十块。

回到租房，水爷有些兴奋，再也不能倒床呼呼就睡，种种场景一幕一幕闪过，直到他要睡了，它们却似乎刚刚苏醒，在脑子里闪闪烁烁的。

## 五

时间飞快，转眼就过去了半年。水爷陆续参与了不少拍摄，渐渐适应了在水爷和水导之间的身份切换。酒楼里面，他的鱼依然杀得有声有色，谁也不知道他在外面搞了一份兼职，更没有人知道他还学会了几句英语。

这天下午刚上班，大厨兴冲冲地进来，一把拍住水爷肩膀，笑眯眯地看着他。

我操，怎么样？大厨提高声音，中气十足。

水爷愣住，什么怎么样？大厨什么意思？水爷一时摸不住头脑。

这样！以后，跟我去买菜。大厨歪着头说。

我？水爷有点惊讶。买菜这差事，往往不是老板的亲戚，就是大厨的心腹，怎么轮到了自己？

你！大厨移开手指指二厨，我要不在，你和他去，东西要好，价格要便宜。

　　水爷有些不知所措，我不带钱，实在要去，当个跟班，帮忙搬搬看看。

　　哟？二厨斜眼看着水爷，语气又急转过来，买菜不带钱，那可是真本事，你能把鸡鸭鱼肉都带回来？

　　厨房的几个人哄堂起笑，水爷，老大把这么好的差事交给你，狗日的你就别吹牛不打草稿子！

　　水爷愣了愣，扭起头，争辩着说，这样的事情我还真办得多，我家的媳妇，就是凭一张嘴巴说来的！我家的房子，也是凭我这张嘴巴，先修好房子再慢慢挣钱还人家的！

　　大厨有了兴趣，你给大家说说，看你是怎么弄的？

　　几年以前，水爷在老家修了栋楼房。修楼房要好几万块钱，水爷没有积蓄，只能边修边挣边借。白天，他忙得呼呼直转，晚上，出去跑好几家借钱。菊花养了几只羊，羊在山上啃着青草，他远远地指着抵押给别人，一只羊就借上几百一千块钱。地里长着的粮食，圈里养的猪，门前跑的鸡，都被他轮换着抵押给东家又抵押给西家。房子修了两年，家里值钱的东西几乎都被他反复做过抵押，东西虽然还在他家放着，主人却在不断更换，直到还完了一轮欠债，他才再次成为主人。房子修成，开始煮苞谷酒，熬红薯糖，酒糟喂猪，猪养肥了，杀肉到县城去卖。每赚一笔钱，打着时间差，陪着人情话，让钱在借借还还之间循环，真是应了那句俗话，一个坛盖儿在几个坛子之间来去倒腾，一笔钱要在三五家间循环过后，才算告一段落。就是靠这样倒腾着，第三年弄成五个坛子四个盖，第四年弄成三个坛子两个盖，后来就盖拢了所有的坛子。

　　听完水爷的故事，大厨侧着头把水爷看了又看，我操，鱼是杀得不错，人也看着实诚，还有这样的本事？

　　不信就试试！水爷刚把这话说出口，就开始后悔，几十岁的人了，怎么就被几个年轻后生，激将得把持不住了呢？

好！大厨狠拍了一把水爷肩膀，我给你写个单子，明天早上九点以前，你到市场把它们都买回来！

第二天清早，水爷赶到酒楼，进厨房就看到了挂在墙上的采购单。水爷犹豫了一下，把单子取了下来。单子写得潦草了些，水爷看习惯了，还勉强认得出来。水爷犹豫了一下，到后门推了三轮车，出门向市场骑去。天这么早，路上很少行人。三轮车有点摆，水爷骑得晃悠悠的，跟他把持不住的心跳有点相似。清风迎面轻拂，天气晴好，水爷好久没有感受过这种神清气爽，不觉轻声哼起了小调，双脚把三轮车蹬得飞快。

菜市场以前来过一次。按大厨的单子，水爷先去家禽区。档主是一对夫妻，正在鸡笼前边招徕客人边吃早餐。水爷停住三轮车。那些鸡笼分很多格，格子下挂着牌子，写着鸡的不同产地。

看到水爷停住，吃早餐的男人看了水爷三轮上漆的碧贵轩字样，忙将咬了一半的包子递给女人，热情地迎了过来。

老板，要什么鸡？

土鸡怎么卖？水爷没有下车，双腿搁到车架上，问。

湖南土鸡十六，江西土鸡十五，我这有十几种鸡，男人指着走地鸡，这个也算正宗土鸡，老板要哪种？

水爷坐直身子，掏出大厨开的单子，土鸡，两只，肉鸡，四只，肥鹅，三只，叫化鸡，两只，带鱼，六条……

老板是碧贵轩酒楼的采购吧？老板尽管放心，我和附近几家酒店有业务关系，都是长期生意，价格好说！男人笑着说。

土鸡最低能卖几块？水爷问。

老板真会开玩笑，几块确实买不到。男人说。

咱们也按老规矩，不管什么土鸡，一律按十三，每斤我再让你一块，你看怎么样？女人也放下了早餐，挺着大胸脯凑了过来。

水爷愣愣，果断地说，不行！

男人笑笑，生意图名，我少赚点，我再让出五角，老板你看如何？男人说的时候，往水爷这边靠了靠，压了压音量。

你一定要保证是真正的土鸡。碧贵轩知道吧，这个生意要成了，可是长期的大客户！水爷冷着脸孔说。

男人女人看着三轮车上漆的字眼，几乎同时点头说，知道知道，这一带也算最大最好的了呢！

价格暂定十二，老大不砍你价的话，我也不要你一分，但要送货上门，送这回的货结上回的账，以酒楼的过秤为准！水爷一把吐了烟屁股，直起身扶着车把，仿佛他就是酒楼老板。

这……好！男人给水爷递过来一支烟，我们初次相识，这次我和你一起送过去，以后，你就打个电话，我直接给你送货上门！

那就先这样定，我买完其他的菜，等下一起过去！水爷拿着单子又念了一遍，你记住了没有？

安排好鸡鸭鱼肉，水爷又在菜市场转了一圈，找一家大的摊位，依法炮制，把单子上的那些菜装到了车上。

回到酒楼，厨房的人都在后院等着。水爷把卖鸡鸭鱼肉的和卖菜的人带到大厨面前。老大，菜都拉回来了，价格还比较优惠，账你来结。水爷指着跟他一起回来的四个人说。

过秤的是酒楼财务，二厨监秤，水爷将菜一样一样拿出来，称完，分开放进篮子里。有人把称过的菜拿进去择洗，一天的生意就这样拉开了序幕。

大厨结完账，过来一连拍了几次水爷肩膀，我们以前采购的那家，有事回老家不做了，以后，就买这两家的！

水爷松了口气，他担心大厨对价格或菜品不满意，看来大厨还挺开心的。老大，以后叫他们直接送，就不用去人买菜了吧！

大厨盯着水爷，以后，要收收心，别老是请假，自己找机会，墩子配菜都学学，将来老子让你掌掌勺子！

水爷看着大厨，心里咯噔一下，他忽然觉得，自己是该好好想一想了，是该从厨房走出去，还是从影视中走出来。

# 六

从华侨城参加拍摄回酒楼的路上，水爷接到子玉的电话。大水导呀，现在有空吗？

女声有点嗲，水爷愣了愣，随即听出是子玉，今天中午吃饭时，子玉坐在他的旁边。

你有事情？水爷顿时切换到导演的状态，拿住导演的腔调，没事的话，我要先休息一下。

也没什么事，人家就是想和你聊聊嘛！子玉说，跟你这么大的导演聊天，对我们年轻人受益很大的啦！

水爷看了看太阳，太阳还没偏西，应该还不到两点，离下午上班还有两个多小时。我最多只能有一个半小时。

你答应啦？哦耶！子玉在电话里惊叫，叫得水爷心尖儿一颤颤地抖动。是我到你那里去，还是请水导过我这边来？子玉的呼吸仿佛也从电话里传了过来。

你在哪里？水爷完全镇定下来，凭他在场面上应付过那么多老板，应付一个毛头小丫，应该不在话下。

水导，还是你过来吧，人家一个女孩子嘛。我住海景，1305 房，一个人正惆怅呢，等你哟！子玉嗲着声音说。

收了电话，水爷站住愣了会儿，心想子玉找他应该有事，可也想不出会是什么事。想来想去，水爷觉得自己要习惯和各种各样的人打交道，扬手叫了一辆的士。

到了海景酒店，好不容易才找到子玉的房间，水爷把耳朵凑近门前听了听，才敲了敲门。门忽然悄无声息地开了，吓得水爷一连后退几步。子玉躲在门后，一手拉着门，一手正往后捋湿漉漉的头发。

哟！水导，快请进来！子玉妩媚地笑着，水爷觉得，现在的子玉，比镜头前化过妆的漂亮很多。

水爷进去，子玉关上门，水导，我第一眼看见你，就认定你是我的贵人啦！

水爷在房间四处看看，坐到圈椅上，笑笑，你这话是怎么说的？

有一位星云大师，帮我算过，自从我看到你的第一眼，心里就认定你是我的贵人啦！子玉笑着说。

你要什么样的贵人？

子玉叹口气，时间不饶人呀，转眼我就老了，可到现在，我还没演过一个主角，水导你要帮帮我！

你以前演过什么？水爷发现，自己的心跳不知不觉竟然又加快了。

子玉不好意思地笑笑，过去的就不说啦，就看以后水导给我演什么呀。

水爷闭上眼，用力昂了昂头，问，你很喜欢表演？

子玉往水爷身边凑了凑，水导呀！你说我不喜欢，我能坚持到现在？我小时候就有个梦想，就是当大明星，可一直没有碰到贵人，这都一把年纪啦，还没有一点起色！子玉靠近了些水爷，揉捏着水爷的腿，你要是不帮我，就没有人帮我，我就准备转行啦。

演艺这个圈，主要靠三点。水爷说话慢吞吞地，似乎已经阅尽人间奥秘。

子玉笑着用力揉了一把水爷，凑到水爷耳边，是哪三点呀？

天赋，机遇，勤奋。水爷说着闭上眼睛。

子玉愣了愣，水导真会玩笑，考我的时候还教了我呢。

水爷仰起头，静静看着那组水晶吊灯，它们晶莹剔透，放着柔和的光芒。

水导，我的一切都装在你的眼里，你看我这三点有没有天赋？

还算不错，可这样的人太多了。水爷收回目光，看着子玉。

子玉忽然把头靠到水爷胸前，水导！

水爷有些慌乱，子玉头发的香味使他有点眩晕。子玉忽然抬起头，怎么有一股鱼的味道？

水爷正心慌意乱，子玉这么一问，愣了愣，忙用手抵住子玉的头，轻轻将她推开。子玉啊，其实你还是蛮有灵性的！我在南洋生活了一些年头，连身上隐藏的这种气息都被你捕捉到了。你再嗅嗅，还有什么味？

子玉吸了吸鼻子，烟味，酒味！

水爷笑了起来，在南洋生活过的人，就凭这鱼味和酒味，就能大致知道是在什么层面。看了看子玉，你嗅出了我抽什么雪茄没有？

罗密欧－朱丽叶？子玉看着水爷问。

水爷点点头。你有这样的悟性，我觉得还是很有希望的。

水爷从来没有抽过雪茄，他在烟酒店看过，里面卖的雪茄跟巴王村里自个儿卷的山烟差不了多少。他也不认识雪茄上的英文，子玉说的烟名，他只能点点头，却记住了这个名字，罗密欧－朱丽叶。

子玉咯咯笑着，水导，这不在你身上能得到灵感嘛。

可是你不知道，我是不喜欢吃 rice 的！水爷忽然想起，该露点洋的底色，我在南洋，喜欢烤那种小小的 fish，你明白吗？水爷比画着说。

哟，水爷好潮哦！子玉嘻嘻笑起来，你要是觉得累，要不先rest？

水爷一时变了脸色，他不明白子玉的意思。rest？你是跟我演戏呢！水爷本还想说点什么，觉得这样表达也很有意思，说一些，藏一些，怎么理解，看人的悟性。

子玉歪着头，极温柔地说，不可以吗——水——导？

水爷看着子玉，他最怕的就是子玉这一声水导，水字吐得轻柔，导字拖得深长，这两个字，从子玉嘴里出来，仿佛带了电流，在他心头激起一股抵挡不住的快感。

水导，今天你说拍完这个商业片，还要拍一部电影，给子玉留一个角色嘛！子玉直起身子，如兰的呼吸，让水爷心旌摇曳。

你想要什么角色？水爷刻意镇住脸，你知道我要拍的是什么吗？

子玉要女一号。子玉看着水爷，彭导告诉我，说水导是大导演，所以嘛，水导拍什么，我就愿意演什么，以后，子玉就跟着水导混啦！

你经常跟彭导合作？水爷心里惊了一下。

是的啦，我们这样的人，总要有几家公司比较紧密。子玉揉了一把水爷胳膊。

你有这样的梦想，只要有机会，我会帮你。水爷正色说，但有些片子，制片人可能就是为谁而拍的，仅仅是玩一下，即使上了院线，播一下也就完了。

谢谢水导，有水导这份提携，子玉就不会急于要转行了！子玉笑起来，双手绕到水爷的脖子上，在他浓密的胡须间狠狠亲了一下。

水爷一下惊住，觉得整个屋子开始眩晕起来。别、别、别乱来！

子玉咯咯笑着，水导你都答应了我，我帮你解解乏啊。

水爷看着子玉，想起有天他下班回家，被一个女人拉住不放，死活要他去洗洗脚。打记事起，水爷从没有被别人洗过脚，心里很想尝试一下，但要一百块钱，他舍不得，挣扎着走了。

我的手法专业练习过哦！子玉说着，将水爷摁倒在床上，又把他扳倒趴下，双手在他背上游走着敲击。

水爷扭头看着子玉，喘着气说，我不需要按背，你就跟我按按脚吧，这两天脚比较累点。

子玉犹豫了下，转身拉了凳子坐着，揉捏着水爷的脚。

水爷闭上眼睛，听着子玉说着什么，偶尔应上一声两声，心里却想起了菊花，想到了他的女儿，想起自己刚到深圳时和老乡在一起喝酒，喝得酩酊大醉，几只蚊子吸饱他的血，醉得滚落在床上，像他现在一样，动弹不得。

回到碧贵轩，厨房已经开始忙碌，他迟到了半个小时。好在，客人不多，没有客人点鱼，溜进厨房的时候，谁也没有注意到。整个晚班，水爷有些心神不定，他虽然抵挡住了诱惑，却抵挡不住自己心里的承诺。

下了班，水爷没有去捡瓶子，直接回了租房，一个人喝了一瓶啤酒，随手翻了翻《英语900句》，扔下，又拿起《影视制作入门》，直到看累了，倒床而睡。

## 七

彭导在外地出差，给水爷电话，要他去蓝光幕墙敲定一笔新业务。最近，蓝光幕墙有了喜事，公司由民营企业折腾成为央企控股，张总由此华丽转身，成为正厅级干部，想拍摄专题片记录这一过程。经过彭导策划，达成制作7集电视片的意向。

按照约定，水爷准时到达蓝光幕墙。张总开门见山，我们都是老客户了，我还是那句老话，要最好的本子，最好的制作，最好的播出！

这些都是花钱能解决的问题！水爷淡淡地说，花钱就能解决的问题，不算什么问题！拍这样的东西，是我们的强项，很多知名公司都是我们的客户！

张总看看水爷，那还有什么问题？

文化的魅力，就在于拉天线，接地气，一定要高举高打！做好这个片子，前期成本会不低，费用要预先支付。水爷说，我们会做测算，有一个详细的报价单！

这没问题，关键是要做出来的东西好。张总点点头。

达成协议后，先打五成预付款，我会及时提出摄制思路，十天之内，拿出剧本一稿。水爷按彭导的交代，不紧不慢地说。

张总盯着水爷，也点点头。

这几年，我拍过不少这种纪实片。水爷接着说，早年在国内时，我参与导演过一些电影电视，像《西游记》，杨洁是总导演，我是执行导演。还有《射雕英雄传》，当时我也是执行导演。

张总眼睛中闪起了光，《射雕英雄传》我看过，那部片子我看过几遍！

水爷点点头，当时很火，各大电视台都在播出，后来没有再具体统计。现在看来，还有一些穿帮镜头，如果现在来拍，就更完美了。

张总听得眼睛放光，先就这么确定，我安排先转 20 万元定金，以后就由企划中心的陆总和你们接洽后续事情。

水爷天生就有这种淡定，镇住了见多识广的蓝光幕墙的老板。这轮谈下来，基本定了大局。

午饭订在一个私家会馆，坐落在一个公园内，隐秘而幽静。很多人在公园里散步几年，也不知道这个会馆经营餐饮。水爷刚走进会馆，就发现这里比碧贵轩高档多了，四处瞅了眼包房，心里暗暗猜算，这里吃一顿要多少钱？

落座上茶，话题随意打开。张总有意把话题往电视片上引，水爷有意东扯西拉，随便一个话题就能接一个黄段子，惹得整屋人哈哈大笑，侍在门口的小姐也抿着嘴掩着面，仿佛极度讨厌一般。

水爷对着服务员说，waitress！你不要躲在那里，这么漂亮的姑娘躲在黑处，多不好呀！你一躲在那里，我就想起个事。

哦？水导想起什么事？

水爷兴致高涨地说，有个非洲姑娘在上海住酒店，晚上酒店失了火，客人们拼命下楼往外冲，非洲姑娘胖，最后一个冲出来，围观的人大惊失色！你们说为什么？水爷顿住问。

众人你看看我，我看看你，都不知道。

水爷拿捏起腔调，哎呀不得了啦，这人浑身都烧焦了怎么还跑得那么快！

满屋一阵大笑。水爷转身问旁边管行政的李总，看你好像不太开心，是不是遇到了什么麻烦？

没有，没有的事！李总赶紧否认。

陆总接话说，李总最近后面院子里有点杂乱，正愁分身无术！

中国人过去最喜欢讲塞翁失马，现在又喜欢讲资产置换。水爷端起茶杯，故意顿了下来。

水导在国外生活多年，演艺界艳遇见得多，肯定有不少新思路！张总接过话，大家都把目光集中到水爷身上。

有个经济学家出过一个策划。水爷放下杯子说，大凡成功商人，要想平安摆脱女秘书，先送她去商学院读 MBA。商学院里都是些什么人？不都是些总裁老板嘛，要不就是日后要当总裁老板的公子哥儿嘛，女秘书到了那个环境，被男人追得如鱼得水，用不到半年，就回来主动跟老板商量，她要拿一百万给老板，过去的事情谁都不准再提了！

众人又大笑。张总止住笑说，水导在国外生活多年，见识比我们多，拍片中有什么乐趣，也给大家分享分享？

水爷看看张总，影视行业，八卦特多，不说为妙。我就透露去年的一件小事。有一次，给一家会所拍一个广告，请的是大陆一个大牌明星，换服装的时候，摄像忘了关机，上演了一场明星更衣秀！

李总笑问，水导后来把人家潜规则没有？

我当时正闭目养神，睁开眼睛的时候，她正在扣扣子！倒是我旁边的一个助理，看了现场直播！

众人一起哈哈大笑。

交道打多了，也很累！有时跟刚入行的女演员说戏，我在上面累得要死，她在下面一动不动，戏都完了，肚子里还是没货，有的还埋怨我，气不气人？

张总怪笑起来，水导福分很深啊，佩服，羡慕，来，为了水导未来更多的艳福，干杯！

水爷举起杯子，晃了晃，又斜着摇了摇，一口饮了下去，慢条斯理地说：不说这些臭事，言归正传，各位想想，一根铁钉子，能不能熬出美味的汤？

众人再次将目光聚向水爷，房间里一时沉寂下来。

水爷故意顿了一下才说，有这么一个故事，京城里的一个人到乡下饿了，没有人愿意给他东西吃。他于是给人说他是皇宫的厨师，能做世界上最美味的钉子汤。乡下人很好奇，想知道钉子怎么做成汤。于是，他让大家拿一口大锅烧水，往里面放了一枚钉子。煮了会儿尝了尝，说味道不错，如果加点肉味道更好，于是大家拿了肉放进去。又尝，说要是放点生姜就更美了。放了姜，又舀了一勺喝，说要是再放上几样什么东西，就跟皇宫里的味道完全一样了！大家于是拿来了，这些调料都放进去，钉子汤也熬好了，大家一喝，果然都觉得味道非常不错，拿最大的碗盛汤给他喝，把自家最好吃的东西拿给他吃，感谢他让他们喝上了皇宫里的美味。

众人看着水爷，等着他的下文。

水爷端起杯子，浅浅喝了一口茶，故事就这么简单，说的就是策划的力量，中国有句俗话，把稻草说成黄金，最后都是一种软的实力。

张总连连点头，有道理，有道理，陆总，你做品牌推广，值得好好借鉴！

做实业，基本要走专业道路，需要很多东西配套，千万不能要喝牛奶就去养奶牛，像我们今天的合作，就是实业和文化的互补，实现的是双赢！

好，各位！今天是一个很好的开端！这样，我先敬水导一杯，合作顺利！张总站起来高声说。

水爷看着那杯子中的酒，他认得那是VSOP，在碧贵轩，有一次举行婚宴，收拾桌子时一只瓶子里剩下一些，他悄悄倒出来尝过一小口。

升官发财，大家愉快！水爷举起杯子，一饮而尽。

# 八

水爷给菊花打过电话，叫她下班后回到租房。平常，菊花住酒店的宿舍，一周才回来一次。水爷想和她好好庆贺一下，想和菊花说点什么，说说杀鱼，说说影视，说说在他心中隐隐约约新生出来的他一直不敢和别人说出来的东西。今天，除了每笔业务的正常提成，彭导还给水爷发了五千块的奖励。

菊花听到水爷赚了外快，特意换了班早点儿回来，做了一桌子菜犒赏水爷。菊花说，到深圳来对了吧，当初你还愿来不愿来呢！

水爷傻呵呵笑着，眼前的菊花，怎么也不像乡下那个穿着花棉袄的女人，衣服穿得跟街上女人似的，得体而又凸凹有致，年纪虽然大了，也别有一种韵味。

以后就不捡瓶子了吧，别人要是知道你捡那些东西，会不会不好？菊花说。

怕什么！我下了班，衣服一换，人脸一去，狗脸一挂，谁也不认识，有什么关系？水爷话说得火辣，有点嬉皮笑脸。

菊花洗了两只玻璃茶杯，从墙角的柜子上拿来一壶散装酒，边斟边说，还是你酿的苞谷酒，就剩这些了，今天都喝一口。

水爷看着菊花，菊花脸上已经泛起了一团红晕，仿佛闻到酒香就已经先醉。菊花将酒酌平杯口，这酒要留着慢慢喝，喝完了怕就喝不到了。

水爷端起杯子凑近鼻子嗅嗅，又伸出舌头舔了舔，一股浓烈的酒辣味倏地弥漫着玉米的暗香，水爷忍不住极浅地抿了一口，火燎的感觉顿时跑满整个口腔。

好长时间没喝，胃架不住了，怕喝醉了呢！水爷眯起眼睛说。

菜都是巴王村的味道。两个人挨坐在一起，边吃边喝边聊，从巴王村聊到了深圳，聊到巴王村在深圳打拼的人，聊到酒楼的事情，又聊到影视拍摄。水爷给菊花讲他被一群人前呼后拥着，讲他对那些年轻漂亮的女演员指手画脚，讲他和那些公司的老板一起喝酒吹牛，讲他在吃饭的时候夹杂一两个英语单词，讲到忘形处，连子玉给他按脚的事情也讲了出来。水爷讲得眉飞色舞，菊花听得既嗔又笑。

彭导对你这么好，你又能做这些，要不就跟着他干吧？菊花兴奋中憧憬着说。

水爷忽然黯然下来，脸上渐渐现出酒意，钱是挣钱，心里总觉得有个疙瘩，好像见不得人似的！

菊花看着水爷，啥见不得人？咱又不偷不抢的。

水爷抬起头，定定地看着菊花，我这个导演，是个假的啊。

怎么又是假的了？菊花不解地问。

彭导当初找我，就是要我冒充个导演。水爷叹口气，全深圳你知道影视公司有多少？起码 1000 家！多半都只有三五个人，器材都是租来租去，导演也是半路出家，这些公司规模很小，气场却搞得特别大，都在想着怎么挣钱就怎么玩。

能挣钱就行，想那么多干啥？

像这样导演，我也能干！水爷忽然说，这种拍摄，根本不要什么导演，有个摄像和后期就行了！

菊花不解地看着水爷，你不一直导着吗，那你导什么呀？

生意竞争厉害呀，你家没导演我家有导演，你说客户对我是不是印象分要高些？水爷睁大眼睛看着菊花问，这生意是归你做还是归我做？

菊花似懂非懂地点点头，她的眼神，有点迷茫，也有点期望，湿润中闪着光芒。

要是让我真的做导演，我现在也觉得没有问题！水爷站起来，从床头拿起一本书，我睡觉之前，一直在钻研这本书，现在，连后期也懂一点了！

那你就做，让我在家服侍你呀！菊花欢喜着说，省得我洗别人家的碗了。

你还记得吧？以前在家，我吹过一个牛，要拍一部电影，成了全村的笑话。水爷心中豪情不由涌了出来，说起过去的尴尬事，已然不再在意。

菊花捣了捣水爷脑门，那时你也没有喝酒，怎么就说了酒话！

菊花！我现在觉得，说不定什么时候，我可以把吹过的牛变成真的，你信不信？

水爷说着，站起来退后两步蹲下，对着菊花，做出看监视器的姿态，预备，三！二！一！开始！女一号，表情再生动一些，对，笑得自然，对，对，对！

菊花被逗得哈哈大笑，导演就是这么当的？

是啊，你看简单不？我再给你拍一条！水爷说着，站起来将双手一前一后举过肩，眯起一只眼睛平视前方，绕着菊花缓缓转了一圈，右手的食指中指前后弹动几下，忽然停住。

看到了吧，这是拍摄，没有导演，一样能拍！

菊花止住笑，夹一块瘦肉放进水爷碗里，快点吃饭，菜都凉了！然后又问，你要跟老板去见客户，又不是真的懂这些，就不怕穿帮了？

其实，去见客户之前，彭导都先有交代。我也就坐在那里，业务由彭导跟客户谈细节。水爷坐下来，回复到平静，一切都提前安排好了。拍摄时，也不用管拍什么，只要反复重拍，有时候就觉得对不起演员。如果和客户吃饭，我和他轮着讲笑话，我们有的是办法笑翻他们。

菊花惊讶地说，要是这样，我也会呀！

就他妈的一个假导演！水爷的眼光忽地散乱起来，一个假导演，却是一个真演员，我自己都觉得比机子前的那些演员强多了！

不如你就好好学一下，说不定就真的能成一个导演，哪怕是一个小导演，那太阳也会打巴王村的西边出来！菊花笑嘻嘻地说，端起了酒杯。

水爷一仰头，杯子里的酒急速下降，眨眼就见了杯底。

菊花，我现在真的喜欢上影视，好想拍一部我自己的电影，让巴王村在电视上看看我的故事！水爷抹抹嘴巴，显得一本正经，水导水导，我总不能一直当个水货导演！我想学好了，到一个正规的影视公司，当一个货真价实的现场导演。

水爷和菊花又笑又闹，折腾到很晚，仿佛人生重又焕发出青春，刚刚尝到人生甘甜的滋味。

你可不能跟别人乱来呀！菊花躺在水爷怀里，蹭着水爷的脖子说。

# 九

水爷像往常一样，到酒楼去上班。刚走进大堂，看到厨房的一帮子人聚在门口。须髯哥来了！看到他过来，有人起哄着站起来。

水爷，快点，你出名啦！

水爷以为他们开玩笑，几步跨进大门，忽然一下愣住。大门里面，几个人架着摄像机，堵住了他的去路。

你好！一个年轻姑娘手持话筒，笑盈盈地拦着他，我是第一现场的记者，因为前不久发生的一件事情，你成了网络红人，你自己知道不知道？

水爷一脸诧异，又摇摇头，什么网络红人？你们搞错了吧？

没有错！我们看过你的照片，你成了爱心须髯哥，真的这么有型！几个月前，你捡到过一个钱包，你还记得吧？女记者极为肯定地问。

水爷一时愣住，猛然想起了那次捡到钱包的事情，钱包已经还给了人家，他还骂了别人。可是，那些事情，过了就过了，他没放在心上，要做的事情多呢。

怎么啦？水爷点点头，有些紧张地问。

女记者接着，你能不能回忆一下，当时是种什么情形？

水爷想起来似的，边躲着镜头边说，我真没怎么留意，不过顺路捡到了，当时想扔，想到掉钱包的人可能急，就试着打了一个电话，还给了人家。

可是你还因此被扭到了派出所！你当时捡到的钱包里面，有一本港澳通行证，失主第二天就要去香港签约。记者激励水爷说话时，仍不忘提出问题，你决定还钱包时，有没有想过会给自己带来什么麻烦？

没有，这还要想什么？

另一个记者把手机递给水爷看，你平时不上网吗？你看这个标题，须髯哥拾包不昧，你的照片！看看后面评论跟帖，已经两千多条，点击五万多次！

水爷扭头看了看，照片是从旁边斜着拍的，他站在公交站前，正将钱包递给一个人。他已然谢顶显得有些稀疏的卷头发，在阳光下反射出一晕亮光。

那天，水爷捡到钱包后，想着还给人家也是一件好事，就按照名片上的电话联系还给了人家。但结果这是一件不愉快的事情，失主开始以为是他偷了钱包，还钱包证件是想再敲一笔，为此双方扯到了派出所。

你平常的工作主要是做什么？记者穷追不舍。

水爷看看大厨，又看看记者。我就在这里杀鱼。水爷有些犹豫地说。

网上有人报料说，曾经看到你沿街捡垃圾，真是这样吗？记者紧追着问。

水爷愣了愣，猛然意识到，自己被报纸登了被电视播了，要是被彭导的客户看到，那岂不就穿了帮？

今天我还有事，这个事情以后再说！水爷说完，避开记者朝厨房走去。

大厨一进厨房，水爷就提出了辞职，希望尽快找到一个新的水爷代替他。

大厨很感意外，瞪眼看着水爷粗声粗气大着嗓门问，我操，是不是出名了，觉得这里装不下你了？

我一个杀鱼的，出什么名？是有老乡介绍了新工作，我准备过去换换环境。水爷认真地说。

大厨见水爷是要跳槽，心里很有点不爽，是哪家，难道比老子待你还厚？大厨的语气，水爷是被哪家酒楼看上，被高薪挖走了。

水爷说，不是杀鱼了，是去搞影视。

影视？你一个杀鱼的，搞什么影视？大厨感到震惊，肥厚的唇松弛成一张鱼嘴。

水爷看着大厨的脸。这么长时间，他第一次这么认真地打量着大厨。老大，我离开了这里，会有一个更好的机会宣传这里，希望你到时候不要拒绝。

大厨看看水爷，摇摇头，走了出去，边走边回了几次头看看水爷，嘴里嘀咕着，真是奇了怪了！

第二天，晚报登了水爷大幅照片，记者以浓烈的文字报道了他拾包不昧的故事，还配了一组短评。当天晚上，电视台也在都市频道进行了报道，虽然水爷的镜头不多，但编导组织了一些观众和节目进行互动，引起了市民的谈论和关注。

彭导接到陆总的电话，才知道水爷上了报纸。陆总显得很不高兴，你请的那个名导演，究竟是怎么回事，怎么是个杀鱼的？

彭导心里一惊，陆总，你开什么国际玩笑？

你看看今天的报纸！那个叫田山水的人，一个在酒楼杀鱼的，跟你那个水导是同一个人，你这不是糊弄我们吗？

彭导心蓦地往下一沉，这才意识到出了问题。但彭导知道不能承认，你肯定搞错了！我听着怎么像天方夜谭一样！昨天水导去了香港，我马上叫他给你电话，这简直是天大的笑话！

彭导和蓝光幕墙的合作，已经进入尾声，三期付款已经付到第二期。水爷的事情如果穿帮，很可能会直接影响到后续合作和余款结算。

你不用叫他给我电话，我自己会去看！陆总在电话里高声说完，挂了电话。

## 十

陆总还没去酒楼，晚报的记者装着食客却去了。记者轻易找到一个理由，全程观看了水爷在酒楼杀鱼，又以食客对水爷做好事的好奇，和水爷探讨了该不该还人钱包的种种假设。记者把网络上网民的种种议论说给水爷的时候，水爷没有想到，自己顺手还了别人一个钱包，会受到那么多人的关注和议论。

你当初打电话还钱包，有网友说你是想出名，当时有没有想过还了钱包会成为网络红人？记者看到水爷的态度有了一些变化，采取了欲擒故纵。

随他怎么说！水爷一听，极为气愤。事情都过去了，我也不想再提这事，我当时就是什么也没想就那么做了，事情也改不了了，他们想怎么说就怎么说，我反正过几天也不准备在这里干了，无所谓！

离开这里？是因为这件事？你不干得好好的吗，这件事情给你带来了影响？记者有点遗憾地问。

也不是。这半年多，我在学摄制，准备转行，去做影视。

记者眼睛蓦地一亮，学影视？做影视去了？记者惊讶之间，心中迅速形成了后续报道的思路，做了这篇须髯哥杀鱼的报道，还可以接着做他做影视的故事，好好吊一吊网民和读者的胃口。

水爷点点头，不愿意再说什么。我要下班了。水爷抱歉地笑笑，你也赶紧去吃了回吧。

你下班回到了家，还做些什么呢，比如读点什么书？记者还不甘心。

我走路回家，顺路捡些瓶子，回到家洗澡就睡，睡不着就看点书，睡得着就一觉睡到天亮。

捡瓶子？什么瓶子？记者嘴巴惊讶成 O 形，惊讶地看着水爷。

水爷不好意思地笑笑，下班顺路，捡些丢在垃圾桶的矿泉水瓶子，补贴补贴一下房租。

记者猛一拍大腿，好啊！意识到自己失态后马上改口说，你真是个难得的好水爷！想了想又问，你的生活就是杀鱼，学影视，捡瓶子，再没有其他爱好了？

水爷急着脱身要走，顺口说，我在老家喜欢跳丧，但深圳没地方跳，有时候半夜里捡瓶子，一个人跳跳！

我真是越发敬佩你了！你留个电话给我吧，你推荐的荷花鱼，我要趁你还在这里，带朋友们都来尝尝。记者对今天的收获无比惊喜。

水爷笑了起来，顺口报了自己的电话。水爷不知道，他们今天的谈话，记者都用录音笔录了下来。

《须髯哥的荷花鱼》这个大字标题醒目地出现在报刊亭时，水爷没有意识到，他竟然搅动了这座城市的情绪，没有地域的网络像雇佣了水军一般，点击率呈几何增长，须髯哥这三个字，一时成为网络搜索引擎首页的关键热词。

大厨满脸喜色地把晚报扔在水爷面前，真他妈操蛋，你一出名，荷花鱼跟着出名，酒楼也跟着出名！从今天起，老子给你涨五百的工资，就不要走了！

水爷看到了自己的特写照片。昨晚，他特意到网吧上网查了查，发现须髯哥铺天盖地，几乎每一个须髯哥的后面，都有他的照片。

老大，虽然我心里很过意不去，但我想好了，还是要走。水爷低声说。昨天晚上，彭导给他打了电话，催他赶紧离开酒楼，到他那里去上班。

十一

那天晚上，水爷正在杀一条巴鱼，全然没有注意到身后有人站着。杀完鱼，抬头的一刹那，水爷看到了陆总，愣了一愣，马上想起了这人是谁。

鱼杀得不错，比你导的电影精彩多了！陆总看着水爷，有些愠怒地说。

水爷心里慌乱了一下，尴尬地笑着，一时不知道说什么好。

你真是杀鱼的水爷啊！陆总沉着脸问，你们怎么能联合起来骗我们呢？

水爷想解释，可他想过无数遍的理由瞬间全都忘了，一时不知道该说什么，双手在防水裙上搓了一遍又一遍。那个已经适应前呼后拥的名导，这时正在昏暗的灯光中杀鱼，满脸尴尬，显得极其茫然无措。

我在银桂房，你过来一下。陆总说完，转身出了厨房。

大厅客人不多，水爷走到门口，点了一支烟。街上人来人往，他们像一条条灵动的鱼，自由由在地游动。这些陌生的来来往往的人，来自不同的村庄或城市，他们用自己的勤奋和辛劳，成就了无数的可能。

抽完了烟，水爷起身向银桂房走去。

陆总独自在房间喝茶，桌上吃过的餐具已经收走。陆总指了指椅子，示意他坐下。

我是水爷，也是水导。水爷平静地站着说，陆总，请你跟我来！

水爷带着陆总直接到了大堂前，伸手就在鱼缸里抓了一条游动的鲤鱼，带着陆总去后厨的杀鱼池边，一手就卡进了鱼的鳃和嘴之间，拿起钢丝刷在鱼背上飞快地游走，鱼仿佛自己滚动着旋转，转眼之间，鳞片就去除干净，浑身泛着青褐的光。眨眼之间，水爷手里多了把小刀，随着他的手掌从鱼头向尾部滑动，鱼的五脏六腑从指缝间涌了出来，另一手从鱼嘴和鱼鳃之间取出来时，指间带出猩红的鳃片。水爷将杀完的鱼扔进水池，鱼还在水中摇尾游动，似乎在寻找一个出口逃离而去。

陆总，你看到的，这就是水爷。

陆总虽然看得仔细，也没看明白他究竟怎样将一条鱼杀完。在他的眼中，水爷不是在杀一条鱼，而是在表演人和鱼的行为艺术。

陆总不由睁大眼睛，你这是绝活！

我本想还让陆总看看水导是怎样的水导，但现在不方便，我先讲讲我的故事。水爷诚恳地说。

到了房间，陆总点燃一支烟，一手支住下巴，静静地看着水爷，听水爷讲他在巴王村在深圳的故事。

三十岁以前，我一直在江湖上打拼，没挣上钱，还欠下了些债。三十岁那年，菊花的男人出了事，我才找了老婆菊花。我有女儿那年，开始借钱修栋楼房，是村里最漂亮的房子。又置办家具，装了村里第一台空调，买了第一台挂壁电视，第一个把网络牵进了家门，我还是第一个学电脑的人。村里人都说，我就是一个搞家子，喜欢折腾。

陆总轻轻点了点头，脸色放松了一些，依旧紧盯着水爷。

楼房修好了，我要想办法还债。那时我在村里已经借不到钱，大家都认为我满身的钱窟窿，下辈子都还不完了，背后都说我的新楼房是别人的，当时那个难啊！我就暗暗发誓，一定要活出点名堂出来！那时候，我也是这副形象，这头卷发长胡须，简直让整个巴王村集体愤怒。菊花死活要我刮了，我一百个不愿！我没有想到，到了深圳，被彭导看上了，我才意外接触到影视！

陆总又轻轻点了点头，侧了侧身子，接着听水爷讲述。

这大半年，我跟着彭导，开了眼界。起初冒充导演，觉得能挣到钱，但越冒充越内疚，就这样我成了彭导的演员，但我也越来越想当个真的导演！有了这个想法，我就偷着学，自己买书看，只要有机会就去试。那个时候，我就有了一个想法，要拍一部自己的电影，自己拍，自己演，自己导！

水爷仿佛在讲别人的故事，把自己从巴王村到深圳的前前后后，缓缓地讲着，想到什么就讲什么，有时像对一个极为熟识的朋友倾诉，有时又像他一个人在自言自语。水爷讲着讲着，不觉双眼泪光闪闪，眸子格外晶润明亮。

你要当导演，想导演什么？陆总直起身子，忽然问。

我想把自己的故事演成电视，让更多的人知道我们在深圳在世界上怎样生活。

陆总愣愣，又点点头，深圳就是梦想的天堂，英雄不问出处。我也是从农村来的，我们有些类似的地方。

水爷惊讶地抬起头，你也是农村来的？

不同的是，我来得比你早，也比你年轻，后来还读了MBA。

水爷用手抹了抹眼睛，试探地说，事情发生了，只希望制作的东西你们能够满意，不要为难彭导。

陆总沉吟着，一时满脸严肃。从个人角度，我也理解你，理解彭导，但这要传出去，是一个天大的笑话，会对蓝光幕墙造成很坏的影响！

水爷点着头说，对不起。

这不是对不起就能解决的！要是对不起就能解决问题，我愿意每天说一万遍对不起！陆总看着水爷，顿了一会儿，像刚刚下定决心似地说，你既然觉得可以成为一个导演，你就一定要成为一个导演！

水爷一下子愣住，疑惑地看着陆总。

你不是想拍自己吗？那你就拍部自己杀鱼的片子！在这里杀鱼，就算是体验生活！只要你有杀鱼的这种精神，我就相信你能当一个合格的导演！

水爷顿时愣住。他以为，陆总要解除协议，或者，要从拍摄费中扣除一笔费用。现在，陆总却对此只字不提，居然还要他真的去当一个导演？

觉得自己拍不好？陆总见水爷始终没有作声，提高声音问。

能拍好！水爷脱口而出，有些镜头，要是由我来拍，肯定会拍得更好！

陆总站起来，盯着水爷，你把自己拍好了，我就再给你一个单，你仍然以水导的身份，到蓝光幕墙去！

水爷点着头，释然笑了起来，笑的时候，眼泪滚落进他浓密的胡须间。

## 十二

水爷辞职出来，一头扎在出租屋，做拍摄前的各种准备，他一边研究《电影电视制作》这本书，一边把自己的故事写成脚本。

脚本写得出奇地快，不到半个月，就写完了初稿。修改脚本时，水爷看着歪歪扭扭的文字中的自己，仿佛受到了生命某种的召唤。脚本中的那个水爷，有时候是他自己，有时候又是别人，有时候是真实的，有时候又是虚幻的，在脑海中时空切换，起承转合，虚实相生。水爷完全沉浸在想象世界里，和那个世界一起忧伤，一起哭泣，一起高兴，一起还原。

写好了脚本，水爷拿出自己全部积蓄，买了摄像机，买了电脑，使出当初哄骗菊花的手段，把她攒的钱也拿了出来。再找了几个老乡，请他们喝了一顿酒，算是正式开机。水爷没有完整的装备，就用二手三轮车代替轨道，用一组节能灯管代替灯光，一切能想到的土办法，水爷几乎都用到了，像贾樟柯拍摄《三峡好人》那样，平实地展现自己从农村到城市的真实心路。

一连两个月，水爷马不停蹄，在巴王村和深圳之间辗转。他身兼着导演和摄像，一会儿给人说怎么拍，一会儿自己亲自表演，一会儿又自己动手拍摄，仿佛青春焕发，浑身充满了活力。水爷和大厨商量，回到碧贵轩厨房，以导演和演员的身份，把杀鱼重新演绎了一遍，把大厨也拍了进去。没有钱了，水爷一顿吃一包方便面，夜深人静时悄悄出去捡拾瓶子，维持着摄制的必要开销。

拍完了全部镜头，水爷用整整一个通宵剪辑出一个毛片，这才关了手机，在家整整睡了两天一夜，睡得酣畅沉实，一个梦也没有。直到第三天，菊花打不通他的电话，回来找他。水爷听到钥匙在门锁间转动的声音，睁开眼睛，才发现天已经黑了下来。水爷看见菊花，笑得格外灿烂，像一个无邪的孩子。

终于拍完了。水爷轻声地说，跟大病一场一样。

你这个人，一根直肠子捅到肛门，看你以后哪来钱吃饭！菊花还生着气，水爷把他自己挣的攒的钱一把花光了，还把菊花攒的钱花掉一万多，这么多钱花下去，没见冒一个水泡，不是作孽还能算是什么？

水爷起身，拉菊花坐到床边，挨着菊花说：你满大街看看，谁是饿死的，起码还能捡瓶子呀！

菊花不屑地扭过头，鼻子里喘着粗气。

水爷打开电脑，在别人没看之前，你先看看，我这个导演的作品！

菊花看着电脑，渐渐平静下来。电影里的水爷，一种充满生命本真的状态，菊花看到了水爷杀鱼，看到了他跳丧鼓，看到了她所曾不知道的这个男人，看到了她的男人昂扬而茁壮的激情。这个水爷，真是她的男人吗？菊花看着看着，不由捉住了水爷的手，紧紧握在一起。

这是小样，还要做后期。到时候就可以在电视上播了！

菊花看着他的水爷，仰起头，像看陌生人似的，莫不成你还真成了导演？

做起来才知道，拍个电影，比起栋房子还难呐！不过，有了这块敲门砖，即使只当个摄像，我再也不用冒充假导演了！水爷兴冲冲地说。

菊花低下头，轻轻搓着水爷的手，你再也不要去捡瓶子了。

第二天，水爷带着自己的作品去找彭导。看到水爷满面红光，彭导把水爷从头到脚细细打量了一遍，碧贵轩里的水爷白白净净，现在的水爷黝黑黝黑，像从乡下来的，脸上却放着光芒。

回来了？收完粮食了？彭导半是疑惑，半是惊喜，你回来得正好，你不在的这一阵子，我物色了好几个人，都缺你这种感觉，名导这个角色，只有你装得像，还是只有你回来，我再给你加一千的工资！

水爷坐到彭导对面，郑重地将一张光盘放到桌上。我拍了一部自己的电影。

电影？彭导眯紧左眼，仿佛不知道拍电影为何物似的，你拍什么电影？

水爷一本正经地说，我要在这个行业里混，必须要有一部自己的电影！水爷看着彭导。就是这个人，把他原本平淡的人生带到一个新路口，使他适应了和香艳的明星轻巧地握手，学会了在饭局中插科打诨，习惯了小口地喝着果酒聊天，懂得了该用怎样的眼光去挑剔画面，也逐渐明白什么样的人才称得上导演和摄像。

啊哈！彭导愣了一下才笑着说，你想拍什么，怎样来拍？以前说过要拍杀鱼，还没拍呢，刚好这阵不忙，我们来拍！

我已经拍完了！水爷的眼睛柔和下来，这话也是你说的，一个真正的导演，一定要有自己的作品，才能算是一个真正的导演！

彭导耸耸宽阔的肩膀，你真就自己拍去了？

水爷点点头，整整两个月，我一天都没闲，自己导，自己演，自己拍，自己剪。我今天过来，是想请你先帮我看看小样！

彭导习惯性眯紧一只眼睛，把水爷从上往下看了一遍，又从下往上看到水爷的脸，我以前以为没看错你，现在才发现，一开始就看错了你！你是怎么拍的？

真是为了不少难啊。水爷感叹着说，但再苦再难，我也要让人看看，我是能拍东西的水导，不是一个水货导演！

彭导尴尬地笑笑，将水爷的光盘塞进了电脑。作品没有任何特效，也没有配背景音，序幕写在纸板上。故事是回忆的，他的巴王村，他新修的楼房，他的丧鼓，他的邻居，他的深圳，都因水爷而交织在一起。影片以摇动的村庄开始，以不断被拉近的城市结束。画面朴实干净，场景切换大都自然，镜头极少推拉，人物安排得也有分寸，镜头内里透着淳朴的美。

半个小时过去，大样播完，屏幕上定格出静止的字幕。彭导紧紧盯着屏幕，好久没有说话。

拍得怎样？水爷见彭导老不说话，心里不免有了一些紧张。

彭导紧盯着屏幕，两只眼睛渐渐眯了起来，你要是和我搭档起来干，真可以做很大很大的单了。

走出彭导公司，夜色已经弥漫。水爷抬起头，街上的车流织成一片闪烁的光影。

# 悬　浮

## 一

比如说，我是打个比方。孙总看着王教授，说，飞机从你头上呼啸而过，你自己觉得被这种恐惧一下子惊住，忽然感觉动弹不得，你认为，这是不是有什么意味？

孙总是某单位的总会计师，具体是哪个单位，不太知道。因为他递出的名片，没有单位，名字后面写着高级会计师，后面有个括号，写着教授级三字。有一阵，一些朋友看了他的片子，开玩笑说他是白天的教授，至于晚上，哈哈，都不再说。实际上，孙总是一个身价不菲的老板，只有很熟的人才知道，他赚了钱，也学会了低调。

唔，这样。王教授有点迟疑地说，唔，这样！他想说，这样就有点严重了，看着孙总期待的眼神，没有说。你肯定是白天想着什么事情了，王教授慢条斯理地说，按照弗洛伊德的理论，内分泌可能有点问题。比如，你没有想到那个？王教授为了表述得更准确一些，竖起一根指头，接着说，变得坚硬？

对呀对呀！孙总似乎一下子被点中了，说，早上起来像回到小伙子，真的干起事来，又不行呢！孙总有点不好意思，可没办法，既然请教了王教授，就不能隐瞒，况且大家都说得比较隐晦。

王教授笑起来，男人，怎么能轻易说不行呢。

孙总跟着笑起来，带了色斑的脸上露出一丝羞涩。

力比多啊，怕是力比多！王教授说，那么，我们那个项目，可有了一些眉目？

再等等吧，教授。孙总说，你知道，有些事情，无论如何，程序总是要一道一道走的。孙总说，不过，过程应该都在可控的范围之内，至于意外，总应该是很小的吧！

王教授站起来，呵呵笑着，拍拍孙总的肩膀，不过随便问问，随便问问，啊，别多心，不急，别多心！至于那个事情，我正在跟校务委员会和学术委员会沟通，有了新消息，会随时告诉你！

孙总本来对王教授刚才连续两遍的唔不太满意，忽然听王教授说起学术委员会的事情，顿时又提起了精神，问，你看，你刚才说的这两个委员会，他们会考虑我是特聘呢，还是客座？

还早，还早！得先上校务会讨论呢！

孙总顿时又有点怅然。好长时间，他总觉得很不安神，白天忙也就罢了，一躺到床上，就感觉自己五脏六腑哪儿都有问题。起初，是觉得肝上有点什么毛病，坐着躺着，总觉得有点隐隐的痛，可真正集中精神来感觉，这种隐痛似乎又跑得无影无踪。要命的是，只要一进入临睡的状态，就觉得自己的肝渐渐从身体内浮出来，云一般悬浮在额头上方。那副心肝，有的地方赭褐，有的地方完全变黑，有的地方开始出现化脓的迹象。孙总怀疑自己得了肝硬化或者肝癌，以为是冥冥之中，肝给自己传递着某种生物病变的体征。孙总去过医院，要求医生对肝做了核磁共振，结论是肝功能未见异象，一切正常。只是，医生的结论并没有打消他内心的疑虑，肝仍时不时就会悬浮在临睡状态。现在，不仅在迷糊中觉得肝有了问题，甚至觉得自己的胃和胆也有了问题，只要一关灯闭上眼睛，它们很快就脱离了躯体，像传说中的灵魂出窍一般悬浮出来，而自己的灵魂，仍然装在自己的躯壳里面，形神分离。

最近，孙总的夫人老是埋怨，说他的呼噜大得她整夜睡不好，使她已经有了很深的黑眼圈，致使这么多年的保养功亏一篑。孙总是很疼爱夫人的，夫人是二房，比他小了十岁，长得像范冰冰，让他带着明显成功人士的骄傲。但孙总起初不觉得自己有打呼噜，特意搬到儿子的双层床上睡，把手机吊在额头上方，一夜开着录音。第二天醒来，自己悄悄放了录音，那持续的鼾声顿时透过扬声器飘了出来，或长或短，忽高忽低，全然没有一点章法，几乎没怎么停过。

他妈的，累呢！孙总自己在心里说，公司里的事情，像玄学八卦，不少规则虽然写在纸上，很多都是八字没一撇的事情，某些潜规则，他混了几十年，也觉得还没有悟透。本来，以为王教授是多年的熟交，又是有名的学者，想转折地问问他，哪里想到，王教授只是唔唔两句，等于什么也没说，却似乎都被他悟透了。

这样的夜晚，孙总就开始怕睡觉，怕自己的内脏一闭眼就悬浮出来。真睡着了，倒也无所谓，悬浮就悬浮吧。关键是白天，总觉得这悬浮有点问题，搞得自己紧张兮兮。想想自己，事业正如日中天，最近怕又要兼职市属大学的教授（对，兼职，这词很对），总不能身体就出了什么问题吧。

教授，你可要帮帮我啊！孙总说得一语双关，别有意味。自从觉得自己的内脏悬浮起来后，孙总有意和王教授走得再近了一些，甚至考虑跟他有些合作，期望能从他那里获得某种安慰，去掉毫无来由的悬浮感。

一定要放松，啊，一定要放松些！王教授点点头，不无同情地说。

## 二

昨晚算是意外，孙总虽然做了一个梦，睡得还算比较安稳。这个梦，比较奇怪，几次做到相同的梦了。梦大致是小时候的事情。他和一个小伙伴在山路上玩，忽然日军的敌机从天空俯冲而下，追着他扫出一梭子弹，飞机又迅速昂头而过。飞机飞走了，耳朵边还有着飞机清脆的嘶鸣回音，然后，他在路上飞奔，毫无目的。这个梦虽然有点暴力倾向，却没有很大地影响睡眠，心也揪紧过，终究只是紧张了几下，那飞机转眼就无影无踪了。梦过之后，孙总就睡得很实，一直到闹钟闹响。

前一阵，孙总估摸着自己的病情，在药房开了一些非处方药，治疗和保健兼而有之，减量三分之一服用。针对心脏可能面临的问题，他买了一种增加血液循环的中成药，预防心脏猝然在睡梦中停止跳动。针对肝硬化，买了护肝丸，说明书上讲有很好的保健效果。针对肾常有的毛病，比如衰竭，比如结石，买了保肾丸，也是中成药。此外，还有润肺口服液，黄连上清丸，胃友片，还有抗菌消炎的头孢，清肠排毒的，这些药作为预备，轮换着减一半量吃，要是睡觉前感觉哪个内脏要浮出来，赶紧预先针对着吃一点药。莫非，自己这样调理着，真见了一些效果？

到了办公室，孙总特意打开图片收藏夹。那里边有一张据说来自美国的压力测试图。这图说是静止的，蓝色的圆和椭圆组合在一起，心理压力大的人，看到这图时，会觉得每一个圆都在飞速地旋转，压力小的人，看那圆就转得很慢，据说小孩子看，则根本看不到它有一丝一毫在动，会笑大人们神经有问题。这张测试图是孙总从QQ群里保存出来的，隔上几天，打开自测一次，有时中午会测第二次，晚上回家前再测一次。自然，他从来没有看到过静止，那些圆和椭圆，不仅自个儿在那旋转，它们还组合成某种八卦阵容，联合起来在那滚动，不看还好，一看就感觉自己进去了出不来。每当这时候，孙总就有点眩晕。现在，孙总觉得有必要再测一次，看看是不是休息的原因，有可能以前是休息不够，而昨夜，他觉得休息得不错。

图还是那张图，以缩略图的形式显现它的存在。孙总不急着点开，想让自己再安静一点。缩略图里的圆和椭圆并不明显，类似一些蓝色的实心点，它们安静地待在边框线内。孙总长吁了一口气，今天，有个重要的活动参加，汪副市长要和他们一起共进晚餐。这样的场合，孙总希望自己表现得再出色一些，精神状态再饱满一点。孙总闭上眼，深吸了一口气，缓缓睁开眼睛，右手动了动鼠标，点右键，下拉到预览，点左键。屏幕闪了闪，孙总觉得像世界晃了晃般，那圆和椭圆就占满了屏幕。对，它们在动。缓慢地转动。孙总有点不愿信服，将脸凑近一点，睁大眼睛盯住一只椭圆。那个椭圆，似乎被他的目光盯死了一般，竟然停止了。不，是根本就没有转动。孙总松了口气，正待往旁边看，却发现连同这个椭圆，它们又一起转动起来了，压根儿就没停过一样。

孙总徒然地关了图片，发了一会儿呆，开始整理台面上要处理的文件。前几天，秘书送进来有五份合同需要他过目，都是关于市场业务的。还有两个会议通知，一个是行业协会的，一个是经贸委的，都点名要他本人参加。对，还有几张表要填，工商联同意推荐他进政协，自然，晚上的一些应酬也是省不了的。这些，都是自己想要的。作为一个生意人，对生意有好处的事，一个也不敢落下。而最近，因为某种战略性转移，他希望在自己的名片上加一个客座教授什么的头衔，这样，一个搞经济的人，就显得有了文化的底蕴。正好，就请王教授做了他的顾问，虽然没有副总之类的职务，却总是给了他不少钱的，希望他能成为自己的高参。王教授是系主任，在孙总的公司里说了不算，只有他点头拍板，王教授的意见和建议才能转化为行动或价值。但在市属大学里，据说王教授的意见都不敢小觑，属于心理学领域里的权威，很有分量的。因此，孙总向王教授表明希望也有这样一个头衔时，王教授很委婉地从孙总这里拿走了五万的现金，说是先去帮忙运作一下。孙总在心里想，运作啥呢，我又不上台讲课，只要个名分，有什么好运作的？但孙总嘴上不动声色，什么也没说。他的企业做到今天这么大，某种程度上就是靠这种容忍下的不动声色。另外，还有一层意思，王教授不仅是知名学者，在心理学上也很有造诣，即使不说生意上的那些乱七八糟的事情，跟他聊聊天，也是很有品位的事情，有时候就某一个词，就可以跟他纠结半天。

今天似乎又有点不太对。睡觉前，先是觉得门没关好，好像有某个黑影趁他看电视或上厕所的机会，轻轻推了门进来，藏在哪个角落。孙总把所有的灯都打开一遍，从大阳台到生活阳台，从书房到厨房，每个角角落落都查看了一遍，又掀开所有的窗帘门帘，拿手电把几张床下面仔细检查了一遍，心里这才放心。然而，刚躺到床上准备睡觉，隐隐觉得有只蚊子在巡视般鸣叫，不是嗡嗡的，而是带着钢音般的清脆，那只在黑夜中巡视的蚊子像一架巡航的喷气式飞机，有着与平常没有见到猎物时很不相同的飞翔速度。孙总闭紧眼睛，以便可以凝神倾听这只蚊子的动向，如果它胆敢在腿上或胳膊上停留上几秒钟，他决计用一只手以雷霆万钧之势，将它拍成肉酱。那只蚊子旋转了几圈，从胸部飞到手上，和他的手瞬间接触了一下，然后又迅疾飞到额头上方。蚊子绕头飞了两圈，似乎确定了攻击的部位。孙总听见蚊子飞翔的声音渐渐细小了，然后感觉蚊子停在了肩膀上。对，先不动。等蚊子伸出它细长的吸管，专注于开始吸血到忘神的时候，神不知鬼不觉地猛拍下去。孙总轻轻抬起了右手，在黑暗中悄悄闭拢张开的五指，轻轻地，轻轻地移到左肩上方，下移，下移，蓦地猛拍下去，啪！

你干吗呀？老婆吓了一跳，翻身不满地问了一句，又哼着睡了去。

一只蚊子。孙总说。拍下去的手掌在肩膀上轻轻摩挲，却没有感觉到肩膀和手掌之间有什么异物，难道，蚊子还是逃出了这一厄运？孙总正疑惑之间，忽听得蚊子尖锐地嗡叫一声，夜就归于了沉寂。孙总有点泄气，想蚊子是怎么逃走的呢？想来想去，得出一个答案，大约是自己五指并得过拢过紧，下击的时候携带着一股强风，手掌还没有和肩膀贴合的瞬间，那股强大的掌风将蚊子弹射了出去。想到这儿，孙总为自己的解释有点得意。没有想到，这一得意，就老半天睡不着了，在床上胡思乱想了半天，将要临睡的时候，隐约觉得自己的胃脱离了躯壳，好像一艘潜艇慢慢浮出水面，自己的胃，带着两根连接在肚子上的食管，海里的珊瑚般，晃动着摇曳着，悬浮在额头上方，一下子遮住了自己的天空，也屏蔽住自己的思想。

冥冥之中，孙总观察着自己的胃。这只胃，中午装进了二两鱼翅，一只九头鲍鱼，一些杂杂碎碎的菜，还装进了八两左右的茅台酒。晚上又装了一些海鲜，一些牛肉，大约半斤五粮液。晚上本不想再喝的，可王教授约了副校长，按中午赵局长的意思，能喝一斤喝八两，对不起人民对不起党，能喝八两喝一斤，党和人民都放心，只好硬撑着把酒当水咕噜咕噜地灌进胃里。看看，悬浮的胃现在还有点肿胀，表皮光滑中偏向暗红。胃还在蠕动，里面像有着一堆堆小虫子拥挤着爬动，极艰难一般。孙总看着自己的胃，想，胃就是这样子的吗，是不是有点老化了。转而一想又觉得不对，自己正值年富力强，酒真要努力一把，下去一斤也经常不成问题，怎么就会提前老化呢？

<h1 style="text-align:center">三</h1>

　　周三上午，孙总参加完总商会的常务理事会议，就借故公司有重要事情，早早地离开。走的时候，他不忘从车的后备厢中拿了两瓶茅台，交给商会办公室的小张，请他拿到主桌上去，请钱主席尝尝，转告自己有事先走一步，等他办完事情，回头再找他们好好喝一回。

　　出了总商会大门，孙总没有回到单位，而是关了手机，开车直奔北大医院。听说，北大的医生厉害，他想再找一个专家确诊一下，自己内脏究竟是哪儿出了毛病。挂了内科的急诊，一个副主任医师接诊。医生从耳朵上取下听诊器，面无表情地问，哪儿不舒服？

　　孙总看看医生，有点不好意思地说，说不上是哪儿，感觉浑身不舒服。

　　医生拾起孙总的手正要把脉，听了孙总的话停住，全身不舒服，说说看？

　　总觉得自己内脏有毛病，有时候会感觉它们是悬浮着的，脱离了自己的身体。孙总想了想说，放低了声音。那一刻，他忽然觉得胆虚，肾也跟着虚了起来。对了，尿经常一直是黄的。孙总补充说，对于这一事实的陈述，使他又增添出无数的勇气。

　　医生笑了，露出一排白色的牙齿。孙总发现，不抽烟的男人，牙齿也可以这么好看，正好配这种温文尔雅的身份。看着医生胸前挂着的牌子，名字下面写着：副主任医师。我想问一下，孙总再次有点不好意思地说，这个副主任医师，相当于什么？

　　就是副主任医师，一个副高的职称。医生说，相当于大学里的副教授吧。

孙总一怔，心里却想，才相当于副教授，那比我还低呢。嘴上却马上换了话题，说，医生你看看，帮我上个什么设备确诊一下？

医生再次问，你哪儿不舒服？你感觉是哪个内脏？

就先检查胆和肾吧。孙总说，转眼已恢复到场面上应酬自如的自信，自己一直胆大，不知道是不是如今大到自己不能承受了，而自己也一直肾强，强到在酒店里折腾三回五回，第二天还照样能训人开会。这两样东西，都不能出问题，他在网上查过，比如胆有结石就会肿大，最终可能导致肝衰竭而死亡，而肾也常有结石，不仅导致疼痛，也会因肾衰竭而离开这可爱的人世。

医生开了单，递给了他，然后盯着电脑的屏幕，仿佛身边什么人也没有。很快，旁边的打印机吱吱几声，打出来一张彩超检验单。

孙总看了看，是不是还有更好一点的？叫什么西踢来的？

医生抬头看着他，要做CT？

孙总点点头，我在网上查过的，说这个比较准确。

医生笑笑，收回他手中的化验单，重新打印了一张CT申请单，一直看着孙总走出门外，还没有低头去看他的电脑。

CT报告是第二天拿到的。报告上写着：形态大小正常，轮廓清晰，被膜光滑，未见明显强光点回声，集合系统未分离。膀胱充盈可，壁光滑连续，透声可，内未见明显异常回声。上述检查未见异常血流信号。提示：肝肾未见异常。

这么多年，孙总还是头一遭走进医院去做这种莫须有的检查，看着这个结论，他忽然觉得轻松了许多，看来，肝肾没有什么毛病，这就大致可以放心了。

孙总把那报告看了又看，片子自然是看不懂，报告下方那一行"肝肾未见异常"几个字，却极清楚明白。孙总将报告拿给医生。还是那个医生。医生只看了一眼，笑着说，都正常，没什么病呀，很好呀！

孙总笑笑，有点皮笑肉不笑的，凑近医生说，还是帮我开点什么药吧，我还是觉得我全身不舒服。

医生抬起头，没病开什么药？没病想病啊？孙总一听，尴尬地讪笑着逃了出去。

当晚，孙总推掉一切应酬，早早地回家。他忽然想起身边还有自己的老婆，自己睡在老婆身边，已经有好长时间没有碰过老婆了。吃过饭，孙总就去洗澡，然后脱光了衣服钻进被窝，看着老婆从这个屋子到那个屋子间进进出出。老婆似乎发现了他的不正常，然后就感觉到了他的期待。那一晚，孙总要了三次，然后倒头一觉睡到天亮。这一夜，他睡得极为踏实，没有梦见故乡的村庄，也没有梦见什么人事，重要的是，没有觉得自己的内脏悬浮出来。这样的睡眠孙总很久没有体验过了，从未有过的美好。

我原来没有病。早上醒来，看着太阳从窗口投了进来，孙总伸了个懒腰，在心里对自己轻轻地说。

## 四

最近，孙总在洽谈收购一家公司的事，双方都有意向，两边已经谈得差不多了，将要签署合同的时候，对方忽然提出，要保留百分之十五的股份。处理生意上的事情，孙总向来得心应手，对于他这样一家成长型公司而言，所有的谈判无形之中都处于某种心理优势，成与不成，都不碍公司发展，谈成了，是锦上添花，谈不成，就当一次游戏。往往就在他这种心态中，很多事情最终都变得对他有利。而实际上，孙总的精明在于，这些决策对于他而言，实际上都是属于战略层面的大事，只是他以轻松的口吻，随意的姿态，轻易就化解成为赢家。更何况，他手下还有一帮干将，很多事情不需要他亲自出面，爱将们就帮他把一些看起来不可能的事情变成了现实，他往往看到的是一个结论。

孙总把自己的想法给秘书交代，叫她转告他的赵副总。末了交代说，关于大学科研项目的事，你告诉王教授，我还得再看看。做完这些事，孙总坐到自己的位上，回想自己的一些事。对，只要在白天，只要没有进入睡眠状态，自己都很正常，头脑特别清醒，做事保持着一贯的果决。或者说，自己不仅在外表上和其他人没有两样，只要一忙起来，内心也没有觉出有什么负担或顾虑，更没有觉得自己身体哪儿会有点问题。但是，为什么一到临睡状态，迷迷糊糊中就会觉得内脏悬浮出来，并感觉到似真似幻的隐痛呢？关键是，这种隐痛与悬浮，自己意识中确真地觉出了它的存在，而医生说没有问题，仪器检测也没有问题。会不会是，有问题的恰恰是自己没有意识到，而它把某种病兆通过邻近的器官予以了传递？

孙总，王教授打电话说，下午希望来见你。秘书叩门进来说。

哦。孙总想了想，应了一声，没说几点过来？

没有。秘书说完，轻轻退了出去。

孙总看着门轻轻关上，自个儿就笑了。想想，他的圈子里，似乎个个都财大气粗，哪怕账上挂着赤字。他们在生活中意气风发，不是政协委员就是人大代表，还有好几个都是大学的客座教授，更多的人，读着某响当当的大学的硕士研究生或 MBA，把商人的身份掩饰得天衣无缝，仿佛不仅会做生意，还心怀天下，既有学问，又有品位。实际上，孙总并不真正看得起这些人，但场面上的事，都得一把抓起，就是自己，也不能免俗呀，要不，心里怎么会老想弄一个挂名的教授呢。

这个王教授，真是书呆子一个呀！孙总想着，在心里自个儿说。你以为做生意的钱都是捡来的，公司一开，钱就像水一样往大门里流着？这一分钱，都有一分钱的代价，方方面面的打通，哪样不要花钱。你自己要弄个科研项目，与我又没有什么关系，与我公司又有什么关系，就凭你给我顾问，我就要白给你钱花？自从王教授把他的科研项目说给孙总听后，就败坏了所有的教授在孙总眼中的形象。教授，穷酸不说，尤其没有骨气，无怪乎，那么多人争着要到政府去当处长，处长是什么，小小的七品芝麻官，而教授是什么，懂得弗洛伊德懂得力比多，应该是满肚子学问学贯中西，那该是学术领域最高的荣誉呀！

下午，王教授来的时候，带来一个不太好的消息。校务委员会上，有人提出反对意见，认为从大学的名誉考虑，今后聘请商业人士任客座教授要比以前更加谨慎，因此，这个动议被暂时搁置起来。对于这个消息，孙总保持了他在谈判桌上的微笑，不置可否。

唔，办法还是可以想出来的。王教授说，现在学校里客座教授已将近二十人了，学校有意适当控制，再等等看，准有机会。

孙总走到王教授身边，坐下来，拿了一只美国苹果递给王教授，说，没关系，这事也不要太放在心上。弯腰的瞬间，孙总忽然有了某个想法，并迅速形成决定。在决定告诉王教授之前，他想和王教授先说说别的话题。

教授，我最近睡眠稍微好了一点。不过，也有点不安神，会做一些奇怪的梦。孙总忽然觉得和王教授谈谈自己梦的悬浮也是不错的，作为心理学教授，他或许有着比医生更有效的办法。孙总假托有一个朋友，比自己更严重，比喻着，以讲别人的故事的形式，讲了在睡梦中内脏老是悬浮的感觉。

王教授听着孙总的讲述，那双眼睛先是惊讶，继而闪出惊喜的光来，仿佛看一件自己深以为的宝贝似的，问，你说的这个人，能不能介绍我去认识？

这，我得先问问他。在王教授看来，这该怎么解释？

这不需要解释，而需要研究！王教授斩钉截铁地说，从心理学而言，人有一些潜意识活动是正常的，但这种潜意识活动应该是不确定的，不可预料的，是活动的，而不是像你这个朋友这么相对固定，类似这种悬浮感，资料中还没有报道过，临床中也还没有遇到过，我需要找到这个人进行病理研究。

孙总心里一惊，难道，自己得了什么旷世奇病不成？

晚上睡觉前，孙总又觉得心神有点不定。起床去各个房间检查了一遍每一个角落，在从厨房到客厅的时候，发现了一只很大的蟑螂。孙总追着去踩，蟑螂腿细小却跑得飞快，几次都躲过了被踩死的厄运，逃到沙发底下。孙总找到一只小手电，往沙发下面照看，却找不到蟑螂躲在哪里。孙总找了一瓶威霸，朝整个房间凡是有暗角的地方，狠狠地喷了几次，然后悻悻地上床去睡觉。

这一夜，孙总再次觉得自己的脾像用细线吊着一般，不仅悬浮出来，而且还在旋转。

## 五

孙总再到医院，按照他在网上查询到的当前最好的内脏检验设备，将五脏六腑全部核磁共振了一遍，报告依然显示一切正常，身体没有任何毛病。

都挺好啊！孙总这回看的是专家门诊，主任医师将报告逐行看过说，都很正常，肝火略微有点旺，不过不太要紧，自己注意调理调理就行。

孙总说，真没问题？

主任医师点点头，没有检测到任何病兆。你实在不相信，就只能验血或者做细胞培植了，不过我认为，没有这个必要。

孙总拿着报告，喜滋滋地出了医院。从医院出来，他觉得自己的脚步特别轻，以至于碰了几个人，别人拿愤怒的眼神在后面盯着他看，他都没有注意。

我没病！孙总在心里对自己说，我没有病，这是一个秘密，不能告诉朋友，不能告诉生意伙伴，不能告诉老婆孩子，也不能告诉王教授。这件事情，怎么能随便跟别人讲呢，一个没病的人告诉别人自己没病，别人一准就会断定这人肯定有病，只是嘴上不说而已。

回到办公室，孙总立即关上门，交代秘书谁的电话也不要转进来。他要思考重要的事情。现在，身体没病，意味着可以好好地在事业上再进一步，那么，自己该怎么继续往前走呢？孙总回想着自己一路走过的道路，想着想着，就有点恍惚。男人的上面有人很可能没有用，女人的上面有人就大不相同。不知怎么的，这句话忽然冒出脑海。这是谁说的？对，是那天和经贸委的唐主任在饭桌上，谈到政治前途时，唐主任打着哈哈说的。这话很有些潜规则的味道，对于自己，却似乎真的这样。本来，自己也有个远房亲戚在老家的市里做一个干部，没到广东之前，找过他好几次，原以为可以谋个铁饭碗什么的，却终于没能如意。自己来到深圳，当初就是闯荡，从没想过能够把生意做到今天这么大，走着走着，就身家亿万，很有点像一不小心。可以说，自己就是靠着这么拼死一搏，一步一步这么摸索着走过来的，然后有了各种各样的朋友，然后走得更好更如意。

教授吗？孙总忽然想给王教授打个电话，哦，正在上课？

孙总，你等等，我出来一下，这样说话方便！

是这样的，我想来想去，你那个项目，就这样办吧，到时候拿到我这里来办，你的项目，我怎么都要大力支持的呀！

到你那办？孙总，这种科研项目，只能在大学里开展，你不是在开玩笑吧？王教授放低声音接着说，最近有风声说，学术委员会认为只要你能资助项目，他们愿意和校务委员会再作商量，很快就有新的眉目了！

王教授，这件事，就不必劳你费神啦！孙总笑笑说，我最近在想，我们做生意的人，一直都在专注做产品，现在只做产品不行了，最终还是要做文化。

王教授在电话里说，对呀对呀，孙总你想得很前瞻呀！

唔，是这样的，我准备办一所商学院，想请教授来当我的商学院的客座教授，当然，教授要是能帮我在你们大学里请几个顾问请一批教授，哪怕都是兼职，那我也很感谢王教授你啦！

王教授愣了愣，笑着说，孙总真是大手笔呀！这里面又有什么讲究呢？

孙总说，有时候牌也不好打嘛，我也想给自己找个理由，可想来想去，觉得有时候不讲道理也是硬道理，就先按自己的想法，摸索着边走边试边看吧！

王教授哈哈笑着说好啊好啊，这样好啊！要不孙总，晚上你要方便，我来拜访你？

唔，好。孙总沉吟着说，教授要来，是我的贵人，就是汪市长的饭局，我也得先推了呀！

那一晚，孙总和王教授聊得很是投缘，两个人喝了两瓶红酒。回到家里，孙总借着朦胧的酒意，把老婆压到下面，嘴里念着一句老婆听不清的什么，很酣畅地完事，然后一觉睡到第二天中午。

是王教授的电话把孙总叫醒的。王教授在电话里说，孙教授，好消息呀！

孙总一愣，王教授接着说，今天校务委员会和学术委员会决定，同意聘请你当客座教授了！

　　孙总支起头听王教授说完，模糊着应了几声，又躺在床上眯了一会儿。这一眯不要紧，却让他惊出一身冷汗：这夜里悬浮感没了，大白天的，竟然感到自己的心脏悬浮而出，在额头上方不规则地搏动。迷糊中，孙总拿手去往下按，那心脏像飘在心中的气球，一按就下去了，手刚一松开，就又呼地浮了起来。

　　孙总吃了一惊，睁开眼睛，分明是一种虚幻，再闭上眼睛，它又渐渐悬浮出来，连着一根暗红血管，怦，怦，不规则地跳动。

# 假　饿

## 一

临下班的时候，何大军给老婆苏小鱼发了条短信：你们吃，我有事。何大军不喜欢发短信，嫌麻烦，一般有什么事情，都是打电话，三句两句就交代清楚。可是他不想给苏小鱼打电话，苏小鱼会在电话中啰唆半天，给她怎么也解释不清。最近，消防又来查了，幻影集团的消防，年年这个时候都过不了关，晚上，他要为这个事应酬一下。

曾经，何大军不回家吃饭，是给苏小鱼打电话说的，告诉她要和某某局长某某处长见面，是什么事情，甚至可能还要去洗脚桑拿，都一五一十地告诉她，免得她担心。

为应酬这种事，苏小鱼很不高兴，说是不是下班啦，下了班不回家老在外面混着，连个人影子都不见，这家算是怎么回事？何大军跟苏小鱼说是下班了，可他确实说不清上班和下班的区别，有些事情，好像只能在晚上好办，再说，他晚上去陪客人，不也是为了白天的工作更顺利一些吗？苏小鱼不管这些，何大军是越解释越说不清，但又不能不说，只好改成发短信。何大军知道，苏小鱼高兴是不高兴，但看到他赚来的钱，她的一切不快就化为云烟了。

何大军一直很忙。自从他被提了副总，连周六周日一天都没有闲下来过。苏小鱼跟小区里的一帮大妈是这样说何大军的，她老公忙飞了，自己只好在家掌管内务。但在何大军眼里，苏小鱼渐渐变成了一个家庭妇女，最大的长处就是吃完饭后，腆着肚子和小区里的一帮婆婆妈妈无所事事，老少都八卦得起劲，可以在社区工作站兼个大妈的职，赚个红袖章戴戴。而在何大军的女儿眼中，爸爸经常是一个概念，她起床上学时，何大军还在睡觉，她晚上睡觉前，何大军还没有回家，她只有看到别人的爸爸，才知道自己其实也是有着爸爸的，只不过，自己的爸爸，很忙，很少见，还经常很饿，经常半夜偷她桌子上的零食吃。

何大军改用短信后，苏小鱼却很少回短信，她往往一收到何大军的短信，就直接把电话打过来了。苏小鱼在电话里说，又要喝茅台的话，就把鲍鱼打包带回来，免得吐了可惜。

这个点上，何大军的胃里空着，胃壁间正高速蠕动，难受得很，特想装点什么进去。今天的这个饭局，是老板的暗示，肠胃空一点，待会儿在桌子上的潜力才大一点。何大军在电话里照例跟苏小鱼报告今天是因为消防的局，老板如何重视，下面的经理搞了多少回都没搞定，只能自己赴汤蹈火。

苏小鱼说：赶紧去吧，知道你忙，要少喝点，早点儿回来，我给你冲热茶。苏小鱼的话让何大军愣了一下，平常心里对苏小鱼的不快顿时烟消而去，感觉肚子一下子又空了许多。

挂了电话，何大军又给苏小鱼发了一条短信：浓点，浓点。

苏小鱼知道，何大军要喝浓茶，最好浓到跟龟苓膏似的，解酒，还能填充空空的胃。而何大军知道，苏小鱼冲过茶后，有时还会惺忪着睡眼，在厨房里给他煎一个鸡蛋，估摸着问题不大，才会接着去睡。

何大军是幻影集团的副总，主管行政。在那家有着一万余人的民营企业，何大军算得上是一人之下，万人之上，兵来将挡，水来土掩，很有些呼风唤雨的感觉。在他的案头，有两部电话，一部内线，一部外线。他还有两部手机，一部私号，一部是公司配的。此外，他的桌子上还立着一部调频对讲机，确保随时可以呼叫到他那些舍不得用手机的保安、保洁员。有时候，何大军正在讲一个内线，长途进来了，何大军用右手拿起听筒，嘴里跟内线说等一下，乘机又跟长途讲上几句，这个时候，何大军表现出职场上的从容不迫，两只手举着听筒，两只耳朵紧张地竖着，一张嘴巴忽左忽右地应付着说话，三五分钟，又从容不迫地挂上电话。更绝的是，何大军还会同时听三部电话，先是一部座机响了，接着手机响了，还在讲着这儿，另一部座机响了，何大军飞快地伸手按了免提，这边讲着两通电话，把身子往后靠靠，远离一点免提的座机，眼睛却盯着免提的座机，仿佛他的眼睛也有听的功能，他要讲话，就凑近说几句，然后又离远一点讲这边的两通电话。当然，也有更巧的时候，对讲机这时也叫了，何大军看一眼，任它在那鸣叫，下边有啥事情，自然会来找他或再打进来。何大军的忙，是大家都可以理解的。何大军手下有三个经理，两个助理，四个文秘，直接管理车队司机十八人，保安队伍二十人，保洁队八人，电工四人，总务两人，园艺工四人，仓管员七人，采购员两人，前厅接待员五人。就是这支人马，支撑着整个集团的行政总务，商务接待，会议安排，货物运送，安全保卫，花草养护，文具卫生，水电设备，常规工作头绪近二十个。实际上，何大军的工作在很大程度上就是听电话，在电话里不断解释，要求，训斥，求情，总之就是不管什么手段，都要把事情摆平。此外，何大军的另一个工作是开会，开集团的会，开部门的会，开下面的会，开外面的会。作为行政副总，何大军主要做执行，很少需要向老板汇报，他做的都是老板要见到真金白银的例行公事，看起来不增值，哪一件都少不得，事情都做到位了，老板也就懒得过问。

何大军的工作时间被电话和会议占完了，他的非工作时间，就只剩下吃饭和睡觉。何大军经常把一些可参加可不参加的应酬推给他的经理，但他的饭局依然排不过来。按老板的意思，政府部门的公关维护，要保持处级每人每月一次见面，科级两月要在一起坐坐，局级一个季度也要见一次面。见面完了，不能大家都拍屁股走人，总要吃点喝点，有些人还需要去按摩一下。光是政府部门的应酬，按助理给的排期，他都要每天连中午都要参加应酬，才能勉强应付过来。除了这些以外，还有跨部门的联谊，供应商的合作，本部门的聚餐，同事间的婚庆，同学朋友的叙旧，商业活动的出席，这些饭局，又够排满一个月的每一天。问题在于，这些饭局，都不像吃一个工作餐，可以根据自己的喜好，用五块钱十分钟吃一碗面，或者半个小时吃一个小炒，也不像在家里，可以慢慢地随意地吃，边吃边和老婆孩子说上几句，随便瞅瞅电视里的新闻。这种吃饭，就惨在应酬两个字里，得上不对胃口的大菜，得喝一点就燃的好酒，得制造热烈欢快的气氛，得说言不由衷的套话，得把时间想办法延长，吃饱了喝足了，还要去下一站K歌，自然又要K得高兴，K完还未必就能散场，有的还有下下一场，说肩膀酸背不舒服，要找小妹按一按。这一切都完了，大致也就夜里一两点了，喝了点酒不碍事，司机在外面候着，一个一个把他们送回去，最后送自己回家。这样应酬的好处，似乎只有桑拿之后，回家不用洗澡了，脱了衣服就能直接上床睡觉。

在幻影集团，何大军就是这么一步一步从主管熬成经理，从经理熬成了总监，又从总监熬到了副总。什么事情都帮老板办好了，老板睡好了安稳觉，醒来忽然觉得不耐烦，总要找点意想不到的茬子，消解掉这种不快，使自己的不舒服转化为更舒服。何大军习惯了忍，老板更舒服了，他的工作也就有了成效，自己也才好受很多。

这么多年，何大军习惯了老板的脸色，习惯了应酬，习惯了忙，也习惯了饿。就像现在，他的冰箱里备有点心，他不能吃，为了公司的消防，得坚持饿着。

## 二

幻影集团的消防，是个老大难的问题，消防门，消防栓，灭火器什么的都有，消防标志也贴得清楚，消防通道畅通无阻。但这栋楼建得早，中间经过了几次转手，消防设计本身有点问题，当初根本就没做严格的消防验收，像烟感器什么的，都是后来装修时加装上去的。防火科的人多专业，隐藏的消防问题，他们随便转上一圈，不看图纸就知道。这些消防隐患，有的要想解决，得把大面积的墙体打掉，相当于在主体结构上重新布局一次，是花费要超过千万的大动作。每年年底的消防检查，都是何大军去沟通协调的，安排吃一点，喝一点，拿一点，再玩一下，下个整改通知书，再弄个整改报告作为回复，这事才暂时算过去。

今年似乎力度不太一样。今天早上，消防局的肖科来送整改通知时，脸色还是那么和善，口气却严肃许多。何总，今年上面特别严，再说你们隐患总归是隐患，这回一定要动真格啊！肖科看起来面善，说话慢条斯理，很像何大军经常在桌子上见面的那些处长。两年前，何大军第一次和他见面时，也是叫他肖处。肖科说我是科长不是处长。何大军说早晚要当处长的嘛，肖科笑笑就默认了何大军的叫法。

何大军心里清楚，这个被他称为肖处的科长，是个复杂的角色，须臾之间，就能变了脸，成了祖宗。哪次来了不是说上面下了决心要严查，哪回又不是在沟通之后都一拖再拖？至于整改报告，已经形成了固定格式，改改个别字眼，改改日期，打印出来就可以了。何大军心里担忧的，不是眼前这一关过不去，老板要他干什么的呀，就是因为他能把很多不可能的事情变成了现实。何大军向老板汇报这事，老板的意思，这回要彻底解决掉。何大军心里清楚，只要消防隐患确实存在，一日不真正整改，这种例行检查就不能大意，少不了要反反复复到贵宾楼去沟通沟通。

中午临下班前，何大军已安排人在贵宾楼订了座。这贵宾楼，做粤菜，也做杭州菜，生意特别好，不提前预订，经常没有包房。何大军一直习惯的是川菜，哪怕在街边一个小馆子，五十块钱吃个水煮活鱼，那麻那辣，吃到嘴唇舌头都没感觉了，那才叫吃得舒服。何大军要请的客人几乎没有川湘的人，他们不是东北的就是广东的，再不就是苏杭江浙上海的，口味清淡，喜欢海鲜，喜欢茅台，也有的喜欢 XO，尽管何大军在心里认为他们吃海鲜不是糟蹋酒就是糟蹋菜，但每回他都只能主随客便，不管三七二十几，给男的先点一盅鱼翅，给女的点一盅燕窝。这个贵宾楼，一开始是某个处长指定的去处，何大军去过，后来发现那是政府官员喜欢的地方，环境雅致，价格偏高，多半能让事情在桌子上办成，至少也会有点眉目，贵宾楼就渐渐成了他定点接待的地方。其实，何大军只喜欢喝贵宾楼做的千目湖鱼头汤。这种鱼一般要提前预订，说是从千目湖空运过来的，有的时候有，有时候没有。现在，只要幻影集团的何总订座，大堂经理就知道要留天目湖鱼头汤的，这已经是例牌。

肖处，喝什么酒？何大军把包房号用短信发给肖科，忽然想起记不清他喜欢喝什么酒了，又把电话打过去，好提前做好准备。平常，何大军预备的酒有五六种，不时还有一些新的品种。在幻影集团的仓库，单是白酒，有飞天茅台，军供茅台，特供茅台，两斤半装茅台，有五粮液，有郎酒，有稻花香，有白云边，有泸州老窖，还有皖酒王，这种酒主要是员工聚会用的。果酒干邑白兰地类，有轩尼诗有人头马，还有红酒，左岸右岸的，智利澳洲的，价格从一百多到一千多，何大军最喜欢的，是那款产自波尔多河左岸上梅多克的戈博尼，那是一款以三十年以上的老葡萄藤产的葡萄酿制的，只添加了少量其他葡萄。这款酒名气不是很大，但它的产区紧邻拉菲，品质绝对优良，每年的葡萄只够装一千瓶，每瓶酒都有编码，喝到口中，可以回味到橡木桶的芬芳。

喝什么酒？肖科嗓门忽然比上午来的时候大了，有什么酒？

喝白的还是红的？何大军不想告诉他自己有什么酒，等肖科大致定了种类，自己挑一种比他想喝的再好一点，就会有一点出人意料的效果。再说，仓库的酒虽然他可以随意取，但要填写清楚，应酬什么人，为了什么事。什么级别的人，喝什么档次的酒，什么样的事情喝什么样的酒，都有大致的规定，标准可多了，老板会不高兴。

先喝点白的吧，肖科说，他们那有一种花雕，温一温，也很不错。

这种花雕，何大军喝过，不很喜欢这种口味。江浙一带的酒，跟由北而南的传统白酒有所不同，那酒，比日本的清酒浓一点，比东北的老烧淡一些，度数跟湖南的米酒差不多，咽过之后，有一点点米香的回味，舌头却有点苦涩感。据说，这花雕原本跟女儿红是一种酒。农家养了女儿，要装一坛子米酒埋到地下，等到女儿出嫁的时候取出来喝，这酒就叫女儿红。如果哪家的女儿没有养大，这酒就可以提前喝了，江浙人就将这酒叫作花雕。说到底，花雕酒窖藏的时间短，口感缺了绵厚，香味也多了点张扬。打心眼里，何大军只喜欢茅台和红酒，茅台张扬则张扬，却很真实，很少有人不在茅台面前原形毕露。红酒则率性而内敛，一个人，一根菜也没有，也可以斟上小半杯，摇一摇，晃一晃，嗅一嗅，看一看，呷一呷，闭上眼睛，任自己恍惚着，这样的境界，适合一个人的时候。

今天不能喝白酒呀！何大军说，我这中午喝得还没有回过神来，陪肖处喝，怕不能让你尽兴！其实在何大军心里，已经想好了要先糟蹋两三支红酒，再打电话叫朱丽过来救驾，然后再上一两支白酒，自己不能倒，让肖科喝得满口胡言，就正是火候。

哦？肖科有点不满地说，那你是什么红酒？长城？张掖，还是华夏？

何大军说，我这有一款，叫戈博尼，拉菲的品质，七十年的葡萄老藤，我敢保证你绝对没有尝过，怎么样，尝试尝试？何大军故意夸张了葡萄藤的年岁。

好啊，肖科迟疑了一下，我还真喝红的不多呢，今天就破个例，看看你的酒如何，这酒叫什么来着？

戈博尼。何大军说，我带上一箱，你要觉得不错，还可以带上一两支回去，晚上的睡前运动，可以预预热，先跟嫂子碰碰杯呢。

何大军装了一箱红酒，又装了三支白酒，三个牌子。他今天要以品酒的名义，从红酒入手，让肖科的胃装进去三四种不同的酒，把他的火压下去，让他沉醉在按摩房。酒喝到位了，只要是人定的规矩，人就可以改变；人不能改变的，只要是人在执行，那也就有办法。

那行，不够的话，反正酒楼也不缺酒。肖科说。

## 三

肖科打车到的贵宾楼。何大军一把握住肖科的手说，怎么不打个电话，我去接你呢，让你坐出租，实在过意不去。

接啥呢，我只要打个电话，大把的人接送。肖科到了面前，何大军才感到他的嗓门有多大，跟电影里那些粗鲁的兵蛋子似的，弄得门口的服务员几次伸头瞅个究竟，跟在他办公室完全是另一副声气。我这人吧，知道规矩，对吧，交警跟我们是兄弟单位，我喝得满口酒气，出门被他们碰上要我吹气，你说我是让他们为难呢，还是他们让我为难？哈哈哈，我就打车嘛，麻烦你干啥呀！

何大军跟着打几个哈哈，两人就进了房间。今天想吃什么菜？何大军一边将那箱红酒打开，一手将菜单推给肖科说。

吃啥？你点！肖科看着何大军，自己点上一支烟说。

我已经提前预订了天目湖的鱼头汤，其他的菜给你留着呢。再说，我们也好久没一起吃过饭了，不知道肖处现在喜欢什么样的口味。今后，可要加强联系呀！

就是！肖科叼上一根烟，点着头说，我记得又有一年了吧？去年你们是怎么回事，究竟整改没有？肖科吐出一口烟圈问。

何大军连连说，先点菜，我慢慢向你汇报。

肖科点了两只鲍鱼，一个鱼翅羹，外加一例菜心，问，什么菜下酒？

何大军说，今天喝红的，要点红肉。

肖科翻翻菜谱，说那点个牛扒，再来只烧鹅。肖科一路翻过菜谱，点了八个菜。

菜下单了。何大军安排服务员把酒打开醒着。服务员开了酒，拿来两只高脚杯。何大军瞥了一眼，说这杯不好，换那种大号的，一杯够装半支酒的。服务员说没有，酒楼配的就这种。何大军问，多长时间可以上菜？服务说，晚上有点忙，可能要十五分钟。何大军说，行。拿起电话，叫司机赶紧在尾厢里把高脚杯和醒酒器送上来。何大军的高脚杯，是法国进口的，一只八百多元，他的尾厢里用发泡沫装着四只。这四只杯子，通透，在何大军眼里还很高贵，杯身350毫米，杯口直径也有150毫米，尤其是连着底座的手柄，玉一般温润。

肖科说，不必了吧，怎么都是往嘴里倒，小点就小点，多倒几回嘛！

何大军说，我这杯子，轻易不示人的，从买起到现在，还只和你们的罗局长喝过一回，放着不用，也很可惜呀！

司机很快送上来杯子。何大军交代司机到大堂去吃，吃完挂到包房的账上。

服务员过来斟酒。何大军一把接过醒酒器，说，今天，我来亲自给肖处倒酒！

何大军将左手轻轻压到胸前，端起醒酒器到离杯子30厘米高的地方，慢慢倾斜醒酒器，戈博尼顿时如同鲜艳的血液一样，缓缓向下倾注到杯中，杯中的酒，浅浅的，不知不觉地上升，将到杯子容量的二十分之一时，何大军忽然收住。而在下倾的过程中，忽而晶莹，忽而艳丽，忽而流畅，忽而缓滞，又渐渐收住，瓶口留着一滴，欲坠还留似的，舒缓着拉长身姿，终于带着决然一跃而下，在杯中形成一圈圈细密的波纹，清洌就先以一种若有若无的香味进入到肺腑。

怎么样，肖处，先品一品？看着服务员上完第一道菜，何大军举起杯子，轻轻摇了摇，酒顿时活跃起来，从半壁上垂挂而下，弥漫出淡淡的芳香。何大军说，这种酒，要喝时段，以现在的温度，十分钟改变一种风味，来，先尝尝这酒的味道！

肖科看着偌大的酒杯中那一点点酒，皱了皱鼻子，一把端起杯子，仰头就倒进了嘴里。何大军看在眼里，心想这肖科畅快倒是畅快，却没有一点风情和品位，大概是跟防火有关，风风火火惯了。

肖科喝完酒，咂咂嘴皮，嗯，不错不错，来，满上满上！

何大军犹豫了一下，按肖科的意思，将酒倒了大半杯，瓶子里只剩下了浅浅些许。

好酒要多喝！肖科再次端起酒杯，来，干！

何大军愣了一下，连忙举酒站起来，干！

停！肖科看着何大军的酒杯，忽然说，加满！怎么，这就开始了舞弊？

何大军笑笑，这不还没倒满，就响应你的号召先干为敬嘛！

肖科放下酒杯，紧走几步拿起打开的一瓶酒，哗啦哗啦几声，酒就升到了何大军杯口。肖科把剩下的酒加到自己的杯里，再次举起酒杯说，是个男人，就干了这杯！

何大军停了好几口气，才将满满一杯酒喝下去，胃里顿时觉得无比饱满起来。但何大军清楚，自己今天的喝酒，比平常有更明确的目的，想了想说，肖处，今天请你来，是酒肉穿肠过，政策心中留，要你违规的事情，兄弟也不敢干。

肖科看着何大军，努努嘴说，你接着说完，一边吩咐服务员接着倒酒。

何大军说，老板的意思，看能不能有个什么办法，就一次验收过了，省得老麻烦你们来检查，来一回下一回整改通知，你也知道，那是设计缺陷，可不是轻易就整改得了的呀！

哎呀，兄弟！肖科迷蒙着眼，长长吐了一口烟圈，说，你这就不对啦，自古就说，飞鸟尽，良弓藏，你都验收合格了，你以后在单位做什么，就你单位内部那点破事？再说了，也没有封你的门嘛，也只要求你们整改嘛！

何大军哭笑不得地说，肖处，你们当领导的，看问题就是很独到，很为他人着想，向你学习！

我跟你说实话，消防很重要，尤其是你们这样的大企业，查一查你们，促进你们安全生产了吧，我们工作也做了吧，以我的经验看，这就是双赢！你想，要是万一出个事情，是你兜着，还是老板兜着？

唉，何大军故意叹口气，你说的也对，兄弟不是不知道。可老板不这样想，肖处你想，这事情我要办不好，老板能放过我？消防这东西，我是外行，今天就想请教你这个专家，怎么把这事情办好？

肖科哈哈一笑说，真要办好，那还不容易，按要求整改呗，停工一个月，将消防设施重新安装，安装时请我们去看看，不就一劳永逸的事？

何大军一听，知道肖科在打太极，他要没有一点办法，也不会来喝这顿酒。于是故意镇住脸说，肖处，你这也算是个办法，要是这样的话，我现在还能在这儿和你喝酒？看了看肖科，又接着说，本来，我们老板今天也要来见见你的，可统战部的一个领导临时找他有事，来不了了，不过，老板委托我，带来一样小小的礼物！

哈哈哈！来，倒酒，倒酒！今天我们要的是开心，不谈工作！肖科说，我们不是第一回见，你也是爽快人，你看到过没有，世界上有谁是被憋死的？你刚才倒酒都很讲究，我看你是专家，今天也跟你学学，回到家也好演练演练，把一个粗人也弄风雅一点！

何大军心想，以肖科这样的急性子，得慢慢来。好，今天就喝酒，品酒，论酒！其实呢，这法国的酒，讲究太多，很难真的明白！要不这样，我叫一个人过来，给肖处助助兴？

谁？肖科警惕似的问。

我的一个手下。何大军说完，给朱丽打电话，让她赶紧打车过来救驾。

是个女的？肖科问，名字很好听嘛，还朱丽朱丽的，莫不是你的朱丽叶呀，私养的小蜜？肖科斜睨起眼睛，笑得肆无忌惮，是不是想和她爱呀？

肖处啊，这种事情，你比我经验丰富，这女人要的是情调，男人要的是调情，你看我忙成一团糨糊，哪有这个闲情？

这个朱小姐，我要多了解，日后才知道啊，哈哈哈！肖科笑完接着说，何总既会品红酒，又善挑美女作陪，人生乐事啊！

何大军笑笑，哪里，这些都是在官场边上混久了，跟着兄弟们慢慢学的呢！我一个大老粗，实在不胜酒力，又不能让兄弟们扫兴，这才喝点红酒！

肖科说，我听说，法国的红酒太多，其实，也没几个人真的就懂法国的酒。

对！何大军伸起大拇指，像我们中国人吧，就只好结合自己的爱好，选一些自己喜欢的方式。何大军端起酒杯，将手放在底座上托起酒杯说，在法国，这种拿酒杯的方式，是贵族的方式，可是，我感觉别扭。何大军又把手往上移到杯柄说，像这样拿酒杯，是大多数的拿法，这样人的体温是经过杯柄慢慢传到杯身的，使酒的风味变化缓慢，保持一段风味的持久。

肖科把酒杯凑近鼻子，笑笑说，平常就只在喝酒，从来没想那么多，经你这么一说，似乎还真的是那么回事了。

说实话，肖处，我也是不善饮酒的。何大军端起杯子说，在外面如果不是兄弟，我也不端杯子。一定要喝的话，我宁愿回到家里，自己小酌一点，哪怕像孔乙己那样就着几颗茴香豆，也是一种享受。有时候啊，我就在想，这生活该如何过呢，像我现在，喝酒基本上是固定的酒庄，喝茶也是指定的茶庄，洗脚有固定的足浴店，吃饭有定点的地方，想想，有时候也就很满足了，还跟啥过不去啊，人生不就这些乐趣吗？

那你睡觉还有定点的地方吧？肖科的酒意已经开始上来，脸色正渐渐红润起来。

那当然！多晚，我都要回去，老婆都把被窝暖好了，等着我呢，不能空着呀！何大军故意笑出诡秘。

## 四

席散的时候，已经晚上十点。朱丽一直没来。何大军打过几次电话，起初说堵车，后来手机就无法接通了。好在，何大军火候把握得不错，肖科很快就进入了状态，有没有美女作陪，已经不重要了。

两个人喝了四支红酒，另外开了一瓶茅台，才喝了大半，肖科就吐了。借着红酒酒意的上升，何大军在喝茅台时做了点动作，加起来也就一两左右，勉强支撑得住。但他知道，今天红酒已经喝得太多，回到家里，弄不好还要大吐一回。今天这局，总算保持住了最后的境界，没有现场把吃的一点东西都拿出来。

桌子上的菜已经冷了。鲍鱼自然都进了肚子，鱼翅羹喝了一多半，天目湖的鱼头汤也都尝了尝，至于那块大牛排，根本就没动筷子，在空调的冷气下结了一层乳白的油。倒是那菜心，缺了一角下去，其他的也都没怎么动。如若不是那烟盅里堆满了烟头，还会以为没有开始剪彩。

肖处，肖处！何大军摇摇趴在桌上的肖科，小声问，怎么样，下一场？

肖科迷糊着应了一声，哼着说，我、我要回、回家！

真的要回家？何大军巴不得赶紧送肖科回家，明天再跟进一下，起码防火科就没那么急了，有了更多的回旋余地。这种事情，指望一两次坐坐就解决掉，那是不可能的。

　　肖科还是哼着说，我、我要、回、回家！

　　好！那我送你回家！你家在哪里？何大军才猛然发现，自己还是细中有粗，事前忘了问清楚他家在哪里，不然，怎么好往回送？

　　我、我要、回、回家！我、我要、回、回家！肖科连说了两遍，依然闭眼趴在桌上。

　　肖处！何大军又摇摇他，你的家在滨江新村？还是梅林一村？

　　不——是！肖科应了一声，挥了一把手。

　　那是风雅苑？万科雅园？何大军把自己知道的公务员住的小区都轮个问了一遍，最后连经适小区都想了出来，可肖科都说不是。何大军一时傻了眼，不知道他家在哪里，就没办法往回送，自己得一直陪着。何大军想了想，把司机叫上来，决定将肖科先送到足浴店，洗一个小时的足浴，那时大致就会清醒很多，再送他回家。

　　两人好不容易将肖科弄到足浴店躺下，安排好技师给他洗脚，何大军正要脱鞋躺下，感觉一股巨大的尿意迅猛袭击而来，似乎要决堤一般，膀胱又痛又胀。连忙起身去洗手间，却发现连走路也不方便，不得不弯腰弓背，夹着腿一步步快速往前挪动。那股尿，仿佛已经到了门口，只是被死死捏住一般尿不出来。何大军憋得脸色一下苍白了许多，门口的服务员跟着问，老板怎么了，有需要帮忙吗？何大军艰难地摇着头，短短十几米的路，仿佛极为漫长一般，好不容易才进了洗手间，背靠住门就掏出家伙，哪知道，却一下子尿不出来了，刚才还无比凶猛的尿意，似乎经过了回流，又被憋回了体内。何大军一手撑在墙上，一手扒拉着裤子，看着镜子中的自己，忽然觉得，自己也有了八九分醉意，小小的洗手间在玻璃中缓缓旋转起来，镜子中的自己，在摇晃和旋转中渐渐模糊。

　　这时，何大军听到了一股涓涓的清泉声，舒缓，和煦，一点也不汹涌热烈，却长久，持续，仿佛哪个泉眼蓦然冒出了细流，无休无止地流淌着，自己竟然一点儿感觉也没有，木了一般。

　　回到家时，已是午夜两点。何大军推开家门，又上了一次厕所，一股饿意就涌了上来。妈的，怎么越吃越饿！何大军嘀咕了一句，赶紧随便洗了洗，轻轻地上床睡觉。

　　苏小鱼睡得沉实，似乎没有觉察何大军回来。自然，她没有给何大军沏上一杯浓茶。躺到床上，何大军却睡不着，他一再提醒自己闭眼睡觉，可眼睛闭上了，从窗台上透进来的昏黄路灯让他感觉脑海中隐约有一片雾白的光，仿佛就因为闭上了眼睛，世界就突兀起来，房子的轮廓，世界的轮廓，都在脑海中浮着，开始缓慢地旋转。何大军睁开眼，拿手轻轻按摩着自己已有一层脂肪的肚子，睁开眼睛才觉得屋子里的幽暗，苏小鱼侧着身子的影子像一座丘陵，扎扎实实地横亘在眼前。就是这个女人，何大军面对面地看了几十年，现在忽然这么模糊地看到她，不禁生出一种恍惚的感觉。

　　不想，这恍惚却是渴和饿的前奏。想喝水，想吃东西，却感到自己站不起来，想不起来今天自己为什么喝酒，和谁喝酒，喝了多少酒了。现在，何大军只有一个感觉，胃里空得难受，那胃似乎由一个圆形的东西变成了块状，胃壁贴在了一起，仿佛胃所在的地方空出了一大块，而胃里的东西都涌到了喉管，在那里极不安分，探头探脑地跃跃欲试地要跑出来，颇为顽固的样子。

　　何大军极力憋住，发现有一股生涩的东西已经从喉管进入了口腔，要喷涌而出。何大军鼓起口腔，尽量给跑出来的东西留出一点空间，一边紧紧闭住嘴唇，他想咬住牙齿，可是发现上下之间的牙齿已经咬不到位了，口腔里不断增多的东西让他的上下颚之间不得不越张越开，而上下唇又不得不越闭越紧地撮在一起。如果，口腔里这种充盈感移到胃里，那该多好！何大军觉得，虽然屋顶在旋转，自己心里，还是很明白敞亮。

何大军感到自己的脸碰到了硬物上，用手摸了一把，不觉就顺着墙爬了出去，径直爬进了洗手间。他的手刚扶住马桶的边缘，紧闭的嘴唇就决堤了，一股浑浊的东西喷薄而出，溅满了他一身。何大军想找东西揩一下嘴巴，感觉手伸进了水中，赶紧抓了几把水上来，漱了漱嘴巴，又抹了抹脸，趴在马桶边缘上，感觉自己的胃成了一个深不可测的黑洞，正被自己堵在喉管的东西一步一步抽紧，像一个瘪了的气球，无由的心慌从全身泛起，全部心思集中到了胃这个地方。

好久，何大军想吐也吐不出任何东西了，感觉自己只要不动，周围的东西也就不再晃动。灯就在这时忽然亮了，何大军听到拖鞋的踢踏声，想抬头，却只转了转脸。

苏小鱼靠在厕所门前，看着何大军，问，吐完了没有？

何大军看着马桶边的墙角，说，我饿，很饿。

苏小鱼说，你饿什么呀？吃得肚子里装不下都吐了，还饿？

快点，帮我，我饿。何大军说，撑着马桶的边缘，竟然站了起来，脚下一歪，双手扶到了洗脸盆上，就看到了镜子中的自己。镜子中的何大军，虚弱得像一个得了大病的人，脸色苍白，眼神呆滞，浑身没一点力气。何大军看着镜子中的自己，问，这一两酒就是三两粮食，怎么还会这么饿？

你就是假饿！苏小鱼说，赶紧洗一下，我给你冲一杯茶，解解酒。

我饿，要吃东西。何大军说，我没醉，酒醉心明，不然怎么没吐到床上，到洗手间来了，我要吃东西。

你还没醉？苏小鱼说，我才清醒着呢，听着你开门进屋，听着你吐，活该呀你！苏小鱼一边远远地帮何大军放了温水，极为不满地说，刚才我在床上就在想，以前政治书上讲过，资本家生产过剩，卖不出去都倒进了海里，你呢，吃不消的都吐进了马桶，不就跟经济危机一样，自己把自己搞垮吗！

何大军辩解说，我、我这是、能者多劳。

苏小鱼嗤的一声，很不屑地说，你天天喝茅台，吐鲍鱼，这跟过剩有什么差别？早晚有一天，你要喝得通体膨胀，引起生命危机，老是这样下去，不定哪天要提前撤下我们倒闭！

何大军心里一怔，终于抬起了头，看着苏小鱼出去，又听见了杯子的乒乓声和饮水机的咕隆声。何大军琢磨，苏小鱼肯定是在给自己冲很浓很酽的茶。

何大军慢慢收拾好自己，来到客厅，没有看到热气腾腾的茶，桌面上放着一桶牛肉方便面，展开的勺子摆在桶上。在袅袅升腾的热气中，何大军的胃渐渐饱满起来。

何大军再次上床的时候，怎么也睡不着。苏小鱼翻了个身，发出均匀的呼吸，何大军看着模糊的屋顶，觉得屋子里充满着生机。

# 借 钱

## 一

老四向我张口借钱时，我忽然想起，曾经，我以过来人的姿态，无比真诚地向舒云告诫过，千万别给朋友借钱。那时，舒云正准备给她的诗人朋友刀口借出第四笔钱，我视死如归般劝阻了她。

我劝舒云的时候，仿佛真理站在我这边，极希望她能听从我的意见。舒云是一个作家，在我的眼中，她是那种善良的人，善良到分不清真伪，别人只要央求她两句，很容易就在原则面前失去尺度。作为多年的朋友，我觉得有义务慎重地提醒她一些俗务。

老四在电话里说，要把餐馆搞成农家乐，钱一时转不过来，能不能帮忙想点办法，四万五万都可以，再多一点也不限。老四跟我说起借钱，好像我腰缠万贯，其中有一半是他存在我这里的。实际上，钱这东西都是我一分一毛挣来的，根本不是我在睡觉的时候，一边扯着隆隆鼾声，一边做着美梦，像雪片般飘进我的口袋的。

三五千做盐都不咸，我也就不借了。末了，老四春风得意地说。从他的春风得意中，我听得出他的餐馆正马蹄疾着，生意定然很是不错。

老四向我借钱，是对我的信任，给足了哥们面子。比如老六，小时候也是光屁股一起玩的，如今钱比我多一万倍，大家平常也不紧不慢地联系着，但老四宁可自己憋着，也绝对不会向他张口。现在，老四把这个机会给到了我，这份情谊，让我心中涌起一缕温暖，我心头一热，囫囵着就应下了，虽然我还不很清楚，我的账上究竟有多少钱，够不够老四要借的那个数目。

我最近手头比较紧，你起码要给我一个月的时间。我给老四说。不知道为什么，心里竟然极为惭愧地犹豫了一下，没有爽快地答应。

老四这个人，我们一起光着屁股长大，一起上学，又一起种地，前后不隔几年，又一起出来打工，平常你来我往也很不少，相互之间电话号码存在心里，可是真正的难兄难弟。若干年前，记不得是哪年了，我和老四都还在老家的时候，日子混得都不如意，我因为想进城看看，找老四借过八十块。我本来是想借他一百的，那时老四手中只有八十块，他想都没想，就都掏给了我。这八十块钱，过了好几年，我才还给他。

本来，我们的道路也是相同的，先后到了深圳，才各自有了不同的生活。我一直在一家企业干，这么多年终于折腾成企业的高管。老四在深圳十年，却干过十几种行当，最终决定回到家乡的镇上开始创业。现在，老四的名片上印着一家餐饮公司的董事长兼总经理，属于国家能够认定的微型企业业主。而我，在深圳依然每天上着十四小时的班，一个月拿两万块的工钱，那些房屋三级市场的中介也把我称为业主，一个有着两百多万房贷的业主。

老四在深圳的时候，只要他一放假，我们多半就聚在一起喝酒，聊天，吸烟，喝茶，相处得极为开心融洽，有时候甚至聊到下半夜一两点，两人都还没有一点睡意。我从来没有想过，哪一天我会找他借钱，或者哪一天他会找我借钱。我得承认，在我们的观念中，不管兄弟谁有了难处，肯定要出手相助，这事没得商量。可究竟怎样相助，都没有碰到过这个难，谁也没有往深里再想一步，仿佛这难处永远也不会出现。老四回到家乡不到半年，这个让人尴尬的难题竟然真实地出现了。据老四讲，他的餐馆生意还很不错，比在深圳打工要强很多。现在，他要跨行业横向发展，准备把生意做强做大，追加一些投资，搞成一个农家乐。

老四是在聊天中提出借钱的，快要挂电话时，老四才在电话里说，最近怎么样，把钱给我挪一点。就他这句话，让我满头冷汗。老四说的时候，仿佛跟给自家人说似的，很有些轻描淡写，却毫无商量的意思。我知道，从乡谊来说，我们算得上穿过一条裤子，曾经都是难兄难弟，一起摸爬跌打过来的，天地良心，不给他借说不过去。

我先叫老婆查一下账，晚些时候再给你回信。我想说得干脆些，但还是显出了一些犹豫。

没事。老四倒很干脆，我可能还要个把月才用，先给你打下招呼。

哼呵呵这样啊，我第一次跟老四打起了哈哈，没有明确表态，心底那团惭愧却升了起来，仿佛被老四这张镜子一下子照出了什么，这算不算很不够哥们义气？

就在我犹豫着要不要给老四借钱的时候，舒云讲给我的故事，蓦地就跳进了我的脑海。

## 二

舒云是我另一个圈子的朋友，她是一个知名作家。和舒云交往多了，我也认识了几个作家，渐渐知道了一些作家的事情。这帮作家往往好高骛远，本来该想着怎样写好文章，却常常想着属于生意人赚钱的事，文章没卖成钱，也放不下身段，一股子穷酸气。

你不能这样看。舒云每当看见我对作家不屑的神态，语重心长地劝导我说，以后我带你见见一些德高望重的作家。我想告诉你，人和人是不同的，作家和作家也是不同的。舒云看着我，一本正经地说。

文坛吧，我觉得就好比大家在一起熬了一锅汤，本来每个人都可以舀一勺喝一小口的，可是有几个人硬生生弄了几颗老鼠屎进去。这汤，该喝还是不喝？我想起了老家的这个比方，觉得打在文坛上，似乎也很恰当。

舒云看着我，笑了起来。笑到一半，忽然就叹了口气，问，你还记得刀口吗？

刀口？这名字怎么那么熟悉？我想了想，忽然就想起来了。有次在一个聚会上，舒云给我介绍过一个男孩，除了头发长些外，整个人显得瘦弱文静，让我多看了几眼。舒云介绍说，他叫刀口，是个有前途的青年作家。本来，刀口这名字，我一下子就记住了的，可一说他是作家，我心里就无端地反感，之后也没有任何联系。

舒云见我想了起来，接着说，最近他又找我借钱了，你说我该借还是不借？看看，这么知名的一个作家，如果世界上没有那些伟大的作家，我甚至就可以把舒云当作我的人生导师了。现在，她面对生活中的现实，终于不能像她在文章中那样指点江山激扬文字，眼神充满了迷茫无助。

他已经找你借过了？我疑惑地问。

自从我和他认识以后，他已经找我借过三次了。每次借钱的时候他都可怜兮兮地说，舒云啊，我活不下去了，你再帮帮我吧，我一定记得会还你的。想着他难，又是写诗的人，我就借过他三次，第一次三千，第二次两千，第三次五千，这次他要借一万，说决意不再打工了，想要自己开个小店，自己主宰自己的命运，好腾出时间一心一意写诗。

我笑了起来。这个刀口真狠，一把就拿准了舒云的脉，把她当成装在银行门口的提款机，连密码都省得输了。

你想呀，我也是拿一份工资，攒一点钱，不是熬夜卖血换点稿费，就是平常节省下来的。他这样连着借，我不帮他吧，于心不忍，帮他呢，又实在觉得力不从心。

我不知道该如何帮舒云判断，也不知道刀口找她借钱，是不是还有什么别的理由。那天晚上，我在家闲着无聊，想起了舒云和刀口之间的这事，上网查了查刀口究竟是个什么样的人。不查不知道，一查吓一跳，刀口可不是只向舒云一个人借过钱，百度搜索里面，刀口向各种各样的人借钱的帖子大有要上搜索首页的趋势。

为了稳妥起见，我又从一大沓堆积的名片中找了几个稍微熟悉点的作家，装着刀口向自己借钱打电话征求他们的意见，想证实一下刀口的这些烂事。有人说，你自己看着办，我不好给什么意见。有人说，别借，听我的！也有人说，呵呵，呵呵，哼啊，你有钱就借我吧。还有一个人咬牙切齿地说，你别跟我提刀口，我要是斧头，就把他直接给剁了！

征求完意见，我给舒云电话。我说：你不能再借了，以前借出去的就当给他了！

我也是这么想过！舒云说，可我就是找不到不借的理由！

我把找到的关于刀口的消息原原本本地讲给舒云，告诉她，第一真假自己判断，第二无论真假就不要再传，第三善良不能成了软弱。

我还没讲第四的时候，舒云在那边长长地叹了口气，我也不知道该怎么办了。舒云很有些茫然地说。

# 三

老四离开深圳前，我们找了一个夜市，彻夜长谈了一次。我们聊了一起上学的时光，聊了以前在老家的苦闷，聊了村里谁在城里混好了，聊了各自在老家渐渐老去的父母，也聊了城里风骚的女人，聊了我们正在长大的孩子，甚至憧憬着孩子将来和我们不同的生活。

狗日的这城！老四喝了酒，心底有关城市的眷恋渐渐浮现出来，一双拳头握得紧紧的，狠劲地砸在自己的大腿上。再不回去，搞什么都晚了！老四说。

你先回，我一退休，我也回！我的内心，始终眷恋这那片贫困的故土。要是我到时候回去老屋塌了，就住到你的家里！我仿佛看到了三十年后的我和老四，也像此刻一样坐在一起唠叨着久远的过去。

我和老四之间，生活渐渐不同的是，我决意在深圳定居了，而他决定带着这些年的积蓄回去，重新开始另一片天地。实际上，我在心理上是不希望他离开深圳的，而在理性上，我觉得他早就应该回到家乡。老四在深圳也折腾了好些年，才在一家鞋厂的大底车间沉下来，这两年从压模员干到组长，工资从两千多涨到了四千多。按老四的节俭，他该是也攒了些钱的。我愿意支持他回去，也是看到他在车间浓郁的化学气味的熏陶下，头发已经掉了多半，提前显露出未老先衰。我真的不愿意看到，他前三十年拼命挣钱，后三十年拿这些钱去拼命治病。

早先几年，我怂恿过老四，把孩子弄到深圳读书，按揭一套小房子，或者凑一套小产权房，就算下半生在深圳安定下来了。老四开始还有些动心，陆续问过好几所学校，也看过一些小产权房，每拖一阵房价就涨一轮，最终在一再犹豫中错失了买房的机会，他全部的钱加起来连首付的一半也付不够了。

老四说，家中还有老父老母，指望我养老呢，再干几年，就回去了，该儿子接着去闯世界，我就养老了。

老四说的回去，其实我也一直很想。想想这城里的尾气，这漫天的雾霾，早就受够了。可是现在回去，已经交了十几年的养老保险不说，就是真等到拿了退休工资，人生也已进入老年状态，身上这个毛病那个毛病先后就要陆续造访了，真正回到乡下，有了病怎么看？况且，在城里这么多年，习惯了边看边逛，生活方式跟乡下完全不一样。

社保怎么办？你已经交了十年，再熬个几年，老了也能拿点生活费，要不转回去？

妈的，我也为这事头疼！老四说，退呢，交了快十年，转呢，我打听过，转回去再交，到时候拿到手的退休金少得可怜。想来想去，只能先放在深圳，边走边看。

我也没有什么更好的主意。有时候政策变化太快，谁也预见不到未来几十年的事情。我的心里充满惋惜，却也羡慕他能回到自己的村庄，在老家重新开始。尽管这种开始，其结果如何，还是无法预见的。而无法预见的事情，有些只要努力去争取，里面就是希望。

下决心之前，我也是想了很多。你看我，到底还能活几十岁？人生他妈的都是偶然和意外！老四猛地扬起脖子说，好在我有个儿子，边走边干，能活尽量活长点，啥都是儿子的！老四要离开深圳，一时竟然有些悲壮。

即使回去了，一定要常联系！

你要回去了，一定要喝一杯！

那一晚，我和老四喝光了两瓶白酒，在木条椅上抱头而眠，仿佛自此就是永别，眼里满含泪水。

# 四

老四第二次找我，是晚上在 QQ 上。以前，他在深圳时，我们在 QQ 上常常通过视频直接对话，有话则长，无话则短，视频一开好长时间，相互默默地看着，或者顾自忙着自己的事情。

老四问，在？

我回答，在。

老四点了视频。我点了接受，却一下子没有连接上。我的网络一直不好，电脑 C 盘的空间和内存都已经很小，影响网速。我知道。但没有马上换电脑的意思。

怎么？连不上？老四问。

我忽然想起，老四说的借钱的事情我还没有正式表态。但这段时间我一直很忙，没有时间去想这个事情。现在，老四该是要问借钱的事情了，我该给他一个什么样的答复？

可能网有问题。我回了句，也许是电脑有问题，最近老是掉线。我说，有点心虚，虽然说的也是实话。

其实我是愿意和老四视频的，如果他没有向我借钱的话。在深圳，流行三不借，不借车，不借钱，不借住。这是深圳民间都心知肚明的潜规则。这三不借中，有着大把鲜活而惨痛的案例，往往在借出后收回时，亲戚借成反目，朋友借成陌路，同事借成恶人。

我可以回绝别人，却难以回绝老四。我离开老家十年了，村子里同龄人现今大都像我一样在外，我和老家的连接，似乎已经只有年近八十的父母。父母将来有一天离开了我后，那个生养我的村庄，会不会就只能出现在我的梦中，渐渐像断线的风筝那样飘散于无形？再说，像老四这样的兄弟，在我的内心，我真的愿意帮他。但如果是深圳的其他人找我借钱，我的内心马上能对应起一套适用的深圳规则，能够恰到好处地拒绝。而面对老四，我心里从来就运行的是老家的那套伦理。现在，面对这套始终运行终于要生效的伦理，我忽然惶惑起来，有了一些摇摇晃晃的犹豫。

我点了语音，连接上后，我问，能不能听到？也可能我的镜头有问题了，最近视频老是看不见人。

老四哦了一声，说，这个简单，网上买一个，换一下就行了。

我问，农庄筹备得怎样？

老四说，钱还没到位呢，最近生意上也赚了一点，都投了进去。

我听家里人说，老四的餐馆生意不错，最近添了一辆车，厨具餐具都是镇上最好的，接了不少机关的单，搞得很有些起色。

你准备搞到多大？我问。

想搞成吃住玩行的农家乐，老四说，老婆在家成天闲着，也好有点事情做做。老四的语气中依旧流露着踌躇满志。

哦，这样！我暗自吁了口气，似乎感觉轻松了一些。也就是说，老四现在借钱，不像当初的我，是在最困难的时候，他是为了锦上添花，这让我的心理压力一下舒缓了很多。

个把月内，能不能给我借？老四问。

这还说不准。我说，最近我也正花钱，晚一些时候，只要钱转得过来，应该是没有问题的！

我们又东南西北地聊了半个小时，漫无边际地，毫无主题地，想到哪儿聊到哪儿，这种聊天本身是一种休息，极为随性，仿佛又回到了过去。

下线的时候，我意识到，虽然老四没那么急，但他是做了真指望，我必须慎重对待给他借钱这事。

而现在的我，并不是当初的一无所有，我唯一的选择，似乎就是把钱借给老四。

# 五

这些年来，我不怎么回老家，不是不想回，而是很少有属于自己的时间。我的老板对时间要求极严，很难请到额外的假。由于我回去得少，在我的老家，形成了各种版本关于我的传说。这些传说，有的是我的家人告诉我的，有的就是老四告诉我的。在众多版本的传说中，有一个核心的传说就是，这几年我在深圳发大财了，房子买了两套，一年起码挣上百万，这个传说后面还有点小花边，就是我还有两三个相好，具体几个不确定，但都很年轻。

对于这些传说，我只能一笑了之。事实上，只有我自己才知道自己的难处。真正说起来，我也算得上一个高级白领，却并不一定比那些生产线上的技术蓝领能好多少。我的工资只有两万块，老婆没有上班，一家三口的日常开支都要花掉一多半，还要还按揭，有时连请朋友吃饭都不敢轻易张罗，哪能有多少积蓄？好在，有时候出去给人讲点课，加上心血来潮时写一两篇狗屁文章，能捞上一点点外快，才把日子一天天比较正常地糊弄下来。

我和舒云，也因为我写点狗屁文章而断断续续联系着。我和她之间，该算君子之交，碰到了，就一起聊聊，无所不谈，而且聊得极开心。平常，相互也不怎么联系，也没有那种强烈想见的愿望。似乎我们都知道，见与不见，都不是由我们决定，而是冥冥之中有着见和不见的定数。当然，我们一年总要在不同的场合见上一次两次。现在，老四要找我借钱，我很想和舒云探讨一下，聊聊她后来和刀口的借钱进展，也好给自己一些借鉴。

认识这么些年，这是我第一次给舒云电话。平常，最多在逢年过节时，我仅仅会给她发一条祝福的短信。十几二十来个字，代表我一年对她的所有祝福，话虽然少，情谊却很真。

有个问题想问问你。我在电话里说，每当面对她，我的内心就格外平静。

你说说看，是什么事？舒云像一个大姐，轻言细语地问。

刀口后来还找你借钱吗？

舒云在那边愣了愣，没有了。

我吁了口气，问，为什么呢？

自从我和你上次讨论过给他借钱的事后，我告诉他，我是个人的钱，力量有限，只能救难不救急，你现在是求发展，我没办法借给你了。我给他说了这个，他就再也没有联系我了，估计我已经得罪了他。

得罪了他？我一时没转过弯。

舒云在那边笑了笑，其实也没什么，可能每个人的理解有所不同。

我想知道，你们这些作家，假如当你写小说赚不上钱时，你还写不写？

写呀！舒云说，这跟钱有什么关系？写东西就要遵从写东西的法则，你要赚钱的话，也很好的，你就遵从赚钱的法则，这有什么问题吗？

我叹口气，说，我现在碰到你过去碰到的问题了，一个至好的朋友找我借钱，我知道你该怎么办，却不知道自己该怎么办。

我大致将我和老四的关系，老四找我借钱的事情讲给了舒云，我不知道究竟是在寻找她的支持，还是需要得到她的反对。有一点明确的是，舒云经历过这件事情，无论怎样，她的意见都是重要参照。

依我看，这朋友不做也罢了。舒云依然平静地说，朋友朋友，就是相互不让别人为难，他把这个难题交给了你，他在旁边等着看你为难，这样的朋友让我缺乏信任，也缺乏安全感。

如果是别人，我一点也不会犹豫。我说，我和他从小一起长大，这些年交往也密，既然他开了这个口，我总不能因为钱这个东西，影响我们这几十年的交情。我省略了我曾找老四借钱的事情。

我觉得是这样，如果因为这个事情就影响了你们几十年的朋友，你们这几十年的朋友也是假的。舒云不紧不慢地说。

我忽然惊讶起来，你什么时候变得这么有主见起来，看问题看得比很多生意人还理性？

我一直就这样啊。舒云呵呵一笑说，要是你实在要帮他，就先掂量掂量自己的财力，借出去的钱即使收不回来，对你的生活也没有影响，或者就按你能承受送他的额度借出去，最后还不还，那是他的事。

舒云的话让我对她刮目相看，以至于我对作家不再那么偏见。我甚至觉得，像她这样的人，根本就没进过那口硕大的染缸，也从没有站在那口熬汤的锅边。她善良到可欺，但你只能欺骗她一次。她理性到冷静，冷静得见到本质。

我再好好想想。末了我说，我要用十天的时间想清楚，到底是给他三千两千，还是借给他四万五万，或者像一只铁公鸡，一毛不拔。

## 六

实际上，给老四借钱，我心里还是有所疑虑，哪怕我们是这么好的兄弟。前几年，我在借住上犯过一次禁忌，至今暗自后悔。那时，我一个极好的朋友从老家来到深圳，我从车站将他接回家里，说好在我家住一个星期左右，找到工作后就搬出去。没有想到的是，他找到了工作，说钱快花完了，等发了第一个月的工资再搬。都是多年的哥们，我倒无所谓，那间房子平常也就空着，多住一个人，除了多付一点水电费外，我也没损失什么。但我这哥们发了工资后，又要买这样那样的东西，这一拖下来，就住了四个月。从第二个月开始，我老婆就有了意见，不时就跟我闹一下，生生闷气，有时甚至给我朋友脸色看。实在没有办法，我只好托人在外面找好了房子，付了押金和一个月的租金，赔着不是将哥们送了过去。而让我意外的是，这个哥们，第二天电话就无法接通，自此我再也没能联系上他。

平心而论，我不想将一大笔钱借给老四，也不想失去老四这样的朋友。熊掌和鱼，我想兼得。我已身处城市，再也退不回去。我和故乡的联结，只能靠我的亲人，以及像老四这样的一些朋友。有时候，当我在商业的丛林中感到孤独和累时，不免就特别怀想家乡那些敞开透明的世俗人情，我的灵魂往往就从金钱的把控中出窍到乡俗的怀想，彷徨在那份人与人之间的亲近无猜。虽然，我并不反对钱，如果一个做生意的人不赚钱的话，我会认为他不务正业。当然，如果像舒云碰到的刀口那样，一个作家不去写好东西，整天只想着钱的话，我也会表示出极为不屑。作为一个人，总要各得其所，该干什么就得干点什么。

在反复权衡后，我查了查全部的卡号余额。我已在心里做了决定，给老四借五万块钱，但是，老四得亲手给我写下借条。不能由别人代写，也不能发电子邮件。有了这样的想法，我稍微松了口气，毕竟我做出了一个倾向性的决定，内心刚刚经历了一场严峻的考验。我得重申，身在商业的话语体系中，我本质上还是很看重友情的，是真心希望老四发展得更好，虽然老四也承载了我某种情感。

可是，我仍然还得面临一个新的问题。在我们老家，亲戚朋友间借钱，那都是一两句话搞定，借与不借，都在嘴巴上。亲兄弟，明算账，这是不错，大家都拿嘴巴算，没有白纸黑字。嘴巴里说了什么，都是生效的。可是这些年，嘴巴上的话也发生了一些纠纷。嘴巴里发出的话是什么物质呢？它不落地，一说出来就没有了，跟放屁一样，一会儿就挥发得干干净净，说完就无可考证，如果没有录音，要是不承认的话，就跟没说过一样，就更谈不上因为这句话接着发生过什么。万一，我是说万一，把钱借给了老四，他以后不认账了，那怎么办？让老四写个借条？他肯定会觉得我见外了，我们之间是什么关系，这还能不放心吗？可是不写借条，我在深圳混了这么多年，听到的看到的经历的，心里能踏实吗？然而，现在我和他相隔千里，叫他来写借条，再把钱拿走，也不现实。叫老四快递给我一张他的借条？伤了和气不说，我没亲眼看见他动笔，要是老四多一个心眼，随便找个人代写，也就等于没写，反而埋下了纠纷的伏笔。

我想给我的朋友借钱，你觉得应该不应该让他写给我借条？想来想去，我给舒云发了一条短信，在我将我的决定告诉老四之前，我觉得应该再听听舒云的意见。

很快，舒云打来了电话。你既然这样想，我觉得借条还是要的。舒云在电话中轻言细语地说，但我还是倾向于我上回给你说的，你自己掂量掂量，多少钱是你能承受的损失额度，超过这个数，最好不要借出去。

你觉得他一定不会还钱？我觉得他不是这样的人，我们这么多年的兄弟。

对，如果他不想写借条，那就一定不会还你。舒云肯定地说，他是不是这样的人，其实你我都不敢保证，因为我们身边这样的人太多了。

我只能沉默。是的，这个世界上什么样的人值得我们绝对信任？

我们的父母？也经常有观念不一致的时候。老婆？也不靠谱，往往就是身边的人打一些小九九呢。对于老四，我要是绝对地相信他，就不至于犹豫了这么久，不断地找舒云寻求她对我想法的印证了。

那么，借钱给老四，唯一的办法，就是我带着网银亲自回到家乡，看着他写下借条，然后把钱转到他的账上？

舒云犹豫了一下，说，你可以转一下弯，叫你的朋友到你老家的人手中去拿钱。舒云的语气，跟以前明显有些不同，隐约带着一丝不确定。

我叹了口气，把钱借出去，还这么难，这么累，到时候真要是收不回来，还不知道要怎样呢！

## 七

母亲的电话让我很是意外。这么多年，母亲从没有给我打过电话，都是我打电话给她。这一阵我一直忙，竟然忘了给母亲打个电话。

母亲问，你们还好吧？

我一惊。母亲向来没有这么问过，以前，我们在电话中，母亲都是问我儿子长多高了，家里有什么好吃的东西，顺便播报村子里的种种新闻。

我们都好呀。我带着好奇回答说，妈你怎么这样问？

也没什么，就是想问问。母亲顿了顿说，前一阵老四回来了，还在我们家坐了会儿，还给我买了一包芝麻糊钙，说是不到深圳去了。母亲淡淡地说，他在深圳没过好？

不是！他是回去开餐馆，现在赚的钱比在深圳还多呢！

哦，回来好！母亲轻舒了一口气，我察觉到了。我还以为他是在深圳不好过呢，不好过就回来。你们也一样，不要太拼命，日子哪里都是过，地都给你们留着。

母亲的话让我一时有些黯然。我也不知道，现在的自己究竟是好过还是不好过，但我能对母亲说什么呢，即使再艰难，我也要说过得很好，好让将近八十岁的老母亲宽心。

我忽然想起老四借钱的事情，想是不是听听母亲的意见，以她几十年的人生经验，该是拿捏得准的。我把老四向我借钱的事情给母亲大致说了说，说完了就觉得自己不该和母亲说这件事情，钱还没有借给他，就已经征求过几个人的意见，仿佛自己背叛了老四一样，心里升起一股愧疚。

他借钱？你刚不是说他比在深圳还挣得多吗？母亲不解地问。

他是想扩大生意。我解释说，除了吃饭，搞成一个唱歌打牌住宿游玩的农庄，搞成了，能赚大钱！

那你就不要借！母亲果断地说，生意上的事，都是小钱，村里有好几个人生意都做亏了，猪仔被人家拉走抵账了，过年都不敢回家，到时候还不起不说，你借了钱还害了人家！

我兀自笑了起来，母亲这是什么理论，她一生生活在山里面，她的世界真的和她生的儿子的世界大不一样。

我和他关系那么好，你说不借，那我该怎么样？我笑着问。

不借！母亲脆生生地说，我们反正也活不了几年了，等我们都死了，你也就不用再回来了，只要你们在外面过得好。

母亲的话让我沉默下来。我忽然意识到，我与那个生养我的人、那个生养我的村庄已经是见一面少一面了，不知道就在什么时候，这种源自血缘的亲情就戛然中止了，我再回去，村子里的年轻的人们我都不认识，再也感受不到当儿子的温暖，也没有了让我回到乡村的挂牵，我只能在城市的夜静更深中回想埋葬亲人的那一抔黄土。而那个渐渐遥远的村庄，却让我始终想离得更近。

妈，我得借给他。我想好了给妈说，你不用管那么多，让自己身体好心情好就行，我们的事情我们自己决定。

我忽然觉得，给老四借出去的钱，他不还才好呢，像我当初借他的八十块那样，拖个十年八年的，这样，我和老四就保持着某种联系，不因为他回到老家，我们之间就渐渐疏远起来。

他要生意亏了不还呢？母亲依旧疑虑着说。

正好我年年回来找他讨账，即使你们都不在了，也好给你们上上坟啊！说这句话的时候，我的眼眶竟然不自觉地溢满了眼泪。

## 八

我承诺一个月的时间马上就到了。有没有钱，借不借他，我都得给老四一句话。现在，我才切身地意识到，有时候，就简单的一句话，哪怕只几个字，一旦说出了口，都沉重得很，往往连带着一系列必须要承担的动作。

在把我的决定告诉老四之前，我还想再和他在 QQ 上随便聊一下，而不是像以往在电话中煲粥。聊什么都不重要，重要的是在天南海北中，我想找回村庄里的那个自己，找到老家的永远的气息。

最近忙吗，农庄筹备得怎样了？老四的头像显示隐身，我点了个抖动，问。

过了好一会儿，老四才说：还在准备，还在筹钱。

你核算过没有，最终需要投多少钱？

不能少于二十万。老四说，现在凑齐了大部分，还差一些。老四接着问，你现在钱转得过来了吗？

手头还是紧，不过办法还是能想的。我问，还差多少？

再有个五六万，就能正式开张了。

我说，这样，你给个账号给我，我这几天争取挪个三五万出来，算借也行，算我参股也行，你也不用急着还，到时候赚了钱，按比例给我分红。

真的？怎么参股？老四有些惊喜地问。

当然真的，你我之间还说假话？我就等着你把生意做大，也跟着你发点小财嘛。到时候我也不要多，按股份比例分红就行。我说，你既然有决心做，我就不相信你能做亏了！

那是一定的，我是前后左右都想得清清楚楚，没有百分之九十的把握，我不会轻易动手！老四笑着说。

那钱我怎么给到你？我问。

你等等，我再想想办法，老四忽然说。过几天我给你回话。最近业务比较忙，镇里县里都接上了头，你先个儿玩，我先得赶个方案啊！

老四的头像暗了下去。我忽然有点惆怅。我脑子里有很多想法，还没来得及跟他聊呢，他就急着下线了，估计是真忙了？令我不解的是，他原本那么迫切要借钱的，现在忽然风轻云淡了，是他有了新的门路，还是猜透了我的心思，或者还有什么别的原因？

这一阵我也连续进了几笔不大不小的账，差不多又够付一套房的首期了。原本，我想再投点房产的，可时下房地产低迷，市场泡沫这么大，说好说坏的都有，我一时也分不清该不该入市。这一笔钱，躺在银行里，那点活期利率，在 CPI 不断上升的挤压下正一天天贬值。虽然这一笔钱，与富豪们比起来少得可怜，可它让我的生活有了底气。如果，老四的生意不错，我小小地参一股，也算先探探发财路，能有一笔财产性收入，也是不错的选择，比买国债什么的强一点就好。

过了三天，老四的电话来了。电话里的老四带着喜气，嗓门很高，中气十足，一下子让我没能从日常轻言细语、温文尔雅的环境中反应过来。

你碰到什么好事？这么高兴？我疑惑着问。

解决了！解决了！老四说。

什么解决了？怎么解决了？

资金呀！老四换了口气说，那天你说到参股，我忽然受到启发，跟几个兄弟们一说，就搞成股份制了，大家都出一点，资金问题一下就解决了！

这样啊，那挺好的！听到这个消息，我心里喜悦和怅然交织，一时不知是什么滋味。这个老四，绕了一圈子，让我艰难地闯过了好大的心理难关，正准备把钱借给他的时候，他却不需要找我借钱了。

我也跟大伙儿说了，我和你这么好的兄弟，有钱一起赚，送你一万的干股，到时候就按股份分红！老四说，将来万一我们碰到了难处，你再搭搭手！

我一时哑在那里，脑子里开始恍惚起来。我忽然意识到，老四农庄开业的时候，我得回去一趟，才对得起兄弟。

# 深海钓

## 一

云海庄看起来很不起眼。窄窄的门脸上，挂着块木制的小小招牌，紫褐的木板上镂刻着"自然茗香"四个铜字，字心漆成嫩绿色，像刚刚泡开的茶叶，有点挺拔的韵味。云海庄两旁，是一排溜酒楼，潮州牛肉店，东北饺子馆，四川豆花，稍远处还有一家江浙的炖品王，东西南北中的菜系，几乎都找得到。云海庄藏在这些酒楼之间，门庭倒是热闹，却少有人进去，经常会被人忽略。闲的时候，旁的店里的伙计也朝云海庄里瞅，可云海庄里的人似是不谙世事，也没什么伙计，几乎不和左右的人交往，只清守着自己的铺子。好在，云海庄专做批发，不搞批零兼营，茶叶红酒都不散卖，仿佛跟这些酒楼根本没有关系。

老赵喜欢云海庄这个去处，是近一两年的事。这里外面热闹，里面却很清静，隔了一道玻璃门，一进一出之间，就切换了两重天。云海庄分上下两层，一楼专卖普洱，四周摆着一饼饼一桶桶茶叶，正中摆着一张大大的原木茶几，旁边还有一张书画台，偶有文人雅士品过茶后，挥毫写字作画而去。常常是老板娘坐镇，一把黄花梨的太师椅在她身后纹丝不动，透过袅袅升腾的热气，妩媚的老板娘如端坐在云雾之中。二楼是酒庄，专营波尔多产区的葡萄酒，都是原装进口过来的，年份有深有浅，十五年到一年的都有，清一色的法文字，要对酒没点爱好，也不知道那酒的优劣。

一般在下午的三四点，老赵从云海庄后面的荔园过来。他总是一个人来，也不开车，浅褐的太阳帽下，一张脸透出阳光的原色。一坐下来，就是三两个小时，久而久之，老赵就成了云海庄的少有的散客。老赵过来，一般先在一楼坐下，和老板娘打个点头招呼，然后坐在她对面。老赵边翻画册，边看着老板娘端坐在几前，安静从容地烧水，装茶叶，冲水，洗杯，浅笑，蹙眉，在升腾的热气中，漫不经意地端详她那份优雅淡定，散漫随意地呷一两口茶。老板娘是客家女子，贤淑，漂亮，任你怎么看她，脸上都无一丝慌乱，让人不忍有任何侵犯。老赵喜欢拿眼悄悄地看她，看她的不愠不怒，不惊不羞，忘我似的冲水，滤茶，斟酌，拿云朵般的白毛巾抹干水迹，或者举起小小的杯子，抿上一口，让香溢的茶水在口中回甘，眉头是放松的，眼神是宁静的，嘴角是亲和的，说起话来，是轻言细语的，林中的翠鸟一般。老赵看着，就出神了，仿佛老板娘渐渐走进了白雾弥漫的仙境，巧笑倩兮，顾盼生辉，极是一种享受。

喝过两泡生普，再喝两泡熟普，老赵就起身上楼，酒房里正缥缈着若有若无的轻音乐，是巴赫的 D 小调。酒庄有三壁的酒，据说囊括了波尔多产区各大品牌。中间是一组沙发，倒挂着几只硕大的高脚杯。管酒的小伙子见老赵进来，职业地打个招呼，起身取一瓶95 年份的红酒，小心地打开醒在桌上。洗完杯子，才坐在那儿，和老赵聊流行音乐聊法国庄园什么的，老赵边听边自己斟上红酒，摇一摇，拿食指弹弹杯壁，举杯到唇边，仔细地嗅上一嗅，才轻轻撮起嘴唇饮入口中，闭上眼睛，让酒在唇齿间涌动，泉水般滑过咽喉。要是觉得酒不错，老赵的眼睛在睁开的瞬间会柔和下来，闪着淡淡的光芒。

最近一段时间，老赵来得有点勤，几乎每个星期要来一两次。茶过四泡，起身拍拍屁股，有时候会要上一两箱红酒，或是三两斤散装的生普，出门而去，门口有一辆越野奔驰正缓缓开门等着他。如果哪个星期没来，老赵多半是出海了，下回来的时候，准有一条十来斤的鱼砍了一半带到云海庄，挟裹着亮晶晶的冰块。

这回，老赵走进云海庄后，匆匆喝了一泡生普，抬头跟老板娘说，帮我装两饼，包好。老板娘有点诧异，给老赵续了茶，边起身边问，还是千年古树？

老赵说，不，要我包的那棵老树。

去年秋天，云海庄包下云南昔归那个村子里所有的春叶后，老赵付了五万的定金，包下了昔归村里最老最粗的那棵古茶树。相传，那棵茶树有一千四百多年的历史，五人合抱，树大根深，发达的根系在方圆一里之内吸收养分，无须施任何化肥，一年能产茶七斤左右。这样的茶是纯天然纯生态纯绿色的，怎么也该属于茶中极品，在强调养生和健康的今天，喝这种茶就体现了一种身份。据茶博士说，这棵树产的茶叶存到十年，能值到两三万一饼，几乎赶黄金的价。

要送客人？老板娘麻利地取了茶叶，走到包装木盒前，忽然停手问。

不送。老赵说，这棵树就是天王老爷也不送，留着自己喝。

老板娘轻哦了一声，脸上泛起浅浅的笑，打开一个木盒子，把两饼茶装了进去，再用无纺袋装好，回到了自己的座位。

明天出海。老赵说，要不要叫上张总？

老板娘当家的姓张，偶尔跟老赵聊起过生活中的一些趣事。张总经常在外，要到口岸报关，要到免税仓库提货，要到物流公司发货，还要到全国各地的代理商那里走走，一年四季忙得难见踪影，跟国务院总理似的，几家票务公司都把他视为当然贵宾。老赵和张总只见过几次，也是在这里。张总说从小就喜欢钓鱼，如今生意一忙，一连几个月都难得去一回钓鱼馆，鱼钩怕是早已经生锈了。听到张总爱好钓鱼，老赵不由得一笑。这个爱好，正跟自己臭味相投。本来，老赵在到深圳之前，并不热心海钓这事，到了深圳，跟生意上的朋友去了几回，以前在老家小河钓鱼的爱好被再次激发放大，竟然迷恋上了。和张总找到了共同话题，老赵就向张总发出了出海的邀请。可张总老是飞来飞去，想去却一直没有机会。

明天？老板娘抬起头看着老赵，眉毛稍稍往上扬了扬，他现在在上海，怕是回不来吧，还要去一趟石家庄呢。

我这次是一个人租船，就差一个人做伴。老赵从口袋里摸出中华，点了火，趁吐出的烟圈弥漫之际，眯起眼再看了一眼老板娘。真的，她始终是那么美，像传说中的茶山姑娘，带着茶山自然的灵气，又如都市里的佳丽，有那么一点冷艳。

你打电话问问他？老板娘说，他还没去过深海，说不定他这回能跟你一起去。老板娘说的时候，伸出白净纤长的手腕，在淡淡的清香中，一泉清澈黄亮的茶汤流畅地泻入老赵的杯中。

等他回来自己决定，我先送他一套渔具。老赵说着，向门外走去，老赵的那辆奔驰350不知道什么时候已停在了门口，司机在车旁等着。

老赵出来跟司机说了句什么，司机打开尾厢，从里面拿出一捆电缆似的绳索，提进了店内。

这副手绳三百五十米，初次使用足够了。老赵说着，拿出一个食指粗细的黑色钩状东西，这是鱼钩。你告诉他，要是去，饵就不用准备了，现取就可以。

去哪里钓？老板娘抬起头，轻声问。

南海油田以南一百海里。老赵也抬起头说，顺便瞥了一眼老板娘细长的睫毛，上面仿佛凝着茶汽结成的雾凇，淡到若有若无。

## 二

以前出海，老赵多半是充当召集人，左凑右凑，你等我，我等他，往往要三五七八个月，才能凑到七八个人。人多几个，多点聊天的乐趣，收获却并不多。七八个人中，总有那么几个人不是真正爱好钓鱼的，他们不过玩一下新奇，并不在意是否享受到钓鱼的乐趣，只在回归世俗后体验到某种炫耀的虚荣。他们到了海上，鱼线放进了海里，就忙着相互摆姿势照相。有时也认真钓上一把，但他们动不动就和别人的线绞到了一起，弄上半天，才把两根线分开。出海三天不到，有的人兴致就消失了，想提前回去。还有的人实在不习惯手机断断续续的信号，一坐下来就跟热锅上的蚂蚁一样，看着手机烦躁不安。老赵和几个真钓的人，却不愿意提前回去。租一艘像样点的渔船出到深海一个星期，单是租金就得八万，往返一趟，顺风的话也要走上整整一夜，真正下饵钓鱼的时间，只有五天。这样的机会，要说有点奢侈也可以，轻易就放弃，实在是太可惜了。

这回，老赵本想约只约几个铁杆钓友出海的，无奈，他们都忙，有的生意处于关键时期，有的要陪某某长出去度假，有的要跟着领导出国访问，都说在忙着各自重要的事。算来，又有三四个月没有出海。老赵其实早就想出海好好钓上一回，长时间约不齐合适的人，这才决心自己租一艘小点的渔船，一个人去深海独钓。没有想到的是，张总居然取消了去石家庄的行程，连夜从上海赶回来，跟他一起出海了。

渔船是艘铁壳船，六米多高的帆，配有机械动力，据说是老货船改装过来的。船有点老旧，虽然有十几米长，设施都很落后，唯一先进的是装了雷达，不用指南针了。机房在舱下，主机是那种老式的 6150 柴油机，按道理应该声响不大，但隆隆的柴油机声仍然穿过铁板间的缝隙传了出来。副机主要是发电，是三匹的 195 式，单缸的节奏沉闷而明显。舱的前半部分，有一个不大不小的生舱，用来存鱼的去处。驾驶间在中后部上方，光头的船老大正在那里掌舵。驾驶舱下面，是几间小小的房子，厨房和餐厅在一起，另有四间双层的小小卧室。厕所在尾部，旁边堆着一堆锯得大致匀称的木柴。船的后面，白花花的浪翻滚着，划出一条长长的尾线。

船上有一个老大，一个水手，还有一个大厨，看样子都是转折亲。看到大厨是个女的，老赵皱了皱眉头，犹豫了下却没说什么，心想在海上总会有点不太方便。到了海上，很多男人都喜欢穿着裤衩，要是下海起鱼的话，上来啥也不穿也不一定。也罢，船都走了几十里，要怪也怪自己，事前没有说好。

船的两侧临时加装了钓位，左边三个，右边三个。老赵和张总各占了一边，把手绳移到钓位的卡座边。老赵的手绳是尼龙的，三股尼龙丝绞在一起，每股里面又有十六根尼龙丝，盘在一起，七百米的线足足有近百斤。与人不同的是，老赵的鱼钩是自制的。小时候，老赵在乡下小河里钓鱼，钩也是自制的，是趁娘不注意，把她缝补衣服的大针偷一根出来，拿虎口钳子在火里烧红折弯，再烧红拿出来，用菜刀削出一个小小的倒挂须，迅速放进冷水中淬火，这钩就算成了。到深海钓鱼，钩还是这样做的，是趁回老家的时候，找老家的铁匠做的，只不过这钩大了许多，秤钩般粗细，即使钓上一条百十来斤的鲨鱼，也休想逃脱出去。

下午六点，渔船在南海油田 115 井泊住。再往前一百海里，就是深海区了。海面远看波平浪静，实则涌动着或大或小的浪窝。天晴得湛蓝湛蓝，蔚蓝的海水里可以看到小鱼穿梭，定住眼睛，隐约有大鱼的身影在海的深处游弋。115 井水深 150 米左右，是海钓爱好者试钓的第一站。老赵第一次跟朋友出海，就是在这里下饵，却没有钓到什么。按惯例，一般都会在这里先钓一些小鱼养在生舱，作钓大鱼的生饵。也有人会先在这里钓一些八爪鱼、大泥班什么的，以保不至于空跑一趟。海面上有一艘船静泊在那儿，船两边蹲着几个光着上身穿着裤衩的男人守候着鱼竿。远处，矗立着几个钻井，太阳从钻井那边投照过来，一带长长的光谱在波光中熠熠生辉。

老赵去过了深海区，几乎不在这里停留了。继续往前走！老赵在船头朝船老大挥挥手，示意继续前行。马达嗡的一声响起来，划开碧波朝前而去。

我们开始装线。老赵说，把自己的线盘上到钓位，又帮张总装上，然后把鱼钩也都系了上去。

张总看看自己的手绳，又看看老赵的鱼钩，问，怎么下饵？

老赵按了一下按钮，手绳就吱吱地往海里伸垂下去。等一会儿，船老大会撒一两网，打一些小鱼上来，拿它们做饵。老赵笑笑，把线又收了回来。

你的线比我的短两百五十米，钩也小一点。老赵说，长了，大了，怕你把握不住。

海面变得不太平静，变换着形状的浪窝起伏不断，细浪在船底吞吐，声音轻柔而沉闷，仿佛从遥远的地方传来。太阳已在海面上缩成一团红球，不再显得耀眼，成为船和海之间最后的参照，倒也很是美丽。

你来之前研究过天气？张总脱了衣服搭在长条椅上，摸摸腆着的肚子，忽然问，该不会起台风吧？

当然，要是有台风，船老大也不会冒这个险。老赵看着远方，那里激起一股白浪，应该是有一条大鲨鱼什么的刚跃出过水面，才潜了进去。

张总摸出手机，发现没有了信号，屏上隐隐的一格信号时有时无的，不时出现搜索信号的提示，手机后盖已经有点发热。

今晚到明天白天，南海海域，最小风力二级，最大风力三级，浪高零点五到一米五，预计七天以后，有一股热冷空气向西北方向移动，将带来比较大的降雨。老赵说，不过那时，我们已经回到深圳了。

不知什么时候，船帆已缓缓张开，机器声小了很多，突突的机器声变成了嗡嗡的轰鸣声，船在浪的暗涌中微微地晃动。

老赵托着腮凝视着海面。张总坐到老赵的对面，顺着老赵的视线看出去，却没有发现什么。问，看什么？还是想什么？

你看，老赵指着帆说，一切都被时间调了颜色。又指着海水，我们一直以为大海是蔚蓝的，你看，是不是蓝得有点可怕？

哈哈！张总笑起来，差点岔了气，好不容易停住笑说，你可真深沉啊！

老赵说，真的，我刚就是这么想的，随便就这么想到的。

张总看着老赵，似乎看不出他说了假话，问，那现在呢？

在想如何才是幸福。老赵沉默了一会儿说，好长时间就在想这个问题。

你可是身在福中不知福啊！张总说，幸福这东西，哪里是拿来想的，譬如你现在，正享受着千千万万的人一辈子也体验不到的幸福啊！张总说完，自己就先笑了。

我也只有这点福了。老赵说。

张总一脸疑惑地看着老赵，什么意思？你退有红酒佳人，进可出海钓鱼，难道还真想当个哲学家不成？

老赵还是茫然地看着海面。船已经减速了，帆在头顶半张半开，风吹到帆布上，发出轻微的猎猎声响。

你女人很不错。老赵忽然说，很美。

张总愣住，心里动了几动，才问，你看上了我老婆？

老赵点点头，我喜欢她。

张总皱起眉头，什么意思？你难道缺女人吗？

老赵把头转向远方。其实，那远方也不知道是不是远方，四处都是一片茫茫无际，他甚至记不起自己究竟是从哪个方向来，又要从哪个方向回去。

你女人像艺术品。老赵说。

张总有点严肃，你叫我来，是因为看上了我的老婆？

完美的艺术品，只能欣赏，不能触摸。老赵的视线中，两只海鸥正嬉戏着海面画着弧线，肆无忌惮。

远处，海天在落日中融为一色。深海区到了，空无一人。这艘渔船，顿时成为浩瀚大海的中心。

今晚好好睡一觉，手绳很耗气力，明天会有点辛苦。老赵说，别的啥也不要想。

## 三

清晨的时候，船老大撒了几网，打上来一些小沙丁鱼鱿鱼什么的，倒进前舱的生舱中。鱼忽然换了狭窄的环境，在里面不停地跳跃，想要重回大海自由的世界。船老大嘿嘿笑着自言自语地说，别慌，先出来透透气，等下会一条一条地放你们回去呢！

按老赵和船老大的协议，船老大要给他们提供 20 条一斤左右的海鱼，用来做钓鱼的生饵。以前，老赵出海前是自己在市场上买活鱼带着，但市场上卖的鱼多半是淡水鱼，投放进海水中很快就死了，而那些来自海里的，多半已经躺在冰块上，偶尔有一两条活着，也差不多奄奄一息了。要想在海里钓到大鱼，饵越鲜越好，如果饵鱼挂在钩上冒着血丝还挣扎着游动，那简直就是大鲨鱼的陷阱，鲨鱼张开大嘴，猛冲过来紧紧咬小鱼时，自己也就再也挣不脱指头般粗细的鱼钩了。

老赵教张总挑了一条一斤左右蹦得正欢的黄鱼，用鱼钩从它的腹部深深地钩了进去，然后放开手，黄鱼在钩上挣扎着，鱼的身体因痛苦而战栗，眼睛里却看不出任何痛苦的表情和神色。张总看着鱼的挣扎，忽然想起家乡的一句俗话，大鱼吃小鱼，小鱼吃虾，虾吃泥巴。在大海里，虾连泥巴也没的吃啊！

就这样，丢进去！老赵说着，连同三斤重的铅球用力扔进海里，启动电动开关，缓缓地将手绳放进海中，一直下到两百米的深处。用手带住这根绳，有鱼咬饵，你会有感觉的！老赵往手绳上系了一根细的信号线，用中指带住说。

船已经停止了前进，泊在海面上随浪摇动。这时海面还没有什么风，船老大也不需张帆调整方向，任船泊在海面上，正好借机歇息一会儿。正式钓鱼开始后，还得把握住船，保持相对静止不动。

替张总安排好了，老赵开始给自己的钩下饵。老赵的钩跟张总的有一些不同，像一只精致的船铆，往三个方向回伸着。主钩附近，还有两个小几号的副钩。这样的钩用的饵要大很多，主钩要从饵鱼的腹部穿过去，紧紧咬住鱼身，两个副钩还要从两边钩住饵鱼，这样钓住大鱼的时候，不仅避免大鱼用自残式的方式逃命，还可防止有些生猛的鱼咬断鱼线，不管什么鱼，一旦做出咬饵吞咽的动作，就只能乖乖地被拖出海面了。

喂！老赵，是不是有鱼上钩？老赵刚坐下来，摸出中华点上，张总在对面有点激动地叫喊，这绳子感觉被什么在拽着一样！

老赵过去，用手试了试绳子的紧度，真的是有鱼上钩了，赶紧收线！老赵一手松了信号线，迅速按动电钮启动线盘往回收。手绳在一米一米地回缩，手中可以感到鱼线越来越大的劲道。应该是条不错的鱼！老赵比自己钓着了鱼还开心，老弟，你运气手艺都不错啊！

张总呵呵笑着，钓鱼就这么简单？怕是碰的吧？

一条大真鲷，露出了海面，金红色的一片，口角还冒着血丝，身子却在后面猛劲地摆动，似乎不甘心这么容易就落进人类的手中。老赵把手绳再收了收，船员抄网过去，大真鲷顿时落入网中。三人合力将鱼起到船上，大真鲷鱼蹦起来，差点将张总打倒。船员拿了一只鱼叉，朝鱼尾部戳去，大真鲷的身子顿时就摆不动了，只是头尾之间依然在柔韧地扭动。船员举起鱼叉在鱼的头上猛拍几下，大真鲷抽搐了一阵，这才躺在那儿不动了。

这鱼怕是有三十斤啊！老赵有点忘形地说，将鱼拖进底舱冰库。鱼还没完全死亡，在冰的刺激下，偶尔还动上一动。

刚忘了，拖它上来的时候该留个影！张总有点遗憾地说。

还有得你钓的。老赵说，这才刚开头呢。

开头就有收获，意义不同。张总说归说，自己上了一条饵，再次把线放进了海中。

天色已经暗了，起了一点风。天黑以后，大鱼一般就下到海底活动，这时候不太好钓了。老赵守在自己的位上，始终没有咬饵的迹象。老赵收了线，将那条饵鱼取下来，换了小两号的单钩，装了一条半斤左右的小鱼重新放了下去，只不过，这次只放线一百八十米深。放完线，老赵自己点了支烟，又给了张总一支。

老赵，你这回怎么想起了叫我？张总很容易就钓了一条鱼，守线守得有点心不在焉，吸了一口烟抬头问。看来，昨天老赵的回答，他还不满意。

你是以为我真的在钓你女人？老赵问，似乎是有点生气，但他知道，自己是故意这么说的。在海上，等鱼上钩的时间久了，有点寂寞，有点无聊，打打嘴仗，来点荤段子，也是乐趣。

你没有饵。张总说，我老婆是不吃别人的东西的。

老赵站起来，坐到中间的木条椅上，看着张总说，兄弟，我给你说过。

说过什么？张总也坐到了木条椅上，问。

我只临渊羡鱼。老赵说，就像我出海，钓不到鱼，一点也不遗憾。

张总想了想，又问，那要是鱼咬你的钩呢？

老赵抬起头，认真地看着张总，问，你什么意思？

不管你承认不承认，我觉得她的魂被你勾走了。张总叹口气，似有千般的委屈，万般的无奈。

她真是一个不错的女人，看到她我就容易想起我妻子。老赵点点头说，欣赏也罢，喜欢也好，你就放心好了，我不会对不起自己的妻子，也对不起自己的朋友。

张总忽然想起，老赵每次进店，几乎就是他自己一人，从没有带过他的老婆或别的女人，问，那你老婆肯定也很漂亮贤惠？

老赵点点头，不再说什么。

她现在在哪里？张总没有发现老赵脸上渐渐迷蒙的神色，依然在问。

她去世了。老赵缓缓地说，她离开我快两年了。

张总愣住，心里猛然升起一句俗话，男人有三大幸事，升官发财死老婆，抬头看见老赵一脸的凝重，没有开出这个玩笑。

每回看到你的女人优雅地生活着，我就觉得，生活中还有一份美好。老赵自言自语地说，然后抬头看着张总问，倒是你怎么在外面钓鱼？

张总笑笑，像你我这样的男人，还用得着钓吗？

老赵把目光伸向海面，你有没有想过这海里面，各色的鱼是怎样在活动？

张总愣住，我真没研究过海鱼的生活习性。

鱼也有点像你经营的普洱和红酒，讲年份，也讲成色，还论等级。河里的鱼，有一股青草味，塘里的鱼，是一股泥腥气，这海里的鱼，就不同了。老赵忽然话多了起来，自个儿笑笑说，海才是真正的大自然，你看，人们常说的咸腥，就是一种感官和嗅觉的综合评价，其实，海里的鱼，别看它们眼睛里没有目光，它们都是有思想的。

张总看着老赵，你这样说，就有点意思了。

我们现在所处的海域，东经大概是 111.14°，北纬应该是22.48°，平均深度是 640 米。老赵猛吸了一口烟，将剩下的烟蒂踩到了脚下面，接着说，我是潜过海的，虽然潜的是 50 米的浅海区，那海底的世界，真的是又一个大自然啊！只有潜进了海中，你才知道海的情怀，才懂得海的博大，才觉得人真的不是这个世界的中心，也不是这个世界的主宰。人一旦融进了大海，才觉得自己只是世界的一分子，看着海底的漂亮的珊瑚，柔软的植物，游动的群鱼，或者你会觉得自己是它们世界的一部分，不是海属于你，而是自己属于海，和它们一起属于海，这种体验，在喧嚣的城市中，我从来没有体验过。

张总来了兴趣，偏着头听老赵往下讲。

你想想深圳或者北京这样的城市，熙熙攘攘的人群，地下地铁，地面公交，还有高架路，还有航空，这是一个什么样的世界？起码需要管制。海里的鱼们，它们有着自己的生态。我们刚刚路过的 120

平台，那里水深200米左右，底物不多，一般是中层鱼。最大的鱼，经常生活在下面，只偶尔才出来透口气，就像我们去北极旅一回游，最上面的，是一些小鱼小虾，它们承受不住海的压力，很轻易地就被这些渔船捕获了。我们放这么粗的线下这么大的饵，正常吗，不正常。我刚才说了，鱼有思想，有些就在想啊，这么条小东西，怎么忽然下到自己的世界里来了呢，会不会有什么问题。这么一想，很多鱼就经受住了诱惑，只有那些不用脑子的，以为捡到了便宜，看看，不被你逮上来了一条吗？

张总笑笑，那种收获的得意还没完全退去。

有时候我就想，我要是一条鱼，我就要撑着一根杆子，到鲨鱼肚子里去看看。老赵出神地说。

张总惊讶地看着老赵，动了动嘴，却没说什么。

天空里有了几颗星星，一团高远的白云，缓缓地向北移动，变幻出可以无限想象的各种形态。张总抬头看看感叹说，生活有时候真像这云啊，时时都在千变万化，不变的是我们看云的自己。

生活像你云海庄里的红酒，而不是你我市面上的生意，你我现在，就真正在生活了。老赵站起来，回到自己的钓位上，用手一圈一圈地摇着线盘，开始收线。

就像今天，我还没想好要钓什么鱼，它就上钩了。张总忽然嘿嘿笑着说。

老赵笑笑，你是想碰碰运气，但这种运气并不代表幸运幸福。说完，抬头向远处看去。天空湛蓝，映在海中，海蓝得发黑，有点可怕。

四

老赵白天试了试手气，也没什么收获，吃过了饭，躺下来就在生活舱的木板床上沉沉地睡去。张总最近生意上忙，精神上有些压力，到了海上，顿时释放出许多，当他躺到床上的时候，却不能很快入睡。

张总的女人，没有读过多少书，天生漂亮贤惠，虽少了些书香之气，身上的淡定却仿佛与生俱来，复合了大家闺秀和小家碧玉的灵韵。这样的女人，要张扬得多一点，极易蛊惑男人变坏；要内敛得过一点，则又显得呆板缺乏可爱。没有读多少书，并非就没有悟性。他的女人不喜欢红酒，对茶却有着某种痴迷。只要有水，有茶叶，有茶儿，不管有没有朋友或客人，她都喜欢坐那儿，轻轻扬起水壶，任一股滚烫的清泉冲入茶叶，享受那一点一点弥漫的清香。有了茶，她就可以一个人在几前静静地坐上整整一个下午。读这样的女人，要与茶的韵味联系在一起，否则，解释不了她的自然从容与无欲淡定。

打心眼里，张总是爱自己女人的。虽然他在世界上的足迹，他的女人并不真正明白，他在外面的逢场作戏，别的女人也不明白。在张总的世界里，实在有太多的诱惑，他想全部挡住，可还总是有一两次像莽撞的鱼，一不小心就钻进了网里，不得不将它取出来。每当面对一条条的美人鱼，张总事后总是反复地自责，自责后又不断地原谅自己，以为在这种背后，并非自己内心的真实背叛。真的，他爱自己的女人，他自己确信。

决定和老赵出海，张总也是在一激灵之间想好的事情。老赵算不上正宗的客户，在将近两年的交往中，两人更像是朋友，尽管双方对对方的私生活知之甚少，这并不影响他们在一起的快意与投机。老赵之前并不去他那儿坐，张总也想不起老赵究竟是什么时候开始去云海庄的。其实，老赵还没有迈进云海庄前的好长时间，他就知道云海庄的红酒和普洱了。老赵的女人喜欢红酒，每天晚上喜欢拿长长的高脚杯斟上，边听音乐边看书，不时小小地抿上一口。在睡觉前，还要将一小杯红酒倒进浴缸，全身在里面浸泡半小时以上。老赵喜欢红茶中的普洱，云海庄是少有的集红酒红茶于一体的地方，自然成了老赵女人最惬意而方便的去处。直到老赵的女人意外离世后好久，老赵才第一次走进云海庄。老实说，老赵第一次见到端坐在茶几前的女人时，真的被镇住了，女人流露出来的气质，让他闭上眼睛做品茶状，却想象她美得无处藏的韵味，就着和润的茶汤在口腔生香入腹。

老赵去云海庄勤了，自己不觉得，张总却有所耳闻了。这回出海，张总就想和老赵旁敲侧击地谈一次，当然这种谈是暗示性的象征性的，是把自己的感觉当作真实的事情来真真假假地议论，这种议论就显得格外地微妙和富有联想，想法全表达在不动声色之间，以达到不战而屈人之兵。只是，张总始终不敢确定，老赵究竟是什么意思？仅仅是觊觎自己女人的美吗，真的是把一个活体的人当作雕塑当作艺术品吗，这究竟该算怎么回事？

虽然都是生意人，老赵知道，风头正劲的张总还不懂得怀旧。当一个人开始怀旧，一定有什么东西在生命中疼过痛过，也许还欢乐过，就像一粒种子，始终埋藏在心里，遇到了春天的气息，开始茁壮地发芽成长。现在，每当老赵坐在云海庄，他自己感到某种情结正在生长，不仅仅因为普洱，不仅仅因为红酒，不仅仅因为坐在对面的那个属于别人的女人。别人或许没有去想过这些原因，或者有谁想过，但他们永远不会想到真正的谜底。但赵总自己，似乎隐隐约约地知道。

张总第一次在海上睡觉，船在海上像一个巨大的摇篮，把他古怪而凌乱的思想全部晃荡出来了，那些思想，像涌动的潮水，毫无方向地自由流动。以至于海上起风了，他都不知道。当那道闪电从门缝间挤了进来，紧接着一阵雷鸣的时候，他才战栗了一下，拉开一条门缝往外看，才感到身下的船成了一叶扁舟，在浪头上激越地颠簸。

大家快起来，起台风了！船老大打开了前舱的灯，船员在后边惊慌地敲打着门喊。

张总听到喊叫，连忙出来，一股迎面的风吹得他一时差点儿没呼吸过来，耳朵感到生疼，脸上的肌肉都变形了一般。他用手捂住脸和眼睛，透过指缝，才发现天完全乌黑了，睡觉前还有满天的星星，现在已变得漆黑一片。船上照明的灯本来不觉得昏暗，这时却觉得特别地微弱，十米以外，几乎什么都看不清了，白天还很沉稳的船，这时在风浪中顿时轻浮起来，没有方向地四处飘摇。

所有的人都起来了。船老大已经启动了主机，整条船顿时亮堂了一些。张总忽然发现，老赵竟然光着屁股，他那条花的裤衩被风吹到了膝盖上，他弯着腰努力地站在甲板上四处探寻，丝毫没感觉到裤子被风扒拉掉下来。

老赵——张总刚张口喊了一声，想提醒他一下，船猛地一个晃荡，腹中钻了一股冷气，刚出口的喊声随风飘得无影无踪。

趴下！全趴下！在汹涌澎湃的台风声中，船老大贴着甲板爬到卧室附近，一个个地摸着他们的脚喊道，先趴下，赶紧进到室内，穿上救生衣！

慌乱之中，张总刚低身爬进卧室，就听到激越的雨点击打在船身上，转眼就化成一片密集声，天籁般直抵耳中，张总隐约觉得船稳了一些。

大家赶紧穿好救生衣，在卧室里不要出来！船老大通过喇叭喊，大家不要惊慌，这个台风是没有预报的台风，不会持续很久，现在正下暴雨，对我们有利，我们的船现在开始向北移动！

雨越下越大，风力在越下越大的雨中似乎有所减弱。平常船底机器的声音带来的微微颤动，会让人觉得烦躁，张总这时才知道，那声音比起风狂野的呼啸，简直属于一种轻柔的音乐，而外面酣畅的雨声，让他在惊恐中好像感受到一种生命释放的快意。

轰——隆隆——几道闪电划过，紧跟着震耳欲聋的雷声仿佛从头顶炸响，连续响起一片尖锐的噼啪声。

你？张总定了定神，发现自己进错了房间，老赵正缩在对面，被风半扒拉下的裤衩依然没有提上。

老赵看到张总，问，刚才船老大说什么？是不是要返航了？

张总听清楚了，船老大在喇叭里说，船正在向北行进。在向北走，也是回去的方向。张总想了想，忽然睁大眼睛说，我们别回不去了！

不！老赵一声大叫，一把撇开张总，朝驾驶舱冲去。我还没有开始呢，不能回去！

船忽然一阵颠簸，老赵一个踉跄，感到额头痛了一下，用手一摸，手上黏满了鲜艳的血色。

不能返航！老赵站到驾驶舱对面，指着船老大说，不准返航！

现在离南海油田100公里，离岸395海里，我是船长，必须听我的！船老大双手紧握住舵，看也不看老赵，吼着说。

我花钱雇你，我才是老板！老赵喊着说，顺着风向，不要加速，台风很快就会过去！

风向就是朝北偏西！船老大回头看了一眼老赵，忽然哈哈大笑起来，快把你的裤子拉上吧，船上还有一个女人！

老赵一愣，这才发现自己的裤子吊在屁股上，嘴上还硬道，女人怕什么，看见过的看到了不稀奇，没看见过的看见了还是不认得！说着，顺手把裤衩提了上去。

回到卧室待着，我不能拿一船人的性命开玩笑！船老大眼望着前方说，虽然前方远处看不见什么，以我十五年的经验，你要相信我的处理是最正确的！

老赵愣了愣，顺着台阶回到了卧室。外面，依然是风声雨声交加。老赵脱去了贴在身上的湿裤衩和救生衣，光条条地躺在床上，脑子里茫然了一阵，意识才渐渐流动起来。假如，真回不去了，该怎么办？这一船几个人，是因为他要钓鱼才出海的，如果是龙卷风，出了事谁能生还？如果，张总不能回去，那他的女人又该怎么办，她还会那么淡泊安静地端坐在几前吗？鱼们呢，海下的鱼们？此刻它们是安静地入睡，还是欣喜于海面的惊涛骇浪？它们会不会悄悄地浮出海面，看一看这大自然的伟力？风声和涛声和在一起，在老赵恍惚的念头中幻化为恢宏的交响乐，是那种在云海庄不曾感受过的味道。

冥冥之中，老赵的心头忽然升起一股从未有过的惧意。这种惧意，在他的思想中慢慢放大散开，一忽儿是后怕，一忽儿是敬畏，一忽儿是惶恐，一忽儿是黯然。

深圳离这里并不远，可是人的视线只有八十公里，环顾四周，大海与深圳便成了两个世界。老赵忽然觉得。

## 五

天亮的时候，天空湛蓝湛蓝，海面上风平浪静。

渔船并没有回到岸上，只不过顺着大风往回走了几十海里。台风只是路过，深圳市区一点风的征候都没有，夜里悄然下了小小的一场雨，几乎没几个人知道。张总醒来的时候，下意识地看了看手机，忽然呼地坐起来，手机有了一格的信号，第二格虽然忽有忽无的，显然可以发出短信息了，甚至可以拨打出电话。张总编了一条短信，按了发送，反应了将近一分钟，手机显示出发送成功。

出到甲板上，老赵已经架起了饵线，专心致志地坐在那里，手上的香烟燃出长长一截烟灰。张总看看老赵，才发现船已经在海面泊住了，阳光斜射在白色的船身上，显得十分晃眼。想想，出来已经三天了，按照计划，再过两天就该返航了。张总走过去，解开自己的饵线，在舱底找了一条活着的小鱼，小心地上到钩上，缓缓地将饵线放进海中。

早晨的大海特别安静，没有汹涌的涛音，只有隐隐约约若有若无的吟唱，轻柔而婉转，低沉而细长，不知道那声音是来自海面欢快的波纹，还是源自海底鱼们合唱的余音。天空洁净，在远处和海平面融合在一起，海平线上，隐约有一个小小的黑点，那该是远洋的游轮了。四周看不到边际，看不到岸，也看不到哪儿有一座小小的孤岛。想起昨晚的台风，张总刚刚明朗的心情又生出一丝寒意，茫茫大海中，找不到任何停靠的地方，如果风再大一点，将会是一种什么可能？张总回头看看船，船老大端坐在驾驶舱，恍若无人一般，猛然觉得，这十几米的铁船，竟然是那么小，小到不能和天空比，也不能和大海比，而自己，也不能和海中任何一条鱼比，只能被束缚在这条按约定行走的船上。

手机吱了几声，是女人发来的一条短信。张总打开短信，只有短短两行字：海上危险，注意安全。看着短信，张总兀自笑笑，这女人，还真被说准了，昨晚要是没有过去，还不知道此刻在哪条鲨鱼的腹中被消化着呢。笑过之后，张总又生出一缕惆怅，本还应有人温存地问候的，自己还发了信息过去，但几天一直没有回应。

老赵！看着老赵依然端坐在钓位上，张总自己活动活动腿脚，笑着说，今天天气不错，看看咱们谁的运气更好咯！说完猛然一惊，在老赵那边的钓位上，一字排开架起了一根手绳，两条钓线，前舱水中，响起鱼翻腾跃动的水声。

你已经钓到了鱼？张总惊讶地问，边走到前舱口，看到里面有四条鱼绞在一起，似乎在争夺自己的空间。大的那条，应该有二十来斤，小的那条，可能不到十斤。它们在舱中游不起来，只能侧躺在那里，不时抖抖身子甩甩尾巴，拓展一下被挤占的空间。

我总不能空手回吧。老赵说，钓几条小鱼，拿回去送给亲戚朋友，也很不错，算是没白出海一趟。老赵正说着，猛地盯住面前的信号线，忽然手绳被绷紧了，老赵愣了愣，按了收线的按钮，嘴里叫道：好家伙，钓到了大东西！

钓到啦？张总张大了嘴问，多大的？

老赵凝神收着手绳，一米，两米，三米，五米，忽又哗哗地往外放线，两米，五米，十米，线盘呼呼地旋转着。

喂，老赵，你怎么放线？

老赵还在放线，放的速度越来越慢，渐渐收住线，又开始缓缓地往上收，看也不看张总说，这是跟它耗着。

张总似懂非懂地点点头，说，快点收线，我来帮你？

老赵依然慢慢地收着自己的线，说，你先看着。

淡绿的手绳在转盘上一厘米一厘米往回绕，指头粗的鱼线在老赵的指缝间忽松忽紧，收了十五米左右，老赵忽然卡住鱼线静止不动，一手扶住转盘，一手握住手绳。

怎么不收了？张总在旁有点焦急地问，你放线多长？

五百五十米。老赵说，依然盯着自己的手绳。

你可是放长线钓大鱼哦！张总羡慕地问，有五十斤重？

恐怕有一百斤。老赵说。

张总夸张地睁大了眼睛，全然不像他在商场中表现出来的举重若轻。

你帮我叫船长下来。老赵说。

船老大很快下来了。

老赵头也不抬地说，船长，返航！现在，以每小时一公里的速度，倒退着返航！

船老大疑惑地看了看老赵，又看了看老赵手中的绷紧的手绳，脸上露出轻松的笑来，噔噔几步上到驾驶舱，正了正舵，船上的主机嗡的一声启动了，船开始缓缓地移动。

老赵长长出了口气，自个儿说，但愿这鱼不拼死一搏啊。然后开始一点一点地收线，神情轻松了一些，我这条线，最大就只能钓住一百斤的鱼啊！

太阳西下的时候，一条硕大的石斑鱼远远地浮出了海面，它灰黄的背在波光粼粼中闪现着，鱼尾有半个手臂长，像一只潜艇，驯服地跟在后面。从转盘到鱼口之间，埋在海水中的鱼线清晰可见。鱼偶尔摇一下尾，看不出传说中的凶悍和血腥，倒是从它的口中，有一片猩红洇了开来。

现在该你帮我了。老赵说，点上了一支烟，重新系紧了救生衣。

# 六

天色渐渐暗了下来。渔船开足了马力，以20海里每小时的速度向深圳方向返航。那条石斑鱼身上捆上了几根绳索，头朝着下斜立在前舱，尾部露出一截在甲板上面。海面上有一点小小的风，让人很是惬意。

老赵光着膀子，和张总面对面坐着，面前是吃饭用的一张小茶几。几上，摆着一壶开水，壶的旁边放着一小包老赵从云海庄带来的那棵千年古树的茶叶。两只小杯里，盛着满满的茶水，汤色清亮而红润。

老赵，我怎么老觉得你像个谜？

老赵抬起头远望出去，海面有点迷蒙，尽管船的轰鸣格外清楚，海浪的涌动依然成为绵绵不绝的底蕴，仿佛是一个绝世的临界。我也是最近才明白，老赵依然看着远处说，以前，我过得很落魄，可我很单纯，生活只面对一个主要的问题，那就是如何挣更多的钱。现在，我钱有了，要面对的问题反而不是一个而是更多了，钱的问题可以解决，钱之外的问题，我常常感到很无助，可是你觉得我能跟谁去说这些？从我找到了钓鱼的乐趣，我就开始跟海说，跟海里的鱼说，经常不能也可能是不愿跟人去说。老赵叹了口气，作为生意人，生意得跟合作对象去谈。要是跟朋友，我宁愿这样坦诚地，随便谈点什么都可以，除了爱情。老赵有点幽默地说。

张总端起茶一饮而尽，自己又斟上一杯，看着老赵说，有些事情一定要有产出，有些事情只能有投入。

老赵摸出烟，似是自个儿在说，自从我只剩下一个人后，我就开始吸烟了。

你们没有孩子？

老赵摇摇头。换了话题说，这回有点奇怪，海上才待了几天，现在就想早点儿回去。

张总问，回去干什么？

先到云海庄喝酒，然后好好睡一觉。老赵笑笑，等到起床后就把这些鱼赶紧处理掉。

怎么处理？

你要你先挑，余下的都送给朋友。

你自己不要？

不要。

张总疑惑地问，花这么大的力气，自己不要？

以前要，后来就都送朋友了。老赵从远处收回目光，除了做事的目标，比如我的生意，不可能的事情我都要千方百计地做成现实。其他的事情，我不追求大家都要的那种结果，就像我无聊的时候，一个人在电脑上下下象棋，输赢都无所谓，关键是杀得痛快。

张总一边点头一边问，为什么？

你不是一个专业的棋手，会在意你并不需要的结果吗？老赵看着张总反问。

我对你越来越奇怪。

只说明你越来越关注我。

我还是想知道为什么？

好久，老赵叹口气，我女人的骨灰撒在那片海里，自从她去世后，我就不吃海里的鱼了，我不能吃自己的女人。

张总愕然，想说什么，却不再问了。

海面开始有了稍大些的波浪，远处可隐约看到岸的模糊影像。两个人沉默着，浪拍打着船体的声音格外清楚。船老大不知什么时候打开四周的灯，一片昏黄的灯光在海水中不安地摇曳。

我有上好的茶。张总说，回去我们一起品。

比我包的那棵树还好？老赵偏着头问。

当然。你包的那棵只有一千五百年，这棵在另外一个村子，三千年的古树。张总带点诡秘地笑着说。

老赵摇摇头，说，一千五百年和三千年没有区别的。

为什么？

譬如你我做生意，要是自己花的话，一个亿和三个亿差别不大。

但是你我都还在想把生意做大！张总说。

那已不全是为我们自己了。有时是被推着走的，再说，你有几十几百个员工，也要给他们有个交代。

张总笑出声来，难怪你清心寡欲的，真像个哲学家。

那个女人对你如何？老赵沉默了一会儿，抬头问，你可以不说实话。

张总尴尬地笑笑，你什么都明白？她告诉你的？

她没有告诉我，我看出来的。老赵说。

你真懂女人？

不懂，看多了就懂一些。你应该珍惜。

张总叹口气，看着远处渐渐显露的海岸线，那里有一片迷蒙的灯火。海起潮了，可以听见涌动的涛声。

你为什么总是喜欢去云海庄？张总忽然问，你应该知道云海庄是不做零售的。你也可以不说实话。

老赵转过身，看着张总，叹了口气，说，你以为我觊觎你的女人？

张总也盯住老赵的眼睛不放，里面有一丝愤怒。

我可以再不去了。老赵说，但我还要去最后一次，而且要和你的女人坐在一起。

张总的愤怒终于表现出来，以这种方式了断？

老赵点点头说，我发现我们始终想的不是一件事情。

为什么？

比如这回，你是为女人来钓鱼，我是为乐趣而钓。你虽然做的是高雅的茶酒文化，但你实际上是个真正的商人。老赵一字一句地说。

你得告诉我，你为什么要和我老婆坐在一起？

老赵以手止住张总的咆哮，缓缓地说，我妻子去世之前，总喜欢去云海庄和你女人聊天，她们坐在一起，非常投缘，情同姐妹。听我妻子说，你女人以前也是很活泼的。只是因为你在外面有了人，她才话少了，我妻子因为事故离世，再也不能去了，你女人连唯一的朋友也失去了联系，因此更变得郁郁寡欢了。

张总惊讶地看着老赵，你老婆叫乔玮？

老赵点点头，我常去云海庄，是想坐坐她坐过的那个地方，可我发现，你女人始终坐在那里，从没有挪过，我也就从没有去坐过。

张总抬起头说，我知道你是做什么的了。

老赵点点头，我知道她会和你女人说的。

张总看着海的深处，好久才说，平常在生意中，总觉得自己能够风生水起，到了这深海中，才真的觉得世大我小。

你平常太忙。老赵说。

你平常又太闲。

老赵站起来，说，我也是她走的时候才明白，忙不是任何事情的理由。

张总看着老赵。

你一忙吧，似乎是好事，也容易有成就感。实际上，不管你有钱也好没钱也好，不管你在生活的什么点上，你所在的单位没了你，单位照样转。而你的家庭没有了你，这个家庭就不像个家了。

老赵的脸掩在暗处，只有指缝间的烟头明明灭灭。船在这时，长长地鸣了一声汽笛，深圳就在岸上，倒映在海水中的灯火闪烁晃动着浓郁的咸腥。

张总打开了一瓶拉菲，细细地斟上了满满两杯。

天空中有一架飞机飞过。老赵忽然觉得，大海之外，是一座座城市，而有一座城市，是自己一定要回到的地方。

# 宠蟑螂

## 一

我也不知道，自己怎么就有了一套大房子。当然，房子是我自己掏钱买的，我不是流行的小三。我至今不明白的是，当初我怎么就有勇气掏了将近四十万的首付，让自己成为一个月光光的百万负翁。这正应了那句俗话：生活真是无奇不有。一个还算漂亮的姑娘，住在一套大宅中，似乎不怎么对时下的行情。深圳往往是，男人有了自己容身的窝，就有女人往里边飞。问题是，一个姑娘有了自己独处的空间，就把自己锁到深闺，不幸成了宅女。

单身的好处，也是自有妙处。譬如，我刚出差去了一趟上海，半个月的时间，把自己百无聊赖的寂寞带到国际大都市染了一些时尚的颜色，忙完了工作，到外滩十八号去喝了一杯咖啡，到恒隆广场逛了逛时装店，临回来的时候，还到猫狗市场去转了一圈。有一条幼年藏獒，花白相间的皮毛，四根毛发顺滑的腿小指头般粗细，眼睛里却已经满是灵动。我一眼就喜欢上了那条藏獒。可我带不上飞机，只能让它在我的掌心转上一小圈，伸腿跳到地上。

我很想养一条哈巴狗什么的。在我的小区，有一个女人养了两条狗。一条是猎狗，一条白色的俄罗斯长毛狗。上班的时候，我经常在电梯间碰到她。女人穿着睡衣，从电梯间出来，一只手里牵了两条绳子，两条狗跟放风似的，走几步就抬腿撒尿，撒完，在地上嗅来嗅去，似乎它的时间比我赶着上班挤车还要紧张。而女人，喜欢站住，双手抱在胸前，把本来显得松弛的乳房压出某种形状出来，任狗们自己去闹，狗往前挣，女人也跟着往前走几步。我当然不会养这种大型狗。我以前见过一种狗，跟兔子似的，跑起来四条腿晃悠出一道道虚拟的栅栏，小小的躯体就在这腿的闪动中围着你转着小圈，觉得挺可爱。

以前租房，不太可能养什么。现在有了自己的房子，要是喜欢，养条大狗什么的，一点都不显困难了。三房两厅，起码有两间没怎么利用呢。或者，我布置出一间书房，一间狗房，也是我自己的私事，谁也没权利干涉。单身就是这么好。

想养一只宠物，乌龟，金鱼，猫，狗，以及刺猬什么的，似乎都可以，又似乎过于俗气。我一直没有想好。而我很懒，一下班回到家，就把自己丢到了沙发上，看电视，听音乐，吃东西，然后呼呼大睡。

这样的日子，我也快要无聊到发疯了。

## 二

回到家时，拉开门我就嗅到了一股异样的味道。这种味道似乎有点熟悉，没错，是一股腐烂的味道。这种味道，以前在家，要是深吸一口气，也能隐约嗅到，在我周六清空垃圾篮时，这种味道就特别真实。每次，我都捂着鼻子，哐当一声，将储存了一周的垃圾狠狠地倒进走道的垃圾桶。

我走进厨房，冰箱正发着低低的嗡鸣声。我忘了倒垃圾，呵，谁叫我出差的时候不是周六呢，腐烂的气味正是从垃圾篮里发出来的。对了，走的那天中午，我把没吃完的剩饭都倒进了里面，好像还有一小块炸干鱼。超过三天以上的食品，我几乎都不再吃了。垃圾篮敞开着口，黑色的塑料袋中间有一层灰白的霉，正是它们，让整个房间都充满了腐败的气息。我找到一张废报纸盖住，想连同垃圾篮一同丢出去，那个垃圾篮在我的手快要触及它的时候，竟然晃动了一下，使我伸出的手下意识地缩了回来。

接着，垃圾篮又晃动了一下，一种窸窣的声音从里面传出来，像有时候我在半夜起来摸索着披一件衣服去厕所那样。我后退了一步，屁股碰到了门上，嘭的一声，门靠到了墙上。这时，垃圾篮剧烈晃了一下，一条黄褐色的身影闪了一下，就藏进了冰箱的后面。我想，该是一只老鼠，可它是怎么溜进来的呢。按说，这房子的封闭性还是不错的，要是有一只蚊子想飞进来，还得看我高兴不高兴，否则，它只能永远潜伏在纱窗外面，乞求着等待机会。我当然不愿意给蚊子和老鼠任何机会，我的鲜血可是用超长时间超负荷的劳动来不断更新的，我比蚊子更不容易。是不是也有这样的情况，比如，我去阳台上晾衣服的时候，或者外出到通道倒垃圾的时候，它们在我拉开门的一刹那溜了进来，在我迷糊的时候，把我当作它们的成果分享。这个东西，一定也是这样闯进来的，别的理由，都一万个说不通。

我必须消灭它，或者把它驱逐出去。先把厨房门关上，使它不能进入到客厅，那样的话，它的天地可就广阔了。我打开厨房到阳台的门，到阳台上找一把扫帚，计划从这里把它赶出去。老鼠是万恶的，可我不是审判机关，也把握不好正当防卫的尺度，只能发挥群防群治的作用。拔了冰箱的电源，把冰箱往外移动一下，我就看到了那个刚吓我心一跳的身影，它正伏在那里，似乎未曾感觉到我要驱逐它出境的用心。

我这才发现，原来这是一只蟑螂，一只巨型蟑螂！

它和我经常见到的蟑螂有很大不同，身体足足有一尺长，金黄的触须在头上向两边画出美妙的弧度，细长的脚平稳地潜伏着，身体没有前倾，做出像要攻击或逃跑的姿势。那么，它是惊恐还是在蔑视？我一时不知道是否要将扫帚朝它击打，如果一击不中，或者没有致命，它反扑过来，甚至展开那对青褐中隐着金黄而半透明如丝绸般的羽翼，完全可以在我的头上背上周游一圈，甚至可以用甲壳般的翅膀划伤我，我恶心一周不说，身体不定还要瘙痒好一阵。

我把扫把轻轻放下来，红色的塑料丝隔在我的脚和蟑螂之间，怒起嘴示意蟑螂出去。

请你把我留下来吧。蟑螂忽然说话了，我可以陪你。

我诧异地看着蟑螂，它的六条腿微微地颤抖，两根触须往下伏了伏，两只黑黝黝的眼睛正看着我。我为什么要留下你？我竟然被蟑螂左右了思想，问出了这样傻的问题。

蟑螂说，我可以帮你消灭垃圾，可以陪你的寂寞。蟑螂的声音是从哪儿发出来的？它那细长的嘴巴，动了动，就如从很窄的声带里挤出的声响。

你是害虫，全世界都要消灭你。我说，市场上正热卖着一种杀蟑螂的药，两块钱一包，杀死一只奖励一毛钱，效果很不错，卖药人面前的那只小桶里面，装满了已经物化的蟑螂，尸横遍野般。

不是这样，蟑螂有些着急，我长这么大了，去过几十个家庭，虽然每个人都要驱逐消灭我，但我发现人也和我们蟑螂一样，有的坏到可以像人类踩死我们那样被消灭，人有好人坏人，蟑螂也有好蟑螂和坏蟑螂，我就是一只好蟑螂。

我怎么相信你？

你找根绳子，像拴宠物狗那样把我拴起来。蟑螂伸长了脖子，在它的躯干和头之间，现出一段细小的部分，拴上绳子什么的，除非给它解开，它自己是怎么也弄不脱的。

我决定试试，反正房子里空空荡荡，我一离开，缺乏一点生命的气息，如果能和蟑螂有些什么快乐，也是一件不错的事。

我先申明，我很懒，未必会记得喂你，而你在我需要的时候得陪我开心。我想起来，做这种决定，得先君子后小人。

放心吧，蟑螂说，你只要把我拴在垃圾桶边就好了。

## 三

我养了一只蟑螂。这是一个事件。这个事件的发生，通常处于比较隐蔽的状态。但随着事件的发展，那种隐蔽性就渐渐得到公开。这种公开，使我的生活受到了震荡，摇曳出许多意想不到的事情出来。

最初，我把蟑螂拴在生活阳台的栅栏上，绳子的长度刚好够蟑螂伏在垃圾篮的旁边。当然，我的生活并不因有了蟑螂而有了实质性的改变，我还是懒，还是一周倒一次垃圾，甚至有时候三天才洗一次碗筷。或者说有什么不同的话，就是忽然有了一个还很二愣的男人开始追我，隔几天就将一束玫瑰送到我的工作台上，弄得我身边的同事心花怒放的，好像恋爱的是他们而不是我。我当然没有恋爱。我才不会相信什么爱情呢，才不会相信男人呢。如果要把我交给男人的话，哦，那绝对是一种需要，是一种程序中的某一个或几个环节的自动运行，跟感情无关。

每天下了班，我就将蟑螂牵到客厅，让它趴在沙发前面。我不喜欢电视，多半时间塞着碟片在碟机里，让那种轻音乐在空旷的客厅里渐渐弥漫，把我包围，让我缥缈。有时候，我会和蟑螂说说话，毫无目的，毫无主题，比人与人之间的闲聊更加随意。我说，蟑螂，你为什么要我把你拴起来呀。我只是说说而已，那种语气，不是疑问，不似陈述，也不是感叹，就只是随便说说。

我以前到过你的每个房间。蟑螂说起来有点不好意思，好像自己做错了什么，不过我没做什么坏事。蟑螂说，我相信自己，你也可以相信我。

哦，蟑螂啊，那你可就是一只好蟑螂啦！我翻开一本 *VOGUE* 杂志，那些时尚的元素似乎与我格格不入，我只是好奇，什么时候，我会和身边的那些人一样，没事就没完没了地讨论着时尚杂志上的服装和饰品，而从不去珠宝城或时装店真正挑一些自己喜爱的东西。我讨厌他们把时尚老挂在嘴巴上，说出来的一套一套的，都是 CHANEL 的流行理念，翻开自身穿的，上面的商标在百度里都搜不到什么信息，典型的假洋鬼子。

你也是好人。蟑螂说，这回没有不好意思，很正经的。

我是好人？这种评价，隐约在哪里看电视时听见谁说过，但说过就忘记了，说谁是好人，还当真呐，说说而已嘛，有时候还是骂你呢。蟑螂说我是好人，我是好人吗？我可从没觉得自己是什么好人，有时候，倒觉得自己很坏。我很坏哦！我有时候会跟我示爱的那些男人嗲着说，让他晚上失眠去吧。我才不是好人呢。

蟑螂，我为什么是好人？蟑螂的话，让我有了兴趣，这种久违的肯定，还是有点意思的，我想知道，和我不是一个属类的蟑螂，会怎样看我。

你是人的时候就是人，是鬼的时候就是鬼。蟑螂说，比如你现在是人，我只要用人的规则看你就是了。

那么我又如何是鬼呢？我饶有兴趣地看着蟑螂，我也觉得自己更像鬼多一点，起码出没有点无常，要想找到我，完全靠机会。

你不觉得第一次见到我时，自己像个鬼吗？蟑螂站起来，耸耸身子，要不是我请你把我留下来，我可能都成了你刀下鬼呢，那时你的眼睛里，藏着一丝害怕，更多却是要除我后快的邪恶，像一个恶魔！

难道我一见你就像现在这样把你养起来不成，我才不是鬼？蟑螂的话很有意思，不过我忽然觉得，我和蟑螂的对话，似乎更有意思。蟑螂怎么就成了人人讨厌的东西呢，你看现在，蟑螂伏在那里，薄薄的羽翼，黄褐相间的大腹，尽管里面装的都是垃圾，可人的那些将军肚那些平滑的小腹，不也都装着粪便嘛。不同的是，人不过把自然的精华过滤了一遍，蟑螂呢，蟑螂吃的是人丢弃的东西，一个是从精华到垃圾，一个是从垃圾到垃圾，结果都一样。

我们出去转转？蟑螂忽然说，到外边溜溜？

# 四

夜色很深了。只有城市的夜色，才有这种昏黄的灯光，催促着城市早早地睡眠。蟑螂的提议很不错，房子再大，也大不过外面的世界。当我牵着一只蟑螂，从大门间走出，进入电梯，走出一楼的玻璃门，进入到那些老太太放着音乐锻炼的社区广场，会是一种什么样的状态？危险的是我，还是蟑螂呢？我觉得，我应该像楼上那个不知名的女人那样，把自己弄得一身惺忪，就着棉拖鞋，随意地牵着蟑螂从他们中间走过，仿佛一切都是再正常不过的事情。我把自己的想法和蟑螂说了，蟑螂沉默了好久，说，我得做一回小人了。

怎么？你怕受到伤害？他们是我的同类呢，我都不怕！

蟑螂想了想说，我不信任他们，要是有危险，你就松开我，我飞回去。

我点点头，却又忽然觉得不应该在有人的时候出去，牵一只蟑螂在外面溜达，就像搞地下工作一样，他们不以为我有精神病，唾沫星子也会把我淹没。我可不愿意，那些马上就滋生细菌的唾沫落到我的身上，长出奇形怪状的细菌来。

我们还是半夜去溜达吧，蟑螂，如何？我竟然俯下身子，用手不自禁地去摸了一下蟑螂光亮的头颅。

我和蟑螂走出房门的时候，外面已经没有人了。夜还算安静，有个路灯的镇流器发出的嗡鸣声格外刺耳。不过这样很好，我不用担心碰上谁，不用担心我回答不上别人的疑问。我牵着蟑螂沿着树丛间的走道慢慢地走着。蟑螂在夜色中像一只活泼的小兔子，蹦蹦跳跳的，蟑螂开心的样子，也特别可爱。我忽然觉得，要是我结婚养一个孩子，也未必能享受到这种夜幕下的快乐。我总不能用绳子套着一个孩子，牵着在小区里溜达吧，那样保准所有的人都会认为我有病。当然，和一只蟑螂溜达，情况也不很妙。我得偷偷溜走。小区里有告示，狗不得放养，也不得随处拉屎。没有关于蟑螂的规定，但有每月的三害消杀情况记录，也有可能，这种情况记录是一种姿态，根本就没人做过这种事情。现在的人都时兴这样，说的和做的，是两回事。

我说，蟑螂，你是喜欢白天还是喜欢黑夜？这样的问题，我一直没有问过自己，但用身体实践着对黑夜的暗恋。我想，蟑螂肯定是喜欢黑夜的，经常的时候，我在回家一开灯的刹那间，会发现有一两只蟑螂张皇失措地逃窜，甚至在我的电饭锅的显示屏上，依然残留着两只蟑螂的标本，它们肯定是在我做饭通电的时候，指示灯一亮，慌不择路地躲了进去，却不知道如何再钻出来，只好在反复的高温中成了木乃伊。

我喜欢安静的白天。蟑螂说，不过我承认有很多不完美的地方，所以以前也经常在黑夜出没。蟑螂抖抖翅膀，做出要飞翔的姿态，我最不理解的就是你们人呢，很奇怪的动物，什么事情都喜欢追求尽善尽美，这是为什么？

我看着蟑螂，这只虫子，竟然还有问题提出，那么它也学会了思考？你说细点，我没明白你的意思。我说，你知道，作为人，我和蟑螂你交谈起来，还是有点困难的，你想表达什么？

蟑螂挥舞着前面两条腿，这就对了，你现在变成一个人了，对什么事情都喜欢弄个因为所以，正如很多人拼命地追求完美，你也不例外。

追求完美有什么不对？你跟我出来，不也正享受着夜色的美好吗？

这就是我不明白的地方，你们已经吃猪和牛了，还要吃老虎和熊掌，总之吃的欲望总是不能满足，想着法儿吃一切能吃的东西，还有，你们想着法儿去消费这个世界的一切，男人消费女人，女人消费男人，甚至自己消费自己，总想把自己的想象无边无际地转变成现实，有一天也许会觉得自己完美了，可是，完美了怎么样呢？完美了只有结束，完美了这个世界就没有意思了，也许还会毁灭，你说是吧？

我看着蟑螂，没有五百年的修行，一只虫子绝对成不了这样的思想家。嗯，你的想法好像有些道理，值得多想想为什么这样。我蹲下身，抚摩着蟑螂的羽翼，你是一只可爱的蟑螂，或许大家都会喜欢你。我说。

干什么？一道手电照在我的胸口，是巡夜的保安。他总是那么好色，强光从我的胸口又移到了我的脸上才移开，这才说，是业主吧，怎么还不睡？

我眨了几次眼睛，才适应手电的强光。没事，累了，出来转转。我一边说，一边用身子把蟑螂挡住，不让保安看见我绳子后面的蟑螂。我很想对保安印象再好一点，可他们实在过于霸道，经常大半夜里，拿着对讲机边走边和附近的女朋友打情骂俏，声音大得我在十八楼都听得清清楚楚，那个女人的嗲声，跟猫发情一样。我很怀疑，没准保安就是巡上一遍，急着往哪个小安乐窝赶，反正都睡了，谁也不知道。

没什么事，你去忙自己的。我对保安说。保安刚转身，那个女人的声音就从对讲机里呼呼啦啦地响了起来。趁保安快步往前走的时候，我一把抱住蟑螂，快步走进了电梯间。

## 五

我和蟑螂的关系，已经很亲密了。我可以将它的两根长长的触须挽成一个横着的8字，用一根红色的丝线轻轻地缚住，在它黄蜂般的腹部披挂上一个粉红色的小马甲，现在我已经不把它拴在生活阳台上了，我上班的时候，象征性地把绳子套到餐桌腿上。这么长时间，我实在没看出这只蟑螂对我有多大的害处。因为有了蟑螂，我似乎被挖掘了很多良好的天性，比如比以前勤快了一些，还特别爱打扫卫生。有时候下班回家，天不算太晚，我喜欢装一小盆温水，就着抹布把客厅的玻璃擦一遍，一眼望出去，剔剔透透的那种感觉。

蟑螂现在已经不拴到桌腿或栅栏上了，我只在它的脖子上保留了那个细细的尼龙环套，等我需要带它出去溜达的时候，我才会把绳子扣在那个环套上。蟑螂独自玩的时候，喜欢伏在茶几的下面，偶尔用一条腿在地上动动，两根触须舒展着，或者张开翅膀振几振，它完全在它自己的世界里，好像没有我的存在，根本就不是住在一个单身的女人家里。

我忙完了，坐下了，给自己倒一杯温水。这时，我的目光就会落到蟑螂的身上。蟑螂从茶几下面钻出来，蹲到我的面前，黝黑的眼睛渐渐发亮，它看到了我手里给它预备的食品。这些食品，是我和同事聚餐的时候，从酒店打包回来预备给蟑螂的。我将一小块白切鸡放到蟑螂的面前，蟑螂看了看我，围着那块鸡转了两圈，张开嘴巴开始大快朵颐。

蟑螂，我说，你今天是不是到阳台上去了？我回来的时候，有个老太太跟我说，她看见一个什么东西在我家的阳台上，像鸟儿一样，进到屋子里去了，让我回家检查一下。老太太一说，我就明白她看见的是蟑螂，在心里感谢了几遍她的眼神不好，要是像我有1.5的视力，肯定不等我回来，就向管理处报告提前进行消杀了。

蟑螂停下来吃鸡块，是的，蟑螂说，我到阳台上转了转，发现有很多人就进屋了，我想他们是不会接受我的。蟑螂说的时候，渐渐有了可怜的神色，我白天在家睡觉，睡多了晚上很难入眠呢。蟑螂说。

你们蟑螂不是就在夜间活动的吗？我想起来，我以前去租的那套房子，大大小小的蟑螂藏在碗柜的缝隙间，藏在液化气灶的下面，藏在裂开的窗台和水泥之间，房东拿一桶威霸的气雾杀虫剂，吱吱地喷了一阵，蟑螂们瞬间就藏得无影无踪。他妈的蟑螂，祖孙好几代！房东边说边笑，里面藏着尴尬。第二天我去收拾房子的卫生，厨房地板上铺了厚厚一层的死蟑螂。我记得看到还有指头那么长的蟑螂，但地上没有，说明它溜走了。蟑螂，你们繁殖起来很快？我问。

我们在地球上已经几亿年了，蟑螂说，习性也是逐渐改变的。蟑螂不知道我想起了几年前的旧事，我现在越来越反感过去那种群居的生活，像这样安静，哪怕有点寂寞，我也很喜欢！我最高兴的，还是跟人在一起生活，跟你在一起。蟑螂说，触须弹了起来，像两个桥拱。

好啦，我也是一时兴起，不然根本不会相信蟑螂的！我现在担心的，不是你我的相处，你会知道我担心什么吗？我想，小区里那些师奶般的女人，绝不会容许一个女人牵着一只蟑螂在她们眼前闲庭信步的。但是，难道狗就可以吗？狗因为登记了就可以？狗咬人一下，很有可能就要得狂犬病，甚至潜伏到十年，你根本不知道。万一被蟑螂咬一下，抹点红花油就行了，绝对不用到医院去打什么疫苗。我养一只蟑螂，法律也没有明文禁止，倒是被某种无形的力量，隐隐地束缚住了这种近乎变态的快乐释放。

吃过了饭，暮色刚刚降临，我想是否比上次早点儿带蟑螂出去溜达的时候，门铃响了。是管理处的保安。他说，最近小区里三害比较严重，提醒要多检查家里的情况，有业主反映在你家看到什么东西，特意提醒你好好检查一下，有意外及时向管理处报告，云云，一副非常认真负责的样子。

我想，那个老太太还是向管理处说了，尽管她没看清楚，她的怀疑，也成了她酣畅的表达。

好的，我知道了，但没什么意外情况。我回答说，意下已决定今天不带蟑螂出去溜达了。我还没完全想好理由，该如何保护社区里那些人对蟑螂未经审判的诛伐。

## 六

过了一个星期，我才找了一个很晚的时候，带着蟑螂出去。

在电梯里，我碰到了那个穿睡衣遛着两只狗的女人。蟑螂看见了狗，扑腾两下，飞到了我的肩膀上，高高地看着狗。狗原本镇静得很，蟑螂一飞，倒抬起头看蟑螂了。

女人看着我，眼神里闪着渐渐升起的怪异，然后紧了紧手里的狗带，似乎蟑螂会令她的狗沾染上什么病毒，那狗却兀自挣着伸长脖子，非要到蟑螂身上亲一下不可。哦，这是养的什么？女人慢慢放大她迷惑的瞳孔，从蟑螂身上扫描到我的脸上，问。

哦，宠物，呵呵，宠物。我摸了摸蟑螂丝绸般的羽翼，发现女人眼中的疑惑还是没有散去，补充说，像你家的狗，养的宠物来的。

我是说，它叫什么名字？女人似乎想伸手摸一下蟑螂，却连整个身体都往后缩了缩，靠到了电梯的轿厢上。

我想说是蟑螂，忽然想到不能这样说。我说出是蟑螂的话，女人不定比她手上的狗突然变成了狼还要惊恐害怕，然后不出五分钟，整个小区都知道一个漂亮的单身女人养着一只蟑螂了，转眼整个小区就弥漫着一个女人和蟑螂的暧昧故事，最后是我在面临着巨大的压力下，眼睁睁地看着一场群体性的血腥灭杀。是啊，女人问的是叫什么，我要告诉她的，是我给宠物取的个性化的名字。可我一直没有。真早该给蟑螂起个名字的，如同女人们的狗，生猛的叫猎豹赛虎，温柔的叫欢欢悠悠，狗听多了，也能懂得一点人类的语言。

它叫 Can。我忽然想起这个英语单词，觉得以后叫蟑螂叫 Can 也很不错。

Can，哦！女人长长地应了一声，似乎意犹未尽，眼中的疑惑稍稍减了一些。电梯停在了一楼，女人拽拽手中的绳子，两条狗回头看了一眼蟑螂，带着和女人相同的疑虑，女人摇着屁股，狗摇着尾巴一同先出去了。

Can，Can！我跟在女人的后面，叫着我灵机一动中给蟑螂起的名字，Can，你下来吧，没事的！我说。蟑螂往前一跃，翅膀展开了一下，就落到了地上。我可能真不适合和人类打交道，蟑螂说，我发现她眼中满是敌意。

哦，也许。我说，但你和我相处得不错的。过玻璃门的时候，我四周看了看，没有人，才和蟑螂轻轻地出了门。

我是蟑螂的异类，你是人的异类。蟑螂忽然说，未来可能会是现在这个样子，蟑螂的本性和人是一样的，我听人说过，叫进化的速度不同，可我总觉得，这个世界也有我们蟑螂的一部分。

我站住，因为我发现那个女人回来了。女人依然牵着她的两条狗，一副放松的样子，狗也显得格外欢快。回啊！我打个招呼，因为这么短的时间，我想象不出她们出来干点什么。

哦，它们出来方便一下。女人努努她的两条狗说，回去给它们洗澡睡觉了。女人笑了笑，目光依然落在蟑螂的身上。

Can，咱们走，看看今晚的月光！我冲女人点点头，故意摆开悠闲的八字步伐，和蟑螂走进了魅影绰绰的夜色之中。夜安静下来了，银灰的月色泻在建筑上，泛着一层清辉，稀疏而昏黄的路灯透着迷蒙的光，似乎又多了一点浪漫的情调。蟑螂在前面跃动着，看来它很欣喜，褐绸般的羽翼在两种光的辉映下，变得五彩斑斓起来。

Can，你真漂亮！我在心里说，谁说蟑螂就不能是我的宠物呢，看看，它这么可爱！我松了松手中的绳子，蟑螂往前一挣，留在我手上的最后一截绳子就溜出了我的手，蟑螂如释重负般向前跑去，身上闪着磷光般的东西。

我要到马路上去看看！蟑螂边跑边说，一起去吧！

Can，Can！我担心它在马路边遇到意外，双脚不自主地做出小跑的姿势，看蟑螂还没有停下来的意思，边跑边说，Can，等等，我们一起去！蟑螂拖着细长的绳子，拍打着翅膀，绕过前面的转弯，直朝门口的保安亭而去。Can！Can！等等！我加快脚步，朝蟑螂喊。

蟑螂忽然停住，像磁带被卡住了那样一下子顿住。怎么了？我冲到蟑螂跟前，担心门口睡意蒙眬的保安见了蟑螂忽然来了精神，让我半天和他纠缠不清。蟑螂回过头转转脖子，我蹲下来，蟑螂的绳子勒在了保安用来挡车的那根铁管上。我们快点走！我小声对蟑螂说，捡起绳子牵着蟑螂快速走出了小区的大门。

为什么要快点走？到了马路的人行道上，蟑螂问，那门不就是用来出入的吗？

是啊，是用来出入的，但不是用来给蟑螂出入的，是给小区的人和车出入的，明白吗，Can？

蟑螂抖抖身子，有点疑惑地说，不太明白，大门怎么只会给人出入，真不明白人类在想些什么。看来，蟑螂确实没有明白。

比如，一只老鼠，要是有人发现它从大门自由地出入，这个保安就算失职，他可能就会被业主委员会投诉，被管理处主任炒了鱿鱼，他就没有这份工作了。我本想拿蟑螂作个比喻的，却有意无意地避开了，老鼠可是在全世界有了名的，人人喊打。

哦，蟑螂说，我还是不理解你们人类。

城市的夜空也很美好。大白天的，我行走在大街上，在川流不息的人群中无人一般朝着自己的目的地而去，我不认识那些人，他们要去哪里，在想什么，或者，他们与我无关。而此刻，城市空了，仿佛只有一具躯壳伏在夜色，那些生命的蠕动，都隐去了，而我却与一只蟑螂相遇了，发生了生活的联系，与蟑螂在夜色中溜达，与一只蟑螂心气相通，这时，我觉得这个世界格外地真实。

Can，夜色多美好啊！我说。

嗯，我听到了一只虫叫。Can似是喃喃自语。

## 七

那天，我回到家的时候，楼下围了好大一群人。上到房子门口，也围了好几个人。肩上挂着对讲机的保安正用一张薄薄的卡片插着我的门锁。我一眼就看见那个牵着两条狗的女人，依然穿着睡衣，两条狗在她收紧的绳头间吐着舌头，像是随时处于待命。

回了，回了！那个女人把狗往后牵牵说，而狗硬是争着在我身上嗅了嗅才退后。

你们做什么？我一时没有明白过来，问，怎么回事？

保安停止了插门，说，怀疑你家中有贼，但没有人，你回来就好了！最近，小区发生了几起被盗事件，我们怕你家损失呢！

那也不应该私自开我的门呀！我有点气愤，这些人，找一点理由就可以做一些本不该做的事情出来。有小偷为什么不守着报警？我转身背靠着门，脸上突然变成了红色。因为我意识到，这些人，很可能就是因为蟑螂的事情。

我们这么多人做证呢，绝对不会让你家损失什么东西的！牵狗的女人说，再说嘛，也是为了小区大家的安全，你们说是不是？

对啊！众人异口同声，都是为大家好嘛，捉住一个，绑到外面示众，看他以后还敢不敢来！一个人说，不能示众，那是犯法的。另一个人马上说，也不是专门示众，我们逮到了小偷捆起来后再打报警电话，顺带就示众了嘛。

就是啊，捉了小偷还是要报警交派出所的嘛！牵狗的女人说，万一你家有什么损失，可以叫小偷赔偿你呀！

你们都下去！大白天的，怎么会有小偷公然进去？那小区的保安是干什么的？我有点气愤。

那可不一定啊，你没听说，也是大白天的，小偷都开着卡车偷东西，别人还以为搬家呐！牵狗的女人说，我们大家可都是好心帮你！

我看着那个女人，似乎感觉到某种阴谋，有点愤怒，你们谁看见是小偷了？谁看见了？我发现，自己发怒起来，很有点恐怖。

保安的目光从一个个人脸上扫过，疑惑问，对了，究竟你们是谁看见的那个小偷？谁看见的？一个还是两个？男的还是女的？

众人一时愣住，谁也不知道是谁看见小偷的。牵狗的女人轻轻一抖手，两条狗跟着她，像晚上她遛狗那样摇着屁股从安全通道下去了。

好像，好像是她呀！顺着我的目光，有一个老人努着她的身影说。

你们都回去，留两个保安，跟我进去，看到底有没有小偷！我说，一时不知道是自己神经了，还是这些人神经了。

打开了铁门，又打开了木门，我示意两个保安进来后，嘭地关了铁门反锁起来。门外还有两个人带着疑虑，透过门的栅栏往里窥视。

我带着保安先去了卧室。我的钱财一般都放在卧室里，我对保安。卧室里什么动静也没有，保安进里边的洗手间查看了门窗，就出来了。再去看看书房，我对正弯腰往床下看的保安说。书房没有贼，客厅一目了然，厨房和阳台上都没有贼。保安又仔细地看了几个门窗和阳台，也没有发现攀越破损的痕迹。没有吧？我冷冷地说。

保安站在客厅中央，平常威风凛凛的，这会儿特别憨厚地站在那里搓着双手，我说呢，我们保安还是很认真的，大白天怎么就会有小偷敢进来偷东西呢？

保安出去的时候，我才感到自己的心怦怦直跳。关了门，又去关阳台上的玻璃，听见保安在跟楼下围观的人说，没事了，虚惊一场，没有小偷，大家就放心了！

Can！我吁了一口气，轻声唤到，你躲在哪里？出来吧，没事了。

Can 从厨房走了出来说，我知道他们是针对我的，人类真的好可怕啊！

# 八

我再也不敢和蟑螂出去溜达了，我怀疑自己也和蟑螂一样得了恐惧症，哪怕是在更深的午夜，也难说不会碰上喝得满脸酒意的保安摇晃着巡夜，如果他把那强光的手电照在我或蟑螂的身上，我未必不会发出一阵尖叫。蟑螂呢，很可能在强烈的光线中反应不过来，成为保安手中的猎物，如果他再喝高一点，没准还会把蟑螂带回去油炸了下酒。这种假设，不时地会钻进我的心里。

很长时间了，我没怎么管蟑螂的吃喝，我觉得有必要给蟑螂预备一点水果。我走进电梯去小商店的时候，再次碰到了那个牵两条狗的女人。一种本能的戒备使我瞥了她一眼。女人还是穿着那条小碎花的睡衣睡裤，外面有一层细绒毛，结着稀疏的小疙瘩。看得出，那是一件混纺的睡衣，很讲究的人一般不会贴身而穿。倒是两条狗目光机灵，两只鼻子四处嗅来嗅去，似乎有了什么新的发现。

那天，我真的看见了什么的。女人忽然说，我回来的时候，无意中抬头一看，就看到了你阳台上有一个黑影。

我心里一阵诧异。哦，你没休息好。我说。心里在想，她怎么会知道我住哪间房呢，这个女人的心机，倒是深得很呐，如果她不是曾经见过我的"宠物"，心里一直有着疑虑和好奇，才没有人会关心一个仅仅在电梯里相遇的人住在哪间房呢。

女人笑起来，很妩媚，渐渐从妩媚过渡到莞尔，我知道你。女人接着说。

知道我什么？她知道我很懒？单身？对男人不屑一顾？还是知道我养了一只蟑螂？你的狗不错。我说。

电梯到一楼了。

我知道你养了什么。女人说，回头一笑，带着她的两条狗，三张屁股摇成典型的组合，逶迤而去。

买了香蕉和苹果回来，Can伏在沙发前，身体一起一伏的，好像刚完成了马拉松的长跑，累得趴在那里只有喘气的份儿了。但我一眼就发现，Can是哭了。Can的两只小小的眼睛比平常迷蒙而湿润，那个样子，难道还会是高兴吗？

Can！我说，你怎么了？

Can不理我，仅仅动了动身子。

别怕，Can，有我呢，你别怕人，我其实最善于和人打交道的。我想让蟑螂放心一点，你想知道我是怎样和人打交道的吗？在单位，我是业务经理，就是跟人打交道多了，我才不相信还有好的男人，才愿意和你在一起呢！我一边说，一边去轻轻抚摩蟑螂的羽翼，透过滑腻的感觉，我感到了蟑螂身体的战栗。

蟑螂说，我不是人，我是坏蛋。

你当然不是人了，Can，但是，也没有人把你当蟑螂，还没有人真正认识过你。这几天你就不要出去了，我去给你做一套漂亮的衣服穿上，别人就更不会认识你了！我用手掌轻轻地摩挲着蟑螂的两根触须，轻声说，我刚才还碰到那个女人呢，上回那事保准就是她弄出来的。我可以断定，她要是真的确认你是蟑螂，她就不会那样兴师动众了，她还没有确认你究竟会是什么。你放心吧！

蟑螂抬起头，看着我，渐渐镇定了许多，忽然说，我觉得，那个女人的狗也是人，是某个男人的虚位，她其实是和人生活在一起的，所以她总是以人的眼光看待一切。

我看着蟑螂说，你倒是想法越来越多了。

蟑螂感叹说，那天和你出去，我就在想，世界原本是黑白的，只因为有了人类，才变得这么复杂起来。我一直以为自己不明白你们人类，我现在才知道，我其实最不明白的，就是我自己，有时候我想，为什么我一出生就是一只人类的害虫，有时候我又很怀疑，我一出生的时候究竟是不是人类的害虫。

Can，别想那么多，慢慢会好起来的。说过这话，我就有点后悔，我又拿人的思维和蟑螂去说了。我们今天早点儿休息吧，我明天有事要早点儿出去。我把蟑螂捧起来，放到鼻子前亲了一下它澄亮的头颅。

## 九

周六的时候，我终于从朋友处拿到了我为蟑螂定制的衣服。一件小小的肚兜，一顶八角的帽子，还有近似我平常穿的六只细细的裤袜，此外，还有两根闪着金属珠片丝绸红绳，那是我给蟑螂的触须预备的"头绳"，我可以将蟑螂的两根触须装点成一个小姑娘的羊角辫。

我推开门，蟑螂很端正地伏在阳台上。我开心地叫着，Can，看看你的新衣服。蟑螂没有动，我走过去，用手推推蟑螂，蟑螂的身子发出某种干枯的声音，它整个向前动了动，显得很轻很轻。我才发现，蟑螂已经没有了，只剩下了一具躯壳。

从它的姿势，我忽然觉得，Can 在这里完成一个蜕变，一定飞到了很远很远的地方，它再也懒得和我在一起了。

这个时候，我忽然觉得恶心，不知道为什么。

# 无人村

## 一

顾伟送走村主任，回村时走在塘埂上，塘里不时有鱼跃出水面，啪地又钻入水中。顾伟心里纠结着，这么一个好山好水的地方，怎么大家都像点卯一样呢？

年初，顾伟被派到这个村庄驻点扶贫，就提前做足了功课，把鱼和村的前世今生查阅了一遍。鱼和村紧靠着海，过去村里人大多出海打鱼，女人们养村里围起来的一大片鱼塘，少数人种往里靠山的那片农田，日子也算逍遥自在。村里人不多，千把人左右。前一轮，南海市在这里扶贫，搞了一些基础设施，新修了村委会，马路也进村入户。现在，省里把这里交给了前海，前海市安排给市审计局。作为主动请缨驻村扶贫的审计干部，顾伟盘点过鱼和村后，心里暗自有过打算，三年虽然不长，但一定可以让一个贫困村改变面貌。

可是，打第一天来到这里，顾伟心里就萌生出一种荒凉感。第一次来报到，由一把手马局带队，算是很隆重了。中巴进入鱼和村的那一刻，顾伟甚至能在心里将村里的角角落落和卫星地图上的景象迅速对应起来，一切都是那么熟悉，只多了一阵略微咸腥的海风。即将要驻点三年的村庄就在眼前，就像无数次想象过的那样，青山碧海，宁静祥和，所过之处，却不见一个人影。

迎接他们的是村委会主任，村会计，还有几个村民代表。昨天，顾伟陪马局先到了南海市，和相关部门做过工作对接。今天进村，鱼和镇镇长带人陪同。寒暄过后，村主任领着大家到会议室座谈。顾伟边走边看，计划生育办公室，综合治安办公室，机构设置大致齐全，只是没看到一个办公人员。座谈会上，大家信心满满，谈规划，拿举措，觉得要让村子富起来，真不是什么难事。

会开到一半，进来一个壮实男人，径直在镇长旁边坐下，不等介绍，开口就说："村子就摆在这里，情况就是这样。扶贫嘛，只有一个诀窍，就是你们大把大把地拿钱进来！"男人说着，双手像接过了一捧贵重的东西，从马局面前往回缩，一直缩到他屁股旁边那个黑色皮包才止住，来来回回比画了好几次。顺着男人的手势，顾伟看到，那个黑色皮包拉开了大半，仿佛张着口，等着他将捧来的东西装进去。

马局脸色变了变，直接插话："借这个机会，我先介绍一下审计局的工作职能。审计机关作为政府监督部门，主要是对财政资金、公共资金和公共资产进行审计监督。这次来开展对口扶贫，我们可能不能像有些部门能带来大笔资金，但我们可以发挥审计监督的优势，保证每笔资金绝不跑冒滴漏，让每一分钱都用到实处。"

壮实男人脸色一沉，抓起皮包腾地站起来："他妈的，看来一点油水都没得捞了！"说完，起身就朝门外走去。

顾伟正想起身，村主任摆摆手："老曹就这样，对谁都是直肠子臭脾气，大家莫往心里去！今后，主要由我和大家进行工作对接，我一定全力支持前海审计局的同志来帮扶我们，大家有事和我联系，千万别客气，哈哈！"

送走马局，回到村委会，村镇的人已走了，参加座谈的村民代表，一时也不知道去了哪里。偌大的村子一下子沉寂下来，连一声鸡叫狗吠声也没有。

## 二

刚刚去找村主任，村主任对顾伟的建议未置可否。按照局里的意见，希望帮助鱼和村发展养殖业，发展壮大集体经济，解决特困群众的养老看病问题。可村委会的意思，要翻修村民楼房，要把马路修宽，还要铺上沥青。驻村半年来，顾伟已经摸清了村里的情况。这个村子里的人，外出的外出，迁走的迁走，剩下的人都搬到了靠集镇的邻村。如果不是上面安排人来扶贫，村干部半年都不会到村里来一趟。每次的村民座谈，看着坐在面前的村民代表，顾伟有时很怀疑，这些人是不是被花钱请来开会的。这样的村子，别说修马路建学校，简直就应该退耕还林，回归成一个生态保护区，或者是旅游度假区。

但是，对口扶贫，是省里确定的任务，肯定要坚决执行。可执行吧，又该如何执行？难道，就按村委会的意思，千方百计弄一笔笔钱来，打到村委会的账上，任由他们支配？或者，就在这里混着，等到期满走人？想起初来的雄心壮志，顾伟不由暗自叹息。凭搞审计的直觉，顾伟感觉到，流到村里的一笔笔资金，肯定经不起检验。这样扶贫下去，不会有任何效果。

"你们尽管把楼房建起来，把马路修得又直又宽，要是你们不愿意搞，直接拿钱过来给我也行！"夜深人静时，顾伟每当躺下来，耳中就回响着村干部飞扬跋扈的声音。从南海市在这里的扶贫开始，这个空无一人的村庄，就成了接待扶贫工作的驿站，成为少部分人套取扶贫资金牟取私利的工具。这样的扶贫，还有什么意义？

这个晚上，注定一夜不眠。当林中小鸟在屋外叽叽喳喳叫个不停时，顾伟终于拿定主意，哪怕身败名裂，也要捅一捅窗户纸。

三

"还有这样荒唐的事？"马局现在才知道，驻点会拂袖而去的男人，是村里的支部书记，此后再也没有露过面，而审计局正在帮扶的村庄，实际上早已空无一人。

"我们必须要向市委报告！"马局说，脸上的愤怒让他的嘴巴和鼻子都挪了位置一般。

"我有两个想法，供领导参考。"顾伟将一份报告递给马局，"初步可以确定，村支书涉嫌严重违纪和经济问题。但我们是去扶贫的，不是去开展审计项目，我们能不能将发现的问题以审计名义移送纪委？能不能向有关部门发出审计建议，建议将鱼和村和邻近的村予以合并？"

"这简直是在浪费国家资源！"马局一拍桌子站了起来，来回走了两步猛地站住，"没有开展审计项目，审计移送存在困难，审计建议就不要发了！"

顾伟不解地看着马局，心中燃烧的一股激情，蓦地冷却下来。

"作为政府组成部门，我们虽然没有开展审计，也可以向纪委提供线索，也可以向上级提出建议！"说到这里，马局严肃起来，"只要有利于人民群众利益，我们为什么不能发挥专业优势，提供建设性的建议？"

顾伟顿时转忧为喜："马局，我在报告中提出了并村建议，请马局详阅。"

"明天上午，召开局务会研究，哪能任由这么瞎整！"马局愤怒地说。

# 四

这天，顾伟在村里碰到一个老人。这个老人，以前没有见过。顾伟走过去问："老人家，您找谁呢？"

"我谁都不找！"老人抬起头，腰依然弓着，"听说要并村了，鱼和村要并到莲香村，我回来看看，再回来就不是鱼和村喽！"

顾伟心里一怔，问："您是这个村里的人？"

老人点点头："我们都在这里住了七代啦，子女们嫌这里起台风，偏僻，都搬到了镇上，我一个老头儿，也只好跟着走。"

"那您觉得是鱼和好呢，还是住在莲香好？大伙都走了，有没有人还想搬回来住？"

老人看着顾伟，点点头又摇摇头："以前到处都穷啊，我父亲就是到前面那片海没有回来。"老人说，忽然警惕地问，"你在这里做什么？"

"老人家，我是上级安排来鱼和村扶贫的，依您的看法，哪些地方还可以再帮帮大家？"

老人疑惑地看着顾伟："扶贫？扶啥子贫？"

"就是帮助鱼和村，让村子壮大起来，让大家都富裕起来！"

"呔！"老人直了直腰身，却依然是弓着，"是扶这里的鱼呀，还是扶这里的水？"老人说完，一步一步朝前走去，仿佛没有遇见任何人。

# 五

顾伟接到了撤点通知。离开鱼和村时，孤零零的，没有人接，也没有人送。作为驻点扶贫干部，他忽然有些鼻子发酸。

顾伟没有想到，局里向市委递交报告后，不到两个月，鱼和村就真的被并村了，同时取消了对鱼和村的对口帮扶。据说，从不露面的村支书，已经被纪委"双规"，那几个村干部，也都在接受组织调查。

顾伟没有想到，自己的扶贫会以这种方式无疾而终。想想当初的一腔热情，如今已化为泡影，心里竟有那么一些淡淡的忧伤。然而，咂咂这忧伤，里面也复合着暗暗的欣喜，毕竟，自己做了想做该做的事情，得到了上级领导的认同支持，毕竟，扶贫的钱不再被浪费了。

看着住了大半年的村子，想起在村子里唯一遇见过的那个老人，顾伟心想：有一天，也要来这里看看！

# 天堂来信

## 一

大三那年，自从有了那种摆脱不了的恐惧感，熊艳花决定，自个儿改名熊俊。

姐妹们说，这名字不好，过于男性化，对不起你那如花似玉的年龄，也对不起你那闭月羞花的脸庞。熊俊听了，抿嘴一笑，笑得很秀气。姐妹们说，快改了吧，大姑娘嘛，那么漂亮，又不是没有女人的柔美。

熊俊还是笑笑，不吭声。这个名字，是她自己改的，她喜欢这么有力量的名字。父母给她起的名字，叫熊艳花，以前没觉得有什么，忽然就觉得娇嫩，花什么的，本身就柔弱不堪，再加一艳字，好似离凋零就不太远了。

罗娟说，要不，以后我们叫你熊娟？这俊字，读起来一儿化，就跟娟儿差不多咯。罗娟卷起舌头，连着把俊儿化着读了两遍。旁的姐妹说，真的是呢，要改也改成熊娟！

熊俊说，就叫熊俊吧，我就喜欢这名字，硬朗。要不，你们也可以叫我老大，我排行老大，家里一直这么叫习惯了。熊俊的后面，原本有一个弟弟，父母把叫他老二。

罗娟尖叫起来，哟，还老大老二的，我都想当小三呢。说完，一帮姐妹放肆地笑起来，笑得天摇地动的。熊俊不笑，拿手挨个在屁股上捏一把，说，看你们不学好！

姐妹间还没闹够，一转眼，大学毕业了，都得各奔东西，生活直愣愣地站到了面前。

大学实习时，熊俊就到了深圳。现在，她已是秦钱珠宝的总办秘书。要说，她这样的年龄，花一样的，正是无忧无虑的时候。很多同学，大学毕业后，找工作跟旅游似的，从北京到上海，又从上海到广州，有的还去了西双版纳面试，正式上班前，已经周游了大半个中国。熊俊从实习到正式参加工作，一直就在深圳，一直待在一家公司，从前台文员做到总办秘书，从不问涨不涨工资，也不嫌工作时间每天都那么长，坐那儿稳稳的，做事也稳稳的，让总办的梅主任有点欣喜也有点恐慌。这样的丫头，这样的定性，即使没有野心，将来怎么也是个厉害角色。

在秦钱珠宝，熊俊眼瞅着一拨一拨的大学生来应聘，接着试工，接着他们又走马观灯般的走人，男男女女的，一个个都阳光十足，有的是老板不满意，被打发掉了，有的是他们不满意，自己离开了。干到三个月的，似乎没有一个。熊俊看着他们来来往往，有时就想起自己的同学。姐妹们中有几个也在深圳，她们已经换过四五家单位了，罗娟还找她借过生活费。熊俊的工资只有一千八，扣掉社保什么的，只有一千五多一点。罗娟在深圳混了半年多，老是觉得不如意，挣的钱没有花的多，混着混着就没钱吃饭了。罗娟找到熊俊借钱时，熊俊给自己留了零头，把余下的一千都借给了她。罗娟说，一有钱就还，你尽管放心。后来不断传来消息，罗娟在深圳又游历了几家单位，转战到重庆去了，据说不久还会回到深圳，借出去的钱，也一直没有音讯。想起这些同学，熊俊就暗暗觉得自己幸运，没有挑三拣四，一出校门就落下了脚，工作是紧张了点，心里还是很安稳。

熊俊学的是英语，师范类的，毕业实习本应该到学校去，站在讲台上，给那些跟自己差不多高矮的学生讲单词的发音什么的。但熊俊在实习前就打定主意不做老师，觉得自己就还是个孩子，怎么去管那些调皮捣蛋的学生啊。熊俊想找个编辑的工作，在网上不断筛选全国各地的招聘信息，最后发现还是深圳的工资比较高，就把工作地点锁在了深圳。论文答辩前，熊俊在网上看到深圳有几场中高级人才招聘会，连夜买了车票赶到深圳。在人才大市场，她转遍了每一个招聘展位，就是没有发现有招编辑的岗位。也有很多很好的工作，但那些高额的薪水，使她不敢把简历投过去。她的期望不算很高，头一两年，两千到三千就很不错了。很多单位，招一个翻译，工资都开到了五千，五千啊，那是一个毫无职场经验的人能挣到的吗？熊俊觉得自己有自知之明。转了半天，等她要心灰意冷的时候，秦钱珠宝挂着的那张招聘启事边上添了一行手写的文字：招前台文员一名。熊俊不知怎么一激灵，就走了过去，递上了自己的简历。秦钱珠宝的梅主任看了看她的简历，问了几个很简单的问题，就把她留下了。熊俊很是高兴了一阵，忽又想起老师做的职业培训，过于简单的成功，要多个心眼呢，千万别弄到传销里去了。但熊俊想，身体是自己的，你还能来硬的不成，注意防备着就是，总不能病从口入就不吃饭了吧。熊俊只迟疑了一下，就成了秦钱珠宝的员工，一直干到今天，让自己时常暗暗地骄傲。

大三的时候，父亲再也不给她写信，熊俊忽然有了种莫名的恐惧，不知不觉中就会感觉发虚，总感觉有谁会欺负自己。这种恐惧，隐隐的像幽灵一般，不知道什么时候会来，也不知道什么时候会走。恐惧什么，她又不知道，有时候她很想知道这种恐惧，却越探究越觉得虚无，似乎根本就没有恐惧过一样。这种恐惧像无形的梦魇，常冷不丁地缠绕着她，让她觉得整个身体紧紧的，长吁一口气后，这种缠绕又渐渐松开，化为虚无。熊俊一直很奇怪，自己怎么会有这种恐惧，不是在梦中，而是在自己非常清醒的时候。

成为秦钱珠宝的员工后，白天办公室有一大帮子人啪啪地敲打键盘，晚上宿舍里也有四五个同事嘻嘻哈哈，但这种恐惧，还是虚无缥缈般，说它没有，它不时就来了。说它有，又看不见摸不着。这种感觉，似有似无，总是难以确定。职业辅导老师说，踏入社会，要开始有点城府了。这种自己都不很肯定的东西，她也不好意思和别人去说。

现在，这种感觉已经影响到熊俊的工作。好几次，梅主任在她起草打印的文件上已经画过了几个红圈，看她的眼光，也不像她最初来时那样亲切，询问的眼神中有着让她不敢正视的疑惑。

看着梅主任的红圈，熊俊就想起老师批改的作业。如果，自己当初也选择教书，画红圈圈的就是自己了。

得想办法战胜这种恐惧，让自己越来越坚强。熊俊想。

## 二

梅主任最近一直在观察熊俊。当初面试熊俊时，梅主任就觉得，这个姑娘是值得培养的。要说，熊俊还真不错，能够通过秦钱珠宝半年以上的考验，基本上都是人才中的人才。熊俊做事细致认真，很少出差错，性格安静，舍得付出，这些，都让梅主任觉得在一个年轻的女大学生身上非常难得。熊俊不仅有不错的底子，英语还特别棒，口语跟BBC里的口播似的，如果放到客服部，将来还能派上其他的用场。

公司准备从内部提拔一个客服主管。前一阵，梅主任就准备推荐熊俊了。只是最近，梅主任发现，熊俊的书信比较多，隔个三五天，前台就有她的信件送进来，她是不是恋爱了？有了男朋友也不奇怪，奇怪的是，现在的年轻人，还有几个在用笔写信？MSN，QQ，手机短信，电话什么的，要多方便有多方便，相互通个信息，几秒钟就可以搞定。梅主任观察过熊俊，觉得她不是那种古典的女子，相反，熊俊性格有点粗糙，有时候刻意遵守的规矩中，不自觉流露出某些大大咧咧，是什么使她非得要体验那种鸿雁传情的浪漫？

午休的时候，熊俊看到梅主任还在电脑前忙碌，走过去问需不需要帮点什么。梅主任正在赶一个商业计划书，老板等着要带到澳洲去使用。熊俊站在梅主任的身后，静静地看着梅主任弄着那个英文文件。梅主任停住手中打字，转过大班椅，对着熊俊，把她仔细打量了一遍，才说，最近是不是有什么心事？

熊俊听得一愣。是的，她有心事，但藏得很深，应该不那么容易就能被别人窥到。熊俊对着梅主任一笑，两颗白净的米牙衬托出嘴唇的红润。没有，真的没有。熊俊说完，自己先抿嘴笑了，跟着脸也泛红了。她刚在后面，发现梅主任拼写的一个单词有点错误，本来想找个合适的方式提醒一下的，一紧张，竟然什么都忘了。

熊俊最近的心事，与一个男孩有关。那是一个英俊的男孩，也在秦钱珠宝。熊俊和他是在公司附近的聚缘餐馆认识的。她吃了一盘红烧肉，他给她埋了单，然后坐到了她的对面。熊俊吃完饭抬起头，才发现对面坐着一个男孩正看着她。她一直低头吃饭，以为对面的人也是等着吃饭的客人。

你很安静！男孩说，我叫张勇，在设计部。男孩说完，歪着头看熊俊，等着她的回答。

熊俊一时有点慌乱，她几乎没有单独和男人接触过。这个叫张勇的男人，眼睛里有着一种魅惑，让熊俊有点羞涩，羞涩中有点不安。我叫熊俊。她边说边站起来，手里捏着一张十块的纸币，准备向收银台走去。

算我请你！张勇说，我已经埋单了，怎么样，相互认识一下，交个朋友？熊俊看了一眼男孩，觉得他说话像个老江湖。不用，谢谢！熊俊说完，一把将钱丢在张勇的面前，快步走了出去，心里咚咚跳了好一阵子。

从那时起，张勇总是找机会和熊俊凑在一起，吃饭的时候帮她打饭，天变的时候嘘寒问暖，像她老家的一个大哥哥。老实说，熊俊对他的印象不坏。她也不知道，究竟为什么不能接受自己最初的这一份爱。

我爸要知道我在恋爱，准会不同意的，他认为我还太小！熊俊用这样的理由拒绝了张勇的爱情。

小不怕，我等。张勇站到熊俊面前时，似乎比一开始傻很多了。熊俊躲不过，只有逃了，想办法逃得潇洒一点。逃的时候，那种无形的恐惧就远远地弥漫过来，渐渐把她围住。

梅主任拍拍熊俊的肩膀，意味深长地说，我记得有句老话，叫手里摇橹，嘴里讲古，呵呵，有意思吧？

看着梅主任的笑，熊俊从中仿佛看到了奶奶的慈祥，体验到一股无形的压力。真没有，真的没有。熊俊说，声音小得再远一点就听不到了。

梅主任抬起头，脸上满是异样的神情，连说了三遍：阿俊，阿俊，阿俊。梅主任的口气，更像是在叹息。

## 三

熊俊是山里人。她的那个村庄，叫巴王村。这个村庄我说过很多次，有时候我都有点想住在那里了。

巴王村像一个小小的盆地，两百户人家不到，有一条小小的溪沟向西逶迤而去。西面是巴王村的门户，一条回形公路蜿蜒而下，通向远处不同的城市。巴王村的山上，是另外一个村庄，翻过那一座山，也能到达很远的地方。小的时候，熊俊就一直生长在巴王村，冬天看山上的白雪，夏天看山顶的云朵，春天摘路边的野花，秋天帮父母收地里的庄稼，一直生活在巴王村的世界。从上初中的那一天，熊俊才渐渐知道外面还有很大的世界，然后一步一步地走远，直到走进省城的大学，又走到深圳。每一步她都走得自然，似乎又义无反顾，不容她回头看看。巴王村，那个有着山的柔情的村庄，渐渐只在梦中出现了。

刚到深圳时，熊俊一直处于紧张的适应工作之中。好不容易工作都熟练了有了点空闲的时候，熊俊不知不觉又感到了那种久违的恐惧。起初，这种恐惧并不强烈，却无比柔韧，无论她做出怎么坚强的姿态，它总能找到她的空隙，好似漫不经心地爬进她的心里，让她暗暗打个寒噤，全身收紧，却又不知道向谁进攻，更不知道该如何防备。上大学的那天，爹对她说，山里人老实，容易被人欺负，要处处多学着点，不要闹笑话。从那时起，熊俊就开始学着洋气，处处小心谨慎，防备着来自他人的伤害。

虽然，一直没有人伤害熊俊，她也没有伤害过别人，她却越来越觉得，怎么像是自己在伤害自己？我爸不同意？这个借口有力量吗？能不能把那些男人吓得远一点？譬如张勇，人虽不错，就是自己还没找到感觉。是的，自己的感觉现在还不在感情上，还在莫名其妙的恐惧中呢。或许，就是这种隐藏的恐惧，使她在第一次得到录用时，才毫不犹豫地做出了选择，一直干到了今天。

前台把一封信再次拿给熊俊的时候，梅主任正好从她身旁走过。阿俊，你真浪漫！梅主任有点意味深长地笑着说，很古典呀！

熊俊抿了抿嘴，说，我爸写来的，他在一家公司看守仓库，没有也不会用电脑，有什么事情，就给我写信，我也习惯读他的信了。熊俊说的时候，自己竟然无端地被自己的话感动了。是啊，从读大一的时候开始，她就习惯一个人读父亲的来信了，那是她多么大的幸福啊。

哦？你爸呀！梅主任说，也在深圳？梅主任有点惊讶。

熊俊点点头，拿着那封信匆匆回到自己的座位，把信装进了自己的背包里。

梅主任在后面说，阿俊啊，我发现你每回收到你爸爸的来信，精神状态就很不同，干起事来特带劲啊，你下回见了你爸，叫他多给你写点信来，这样下去，你的发展空间还很大呀！

旁边的阿曼说，主任，你该不是在鼓励我们上班干私活什么的吧？问完，自个儿在那悄悄地笑。

熊俊一边啪啪地敲击着键盘，一边说，你们放心，我上班的时候不读私人信件，都是下班带回宿舍才读的！

几个人一起回头，诧异地看着熊俊。熊俊对着屏幕目不转睛，转眼就敲完了一页文件。

## 四

下了班，熊俊刚走出厂大门，张勇就从旁边冒了出来，站在熊俊面前。熊俊停住脚步，忽然觉得自己有了无穷的勇气，平静地问，你要干什么？

有好长时间，这种恐惧似乎逃遁得无影无踪。现在，这种恐惧似乎蓦然苏醒过来，变得更加有恃无恐，怕上班时做错了什么被人训斥，下班了一个人走在路上，尽管到宿舍只有几分钟的路程，也总觉得不知道在什么地方会跳出个五大三粗的人来一把将她拉住，回到宿舍，别人都已经说着梦话睡死了，她还在床上辗转反侧，生怕一关灯就会有个什么怪物推门而入，挟持着自己没入朦胧的夜色。很多时候，她不断地给自己鼓气，说熊俊不怕，难道还有人敢吃了你不成啊？可是，往往越是自己给自己鼓气，那种害怕就越深长，直到弄得自己疲惫不堪了很久，在不断的回忆中，才迷糊着睡了过去。

今天，熊俊又收到了来信，那种惧怕似乎走得远远的了。她走出厂门的时候，脚步特别轻盈，胸脯挺得特别高，心情也特别平静。

张勇见熊俊问自己，一时竟然不知道该说什么了，这样的熊俊，有点高傲的熊俊，他可是第一回碰到。

我、我想请你去唱 K，行吗？张勇说，似乎熊俊内心的不自信，遵循着某种守衡，不知不觉转移到了张勇身上。

熊俊一时愣住，有点奇怪地看着张勇。张勇脸上是真诚，他的笑中带着自己小时候的羞涩，她看出了。

不行！熊俊说，我爸来信了，我要回宿舍去看我爸的信！熊俊说着，从小包中拿出那封信扬了扬，我爸可能找我有事，我得早点儿回去！

张勇尴尬地笑着问，你爸没手机？没个电话？这多不方便呀！你要有事情找他，还真麻烦呢！

熊俊说，我爸不需要手机。他想我就来看我，我想他就去看他。平常，我们没事就写信，这样不也很好吗？熊俊一边说，一边往外走。

要不，我们一起吃晚饭？张勇跟在熊俊后面，死皮赖脸地说，隔了一会儿，紧走几步和熊俊并排走在一起，放低声音说，我真的喜欢你！

熊俊站住，看着张勇，脸色渐渐由平静泛为桃红，一字一句地对张勇说，我告诉过你，我还小，我爸不允许我谈恋爱。你这样会耽误了你自己，你还不明白？

张勇说，我也说过，小不怕，我愿意等！

熊俊转过身，气呼呼地朝宿舍而去。脚步虽是迈得急，心里也活动得快。和张勇的接触并不很多，对他也没什么坏的印象，自己凭什么就这样对待别人？熊俊这样想的时候，那股恐惧蓦地袭了过来。

熊俊一阵小跑，进了宿舍，嘭地关上门，把自己平摊在床上，呆呆地看着开始发黄的天花板，脑子里浮现出那些已经发黄的往事。

## 五

熊俊小的时候，母亲比较严厉，常常要她干这干那，使她对母亲不敢撒娇。只有父亲，在母亲呵斥她的时候，一把将她揽在怀里，用粗短的胡子轻轻地蹭着她的脸，一股子烟味的嘴巴在她耳根子边说着悄悄话，想着法子哄她开心。

十二岁那年，母亲得病去世了。很长时间，熊俊对母亲没有什么很深的印象，只有到了她上大学的时候，才发现母亲原来一直活在她的心里，很多往事，一经反复回忆，似乎就格外温暖清晰，伤感开始在回忆中弥漫。是啊，一个女人，她有两个孩子，她怎么舍得早早就离开人世呢。有时候，熊俊觉得，母亲也许是为了替她到阎王那儿走一遭，早晚还会回来的。恍惚之中，熊俊在心中有着某种等待的欣喜，她甚至想过，如果有一天自己带着男朋友回家，严厉的母亲会不会对自己的男朋友露出宽厚的笑容。母亲去世了，父亲和弟弟成了她唯一的亲人。父亲和弟弟始终没有离开过乡下，弟弟只读完初中就帮父亲到地里干活去了。一直以来，熊俊对父亲和弟弟充满着感激，没有他们，没有他们的鼓励和期待，她实在没有勇气把大学读完。三年大学中，熊俊只回过两次，其他时间都在打着短工。一次是父亲病了，她回去照顾父亲，帮忙收地里的麦子。还有一次，是父亲叫她回去的。父亲说，还有一年就熬到头了，暑假就回来吧。大二的暑假，熊俊没有去打工，回到了家里，那一次，熊俊发现父亲瘦成了一个干瘦老头，一向在她心中高大有力的父亲伛偻着身子，不停地咳嗽，尽管见到她时父亲眼中闪着明亮的光芒，他的面容已经明显苍老，仔细一看，里面罩着一股隐隐的忧伤。父亲还不到六十岁啊，一个五十几岁的男人，恍然之间，就随着岁月抛弃了全部的青春。熊俊在夜里暗暗哭了一场，哭过之后，她蓦然觉得，今后这个家，就得靠她了。

可是，一个刚刚涉世的女孩，又谈何容易？到了深圳，她才知道生活多不容易。很多人找不到合适的工作，很多人不知道该做什么工作，还有很多人不知道在做什么工作。她的同学，有的已经早早地结婚，有的游离在几个男人之间。有的人已经上当了，哭哭啼啼的，有的人还风光着，趾高气扬的，像她这样在一家单位老老实实地待着，几乎没有了。有时候，熊俊不明白，究竟是自己对了，还是她们错了，或者，有些事情，本来就没有对错？早在读大学的时候，那种恐惧感就曾强烈地骚扰过她的生活，让她把自己紧紧地包裹起来，甚至有意给自己取了一个带点勇气和坚硬的名字。可是，没有多少人愿意称她熊俊，也没什么人称她老大，她本就不像一个久经江湖的老大，同学们还是喜欢用各种语气直呼其名，至于儿化出来的熊娟，也只在说笑的时候叫叫。单位的同事，则给了她一个新的称呼，阿俊，似乎有了那么点底气，却仿佛也经不得任何风雨。很多时间，熊俊也默认了这种叫法，只是在这种接受中，有意给了自己一副更为坚硬的躯壳。

对于张勇，熊俊心里并不反感这个人，她的内心，也渴望在工作之外有一个人问问累不累，可是，即使在她心中最柔嫩的时候，也不能完全忘记那种恐惧。有的时候，她就一个人躺在床上问自己：我姓熊，你是大熊猫呢，还是一只狗熊？做一只大熊猫，怪可爱的，似乎又憨态了一点。一只狗熊呢，又不太适合女人。想来想去，她倒觉得自己应该有着狗熊的沉着与凶猛，那样的话，面对这个世界，就可以多施展手脚，而不是只有处处防备。

就像现在，她一边上着班，一边盼着父亲的来信。这样的状态，梅主任也许体验不到吧，张勇也不会明白，那几个春风得意的姐妹，她们更没有心思去想别人在想什么要什么，大家都在忙着自己的所谓的生活。

熊俊觉得脑子有点发涨，想出去走走。打开宿舍门，她发现了用透明胶贴在门拉手上面的那枝玫瑰，上面还有着细小的露珠。熊俊往四周看看，过道里没有一个人，安静得很。

熊俊把鼻子往前凑了凑，一缕淡淡的香味从鼻腔进入到肺腑，全身仿佛跟着清新起来。

# 六

那天下班，张勇找熊俊说，我想找你说件事情。熊俊瞥了一眼张勇，问，花是你送的吧？你别浪费，我可不吃你那一套。

张勇笑笑，说，我有正经事和你说。

在秦钱珠宝，我想不出有什么事情要和你说。熊俊故意板着脸说，我当我的秘书，你做你的设计，咱俩不搭界，没有共同语言。

张勇看着熊俊，沉默了一会儿，你就把我当作同事，当作普通朋友，我想找个人说说自己。从张勇的脸上，熊俊看到了一丝忧虑。熊俊低下头，不忍再损这个男孩。说吧，什么事情？

张勇说，下了班，我在宿舍对面的名典咖啡等你。张勇说完，不等熊俊回答，匆匆走了出去。熊俊看着张勇消失的背影，心里就忽然决定要去喝这杯咖啡了。

熊俊了解过张勇，很侧面的。张勇在研发中心，那些精致漂亮的首饰，大都出自他的手笔，他是老板很器重的工艺设计师。据说，张勇没有上过大学，但他有着将近十年的工龄，在工作实践中，张勇肯钻研，爱学习，他的作品经常比其他几个科班出身的设计师还受老板赏识，市场反应也比别人好，弄得张勇比较孤立，大家表面上不得不服，骨子里却对他很有些不屑。最近，熊俊老听见老板在各种会议上表扬张勇，看老板的意思，张勇有可能要当上设计部经理了。

下了班，熊俊故意在办公室磨蹭了一下，才最后走出去打下班卡。出了公司大门，熊俊慢慢地走着，想着自己到深圳这么长时间了，想着自己的大学姐妹，想着自己在秦钱珠宝的成长，想着自己的父母，想着自己在家的弟弟，想着自己遇到了张勇，想着想着，猛然发现自己什么时候没有那种深深的恐惧感了！是啊，好多天了，没有自己时时提防的那种恐惧感了，自己竟然没有那种隐隐的害怕了！熊俊为自己这个发现感到高兴，真的，这么多天，她回想起自己，心思都在工作上，梅主任又微笑着看她了，一切似乎回归正常。是因为收到了父亲的信吗？是父亲从遥远的地方给了她无限的勇气？还是生活已经把她锤炼得没有了眼泪？不是，这么多天，她没有觉得不快乐，工作是顺利的，心情是轻松的，笑容是阳光的，像得了上苍的保佑，那又是为什么呢？

名典咖啡在二楼。熊俊上去的时候，张勇已经坐在那里向她招手。熊俊坐到张勇的对面，要了一杯果汁，静静地看着张勇。张勇说，要个果盘吧？

熊俊点点头，你说吧，我专门来听着。

张勇抿了一口咖啡，用手抹抹嘴巴说，我开始是佩服你，后来才喜欢你。你知道是为什么吗？

熊俊睁大眼睛，佩服我？为什么？

我是一个农村的孩子，父亲在我十二岁那年去世了。张勇低下头，茫然地看着桌面说，我家里穷，没有能力供我去读高中读大学，就只好跟着我叔叔在城里摆摊。叔叔是银匠，也就是为周围的人打戒指耳环手镯什么的，我给他当下手，包吃包住，一个月给我五十块。我每个月把三十块给我妈妈，二十块留给自己买书。我喜欢上了这个行当，碎碎一小块银子，在我们的手上，经过淬打就成为女人们喜欢的工艺品，我很有成就感，因此我有意钻研，手艺很快就比叔叔还好。叔叔见我有点出息，就让我出来闯世界，我一没文凭，二没学历，到处找不到工作，好长时间在一个快餐店打下手。也是一个偶然的机会，我进了秦钱珠宝，从一个抛光工开始，一直做到现在。

熊俊点点头，你很能干，走到今天真不容易，一步一步都是靠自己走出来的。熊俊说的时候，转了一下头，悄悄拭了一下眼角。张勇的故事，竟然和自己有着许多相似之处，是他低沉的语调打动了自己，还是因为他的故事使自己又想起来了那些不堪回首的往事？

张勇抬起头，点上一支烟，轻轻地吐出一个旋转的烟圈，待它消逝，才接着说。可是现在，我感到了孤独，感到了自卑，感到了恐惧！

熊俊心头一震，你为什么恐惧？

我的设计只是凭我对市场的了解，只是凭我对首饰的感觉，我不觉得我比其他任何一个设计师出色，哪怕我的产品在市场上卖得不错。相反，设计部每进一个大学生，我都感到一种压力，甚至是感到一种恐惧，我不懂他们那些理论，也不像他们有好几家企业的工作经验，他们甚至会看国外的流行趋势，说出来都有理有据，我觉得他们真的比我强，只是不明白，他们为什么不能设计出好的产品？我找你来，就是想你帮帮我，给我推荐一些国外的流行资料，因为我知道，你学的是英语。张勇说完，看着熊俊的眼睛，你帮我吗？

熊俊一时愣在那里，好久才问，你为什么找我呢？

在秦钱珠宝，没有坚强的毅力是不能留下来的！张勇说，我也是无意之中发现你的坚强，发现你的坚强之后，我还发现你的步伐有力，给人很有活力的感觉，跟很多女孩的柔弱比起来，你跟她们完全不同，我甚至觉得，你像一个女强人！

张勇，别说了！熊俊忽然连连摆手，两行晶莹的眼泪，从双颊滚落而下。

## 七

熊俊还是决定不和张勇恋爱，但她想帮张勇做点力所能及的事情。

每天，熊俊做完梅主任交代的事情，就上网找一些米兰或巴黎的时装流行资料，下载翻译成一段段文字，从 QQ 传给张勇。张勇不时地说声谢谢，熊俊却一直保持沉默。在公司的 QQ 上，除了发文件谈工作，最好什么都不说，这是她进入秦钱珠宝后的第一心得。

阿俊，最近你爸怎么来信少了？梅主任把一份文件拿给她，说，这份文件董事长已经批了，尽快下发到各部门吧。

哦，是的，我爸他最近忙一点，我周末刚去看过。熊俊脑子激灵了一下，是啊，有好多天没有收到爸爸的来信了，别人似乎已经习惯了这种古老的交流方式，而自己，却差点儿把这件事情忘了。我想，准备给我爸买个手机，劝他打电话。熊俊说，还是什么在电话里说着方便！

梅主任笑笑，哪天部门搞活动，把你爸叫来一起乐呵乐呵！

不用不用，谢谢谢谢！熊俊连忙说，我爸是农村人，不习惯大场合。熊俊发现自己有点紧张，吐了吐舌头，谢谢主任的好意啊！

好久没有音信的罗娟突然找到了熊俊的公司。罗娟穿得跟模特似的，脸上涂了厚厚一层粉，熊俊忽然觉得，罗娟已经把生活当成了她的全部，而自己还有着隐隐约约的梦。熊俊！罗娟亲热地拉着熊俊的手，端详着她，说，你还是没变啊！

是没变。熊俊一直觉得自己还是原来的自己，除了年岁一天天增加，工作能力有些进步，自己真的没什么大的变化，很多时候就觉得自己还是一个学生。而眼前的罗娟，自己最好的姐妹之一，一脚踏入社会之后，已经有了完全不同的生活方式。

熊俊，告诉你个好消息！罗娟拉着熊俊说，我准备结婚了！罗娟说起结婚，仿佛她顷刻间就变成了新娘，眼神柔和起来，脸上充满了喜悦和憧憬。我想呀，先把婚结了，再生一个小 BB，等 BB 上了幼儿园，我再做一份工作！罗娟说。

结婚？和谁结婚？熊俊很有点吃惊。罗娟和自己一样，才 23 岁，怎么可以这么快就能结婚呢？熊俊想不明白，会有一个什么样的男人，让她这个一向麻辣的学妹愿意把自己奉献出去。

你不认识！罗娟说，等下我跟你细说。

罗娟，你到大堂去等等我，熊俊打断罗娟的话说，我先赶紧把手上的工作忙完，下了班我们一起吃饭，好好聊聊！熊俊知道，老板就在里间的办公室，随时都可能出来吩咐什么，要是看见她私下里会客，即使不说什么，也会造成不好印象。

下了班，熊俊到大堂去找罗娟。张勇刚好从电梯里出来，看见熊俊和一个女人在那儿亲热地说笑，猜想不是熊俊的同学就是老乡，一边走近，一边故意提高声音喊道，熊俊，走，我请客！弄得前台小姐怪怪地看着他们。

罗娟看了一眼张勇，问熊俊，你男朋友？

熊俊赶紧摇着头说，不是，是同事，走得比较近的同事！张勇站在旁边，微笑着点点头，弄得罗娟犹豫了一下，猛地一戳熊俊嗔怪道，死妮子，还蒙我呢！走，一起去吃饭！

熊俊嘟起嘴说，不去！

张勇见状赶紧说，你们去吧，我有事，改天见！

熊俊白了眼张勇，我们同学见个面，说点私密话，你掺和什么!?

去吧去吧！罗娟说，我们两个女孩子，又没见不得人的事情！你猜我找你来干什么？记不得了吧，第一，还钱，第二，看你！

两人起身往外走，张勇正准备走开，罗娟回头抛了个眼色，张勇就远远地跟在了后面。

那天晚上，熊俊为罗娟连喝了三大杯白酒。她不知道是为罗娟找到了一个有钱的男人高兴，还是为罗娟的未来担心，不知道是为自己的现在，还是为自己的未来，那酒越喝，那隐约的恐惧就慢慢爬满心头，让她满是眼泪。

散场的时候，张勇找了个的士，把熊俊送回了宿舍。

## 八

那天快下班时，前台把一封信交给熊俊。看着那封信，熊俊心里一愣。这封信和自己以前收到的信来自同一个地址，却有着不同的字迹。熊俊把信拿在手里，那种恐惧在疑惑中又莫名地升了起来。

是的，有好一阵，没有收到来信了。猛然又收到来信，熊俊想知道信里写了些什么。从上大学开始，父亲开始给熊俊写信。整个大学生活，熊俊就几乎生活在盼望父亲的来信之中。父亲的信写在她以前用过的练习本上，撕下来的裂口不规则地延伸着，像地图上蜿蜒着的国界线。父亲在信上也没有写什么，好好读书，贯穿着父亲每一封来信。而熊俊在大学里渐渐懂得，好好读书已经不够了，这个社会，只有知识得到转化，这种读书才有价值。但熊俊从不反驳父亲，她给父亲的回信，也像他那么简短，偶尔会在信中夹一张自己的照片，或者她想给父亲看的什么图片。父亲真不容易啊，母亲去世后，父亲短暂地有过一个女人，但后来父亲看到她眼中的忧伤，又主动选择了离开，像一个温顺的孩子。在熊俊的心里，父亲像家后面的那座山，肃穆而高大。

回到宿舍，熊俊迫不及待地开启了那封信。信的内容温暖而激励，充满了一个长辈的宽容与慈爱，熊俊读着，虽然明知道并不是父亲的来信，依然流出了甜蜜的眼泪。信的末尾，是一个让她震惊的落款：天堂里人。

第二天，快下班的时候，熊俊第一次给张勇发 QQ。我有话问你。熊俊飞快地说。

什么事？张勇说。

是你？熊俊懒得多说一个字，点了过去。

晚上七点，名典咖啡。张勇飞快地回了过来，然后他的头像就黑了下去。熊俊看着这四个字，觉得这几个字似乎就成了自己和张勇的接头暗号，不禁哑然而笑。

熊俊很少去咖啡馆那样的场所。这么多年来，她不跳舞，不唱歌，也不泡吧，有时候和同学们吆喝着去，也是静静地坐那儿，看着她们在光影中游离，看着她们一点点地走向癫狂。那时，她往往会想起家乡，想起那片金黄的土地，里面有公鸡打鸣，狗的吠叫，而父母的身影渐渐模糊了，不知道是被自己的泪水蒙住了，还是自己离开家乡太久。

熊俊到名典门口，张勇已在那儿等着。我们随便找个位置？张勇问。

熊俊点点头，偏僻一点就好，不喜欢闹哄哄的。熊俊喜欢安静，下班后几乎都是直接回到宿舍，要么就在办公室主动加班。生活有很多事情，可没有什么事情比生活本身更重要了，而这最重要的，就是把工作做得开心一些。

两人坐下来，张勇把酒水单递给熊俊，你点吧，想要点什么，我们顺便把晚饭也吃了！熊俊点了一杯苹果汁，把酒水单又给张勇说，你自己看吧，我喜欢简单。

张勇点了一份牛排，又给自己要了一杯豆奶，看着熊俊，忽然很真诚地说，谢谢你！

谢我什么？熊俊轻轻一笑，不知为什么，刚刚升起的柔情，又化成了一种渐渐坚硬的东西。你为什么要这样做？

因为，我按信的地址去找过那个地方，张勇说，那个地址两年前就已经拆迁了，现在仍然一片狼藉。

熊俊抬起头看着张勇，所以，你给我写信？要戳穿我？

以前，我本来是想给你爸爸买部手机的，免得你们这样不方便。后来，我又见了罗娟，我就知道天堂里手机没有信号。张勇若有所思地说。

熊俊抬起头，你在哪儿又见到她了？

我约的。张勇说，对不起，但我没有歹意。

熊俊沉默了一会儿，为什么约她？

因为你。张勇说，因为我发现自己爱上了你，我要把你坚硬的躯壳卸下来。

熊俊心里重重地一怔，说，我早告诉过你，我还小，不想现在谈恋爱。你真不明白？熊俊说的时候，尽量压抑着自己内心的波澜，使语气变得平静一些。

你别骗我，熊艳花，这才是真实的你！张勇呼地挪近熊俊身边，你骗我也就算了，你干吗要骗自己？你为什么要自己给自己写信？

熊俊抬起头，两行清凉的泪水挂在她的双颊，在迷离的灯光中放大成两颗晶莹的玛瑙似的东西。罗娟都跟你说了什么？

张勇看熊俊，固执地问，她说没说是另外一回事情，但你得亲口告诉我为什么！

大学毕业的那年，我父亲去世了。在这个世上，只有父亲能给我勇气。熊俊啜泣着说，就这么简单！

我知道！张勇提高了声音，但你为什么不只是怀念？

熊俊低声啜泣着，哽咽着说，如果你是一个人，还有一个年纪小的弟弟，你就会知道什么是恐惧，你就会知道我需要勇气！

我今天找你，就是想告诉你，这种勇气不在天堂，它就在你我的身边！

熊俊摇摇头说，我已经好长时间不再自己给自己写信了。

你知道吗，因为你的帮助，我获得了工作上的自信和勇气，我要用这种勇气向你表达我的心情！张勇抓住熊俊的手，轻轻摩挲着说，我能做的，也就是替你的爸爸在天堂里给你写封来信，让你生活在快乐之中。

熊俊浑身一震，忽然觉得没有了力气，头一低，趴在桌子上嘤嘤哭了起来。在她的脑海里，父亲的音容笑貌仿佛又在眼前，憨厚地笑着，看着她撒娇。

# 譬如爱情

## 一

妈说，关口附近开工了，不是说修地铁吗，怎么架在外面了？妈问的时候，我刚把包挂到墙上。妈过来帮我把包挂正，期待的眼神看着我。

我也想地铁早点儿通车，但我没时间去关注地铁的进度。本来，下班是有个饭局的，可我厌倦了喝酒，一般的饭局，能躲的就躲，实在躲不掉，才硬着头皮去装老大。不是我不喜欢喝酒，我不喜欢啤酒，也不喜欢白酒，我每天在家喝的，是半杯长城干红。那种1995年的，我一买就是整箱，放在酒柜里慢慢地品。你明白了吧，一坐到家里，我就喜欢浪漫和品味，很有点小资的样子。

反正由不得我们，什么时候通就什么时候通吧。我说，少操些心，多活些年岁，你要觉得无聊，就去周围转转吧，找几个老大妈唠唠嗑。

妈说，转了啊，今天还去了对面，新修的房子，好气派的，比这个花园好看多了。

一条梅观高速，把民治隔成了东西两半，和新修的南坪快速公路，在螳螂山口画成十字，高架和立交横亘在关口，结成一朵中国结，顿时好像万夫莫开。而梅林关，在检查站睁开眼睛就能看到匆匆忙忙的男男女女，他们刚出落人世般，充满了生命的活力。在深圳待过半年以上的人几乎都知道，像我，每天要进关跑到福田市民中心去上班，晚上回到民治睡觉，在拥堵中练就了一副上好的脾气。住在民治的人，大多身体倍儿棒，反应灵敏，公交车远远地开来，立刻都做好了奔跑的姿势，经常让司机不敢开门，生怕挤伤了哪个女子，一被投诉，要扣一个月的奖金，谁愿意啊。

我到深圳时，民乐村还像乡下。那时，我在福田一家广告公司上班。一个熟人介绍，在民乐老村租一个栖身之所。看房的那天，我看到周围的荒山长着青绿的杂草，几条狗悠闲地走来晃去，顿时想起了我长大的那座小城。我很快就租了一个单间，一住就差不多十年。后来买了集资房，才挪过一次窝。现在住的房子，当时只用了十万，就拿下了，单算房租就已经够本。十来年间，这里已经发生了当初想象不到的变化，楼房顺着新修的马路延伸，竟然成了一片森林。沿途的房屋中介不下五十家。村民虽然还在玩着麻将，却在一夜之间，变成了深圳市民，比起那些过五关斩六将地通过考试才拥有深圳户口的人，简直要幸运一百倍。他们有一栋房子，两个单元七八层，合起来二十几套房子，还没城市化之前，已经懒得亲自收租了，上午到市区去喝早茶，下午在街坊打半天麻将，日子就这么殷实地过得有滋有味。

妈是来帮我考察女朋友的。我一直很奇怪，又不是我妈找老婆，我不急的事情，她倒比我还急呢。我才35岁，在深圳是不大的年龄，属于非常年轻的后备干部，混到正科，非常不容易。每次一打电话，妈就问，有了没啊？不用说，妈就是问有了女朋友没有。女朋友，在她长达几年的反复追问中，已经成为被忽略的默契，我和她之间，女朋友三个字像熟人相见问吃了没有般，早已心知肚明。

终于有一回，我说，有了，是个董秘。

妈就喜滋滋起来，哎呀，谢天谢地，我还以为你要打一辈子单身呢！妈在那头说，手机在妈的唠叨中渐渐温热起来，夹杂着一点来自家乡的湿润。打算什么时候结婚呀？妈迫不及待地问。这回，仿佛我说的有了，是指已经有了她盼了好久的孙子。

　　急什么呀！对妈的过度关心，我心里很有点郁闷。对于爱情，我一直有很高的期待，前些年，始终处于奋斗中，错过了单位上一茬又一茬的好女孩，如今，她们早已把当初追我的热情化作了庆幸，相遇时颔首一笑，转过头后，心里是轻轻的鄙视。

　　哎哎，别急，别急着定下来啊！等妈把家里安排妥当，过来帮你把把关，这娶媳妇的事儿，你还没经验呐！第三天，妈就只身来了深圳。

　　其实，我和小妍才刚刚开始，还像八九点钟的太阳。小妍硕士毕业后，在JANNE集团从导购员起步，几年的时间做到了董秘，她的成长经历，和我很有些相似。当年我考公务员，以全深圳笔试第一名的成绩，和我至今也没有弄明白的面试名次，最终如愿进了质监局，成为一个质量监督管理者。我和小妍是在局里组织的一个座谈会上认识的。会议结束后，她一边往外走，一边打着电话。我听见了一句，她说你放心吧，我怎么都不会成为剩女，然后她呵呵地笑了，铃铛般清脆，拖着古筝般的余音在我耳中回响。我的心震动了一下，怔在那里看着她的背影，一闪一闪消失在走道里。回过神来，我忽然觉得自己终于苏醒了，鼻子里好久还弥漫着她走过的香味。

　　我找到处长，打听她的情况。处长听过我的描述说，是JANNE集团的董秘，怎么，动了情根呀？我很快就从会议签到表上找到了她的手机号码。但我一直没有给她打电话，想等再有机会的时候，请处长大人亲自出马，那样希望才会更大。我做事就喜欢稳当。不久，局里召开企业百强表彰会，处长把我和小妍拉到一起，说，两个人都很优秀，高山有情，别的我就不多说，可就只等着吃喜糖了，下一步的工作，就看你们的啦！处长几句话，令我和小妍扑哧一笑，就这么算认识了。

在那个星期的最后一天，我发了 21 条短信，小妍就成了我的女朋友。

小妍问，你为什么喜欢我？这个问题还真不好回答。为什么喜欢？我也不知道，喜欢就是喜欢，没有想过为什么。小妍不满意这种回答，说，有很多女孩子，只要别人一赞扬漂亮，没几天就糊里糊涂地上床做爱，做完了就都完了。我看着小妍，没有想到她犀利得让人无以回答。我真的还只是喜欢，根本没有想到过要和她做爱，但倘若漂亮的女孩子只要赞美就可以勾到手，这样的美事，怕是很多男人都愿意去冒险吧。

我想找个合适的女人结婚。我想了想说，碰到你，我的心跟着你走了。

小妍看着我点点头，不过，我很怪，不浪漫，也不温柔，当然也不死板，你只有走进我心里，才会发现我是个女人。我不适合做情人，只适合组建家庭。

我说，你也很漂亮。小妍露出晶莹的米牙，心里的笑一圈一圈传递到她光亮洁白的脸上，升起两团红晕，渐渐迷离了我的双眼。

妈来以后，急着叫我把小妍带到家里。小妍说还早呢，不想这么早就见婆妈。我劝小妍说，反正早晚都是要见的，早见比晚见好，早见早相处，也省得给我妈留个悬念。小妍拗不过我，就跟着去了我家，一副视死如归的样子。

妈见了小妍，果然很高兴，让她坐到沙发上，哪儿也不要动，泡茶削苹果当中，把小妍上下左右看了个遍，脸上始终露着满意的微笑。妈问，小妍啊，家里都还有些什么人啊？小妍说，家里就爸妈，爷爷奶奶已经过世。妈轻轻哦了一声，拿一长条削掉的皮包住苹果，递给了小妍，给我使了个眼色，就去厨房做饭。

那一次见面，小妍说将来要换房子，住在小产权房里，心里不踏实，跟租房一样，总觉得不是自己的呢。妈在小妍走后，很严肃地跟我说，儿子啊，我总觉得你和她会处不好，你从小大大咧咧惯了，小妍是独生女，到时候你们怕是会有很多矛盾。

两个人的态度截然不同，我真觉得还不如不见。从那以后，我不再带小妍回来，只在下班以后，两人去喝点咖啡，有一搭没一搭地联系着。爱情这玩意儿，好像忽然停顿了，只在心灵某个角落隐秘地存在，有时候探一下头，有时又静静潜伏。

我问小妍，你有没有感到什么？我无法获知自己的心情，希望从小妍那里得到某种验证。

物质。小妍说，物质，懂吗？一双眼睛忽闪忽闪的，里面充满了天空的深邃。

就像你就在我的眼前，即使天黑了，看不见也摸不着，但我知道你在我身边。小妍对着天空说。我忽然觉得，哲学家萨特，思考的时候就应该是小妍这个样子。

那我妈呢？

母亲。小妍抿起嘴唇，母亲似乎才是我们的障碍。

小妍的话令我的心漫起一层虚幻，如同我和小妍相视而坐，而我妈在旁边虎视眈眈，摆出一副长住的姿态，非得等我和她满意的女孩住在一起，才肯撤回那座老城。

好长时间，我在想，小妍说的物质，是天空还是历史？是房子还是汽车，是男人还是女人？

## 二

要说，深圳的人口，男一女六，对我找个像样点的女朋友还是有利的，这也是我一直不太着急的原因之一。

很快，我妈也发现了这个现象。那天，她喜滋滋地对我说，我还以为深圳结个婚还不容易？这有多少姑娘等着嫁啊，要是像过去，找三个都有。妈边说边笑，仿佛已经抱上了孙子似的。

我倒是不急着结婚。看惯了太多的玻璃婚姻，我不想结婚不久就离。对于爱情，嘴巴上虽也说不谈爱情，心里却还是对爱情抱着一种美好。在这个紧张的城市，有一个女人，回到家里，一起做饭，一起养一个孩子，一起坐在阳台上看街市的风景，边说些拉拉杂杂的琐事，心无旁骛，与世无争，才是紧张之余，一件赏心的快事。

我们的生活都比较紧张，容不得只谈感情，过那种完全高尚的精神享受。我经常要到区局协调一些事务，还要到质检中心督促工作。小妍作为董秘，自己只有很少的时间，经常要跟着董事长应酬，甚至还要出差。我和小妍的交往并不频繁，经常聚少离多。

总局在山西开业务协调会，局里决定派我去参加。会议结束后，安排有两天的旅游。徜徉在山西的深厚的历史文化之间，黄土高原的风吹走了往日的紧张与不快，感到了一种由衷的放松。那天，去普救寺，走上一百零八级台阶，在西厢东厢拍照，莺莺和张生的爱情令我心里升起一缕怅惘。上山的时候，导游一再嘱咐不能走回头路，得从后山下去，不知不觉间，我却走到了来时的路上。正懊悔不已，手机滴的一声，有一条短信。

是小妍。我在梅林关，你在哪里？她问。

我索性坐到花坛旁边，给小妍回了一条短信。我告诉她，正在普救寺呢。

小妍说，这么好啊，我听说过那里，是《西厢记》故事的发源地吧，多照些照片啊，回来给我看看！

我站起来，拿手机对着梨花苑拍了一张照片，给小妍发了过去。

很快，小妍回过来消息：我要看到你，怕你拿背景骗我！读着小妍的消息，仿佛看到她躲在手机的后面，诡秘地窃笑。

我再次对着梨花苑，来了一张自拍，发给了小妍，加上了一行字：你在那儿做什么？

小妍回短消息说：看房呗！

我问：要买房吗？看中了哪个盘？

小妍说，尚河坊，我很喜欢哦。

小妍说的那个楼盘，就在我住的斜对面，我上下班天天要从那儿过，是个不错的盘子，曾经，我也想过在那儿置业，只可惜手上的钱不很充裕，好长一段时间，工作之余都忙着职称，后来又忙着读在职博士，也就没怎么把心思放到房子上去。

我沉默了一下。她为什么要看房？她很有钱吗？想了想我说，那好啊，那将来我们隔着条马路，像牛郎织女，串门方便，等你结婚了，我还是单身的话，我就到你家里去蹭饭！

小妍说，那不行，我要没结婚的话，你才能来蹭饭，不过我做饭你得洗碗！

导游在后面喊下山了，我匆匆回了句，就跟着队伍下山赶往下一个景点。坐到车上，小妍的信息又来了。她说，你什么时候回来，我要找你，工作上的事情，公司要办采标证书呢。

这个我帮得上她，标准化就是我们处的事情。旅游，安排得一紧张，多半就上车睡觉，下车尿尿，到了景点拍照，回到家了全部忘掉，收获的只有几日的放松，让脑子里拥有一段空白。我想睡的时候，小妍的信息又来了，我只得打起精神回她。这样来来回回的，下一个景点就到了，也没觉得不睡就有多累。

此后的两天，我的闲暇都在和小妍的短信息中度过。我们谁也没有拨谁的电话，只让黑色的文字，滴的一声闪现在手机的屏幕上，她看不到我暗暗开心的舒展笑脸，我也看不到她诡秘的窃笑。我甚至忘记了给我妈打一个电话，告诉她我到了哪里。倒是我真的想回到深圳了。我没有告诉小妍我拉肚子。我不太习惯山西的面食，有点不服水土。在深圳的时候，我还偶尔想着老家，现在，我才那么深切地觉得，其实我更眷恋的，是我生活了十年的深圳，那个叫民乐的地方，那里的嘈杂、那里的灯光，甚至那么点拥堵，想起来，都是很有些意思的。

我想早点儿回到那个叫民乐的地方，不仅仅因为有小妍。

## 三

看到珠江在眼中逐渐放大，街上的车流逐渐清晰，心里不由升起一股愉悦。

一进门，妈就拉着我说，看了一套房子，你看要不就先作为婚房买下吧。

我没有多少积蓄。对于买房，心里自然是有着希望，但现在有住，在这样冷清的经济环境下，也不想投资。看着我妈很高的兴致，不好拂了她的好意，再说，说不定哪天就想换房，看看也没有什么关系。

我问，你看中的哪个盘？

就大马路对面的那家，叫书香门。妈说，很好的房子，我看中了七楼的一套小两房的，六十八个平方米，比这套房子大点。楼层好啊，七上八下，妈还盼着你当个什么长的呢！妈说起那房子，眼睛笑眯成一条直线，手舞足蹈的，哪个保健品的老总见了，准保要请她做形象代言人。

书香门？在我的印象中，那里很早有个楼盘，叫书香门第，什么时候又搞了个书香门？是书香门第吧？我说。

妈说，我看得仔细着呢，就是书香门，你看名字也好，刚刚开盘呢。要不，我领你去看看？

吃过了饭，把衣服丢进洗衣机，我妈就拉着我要去看房子。我倒是不急于去看，买不买，我还没想过。再说，出差回来，我还累着，一点都不想动。我说，改天再看吧。妈脸上的欣喜渐渐暗淡下去。

我说，今天我和一个朋友约了。

妈的眼睛再度亮起来，是男的还是女的？

我撒了一个谎，本来是个兄弟，约我去坐坐。我说，女的，新认识的。

妈一听，连连说，那好那好，你去你去，不能误了大事！并帮我在身上拍着灰尘。

出了小区，我脑子里却忽闪着妈的声音，书香门，书香门，仿佛有人在耳边不停地轻声唱着。书香门是什么呢？一个楼盘？一种恍惚的状态？还是一种怀旧的情愫？我忽然觉得，这三个字是那么亲近，在我的心里轻轻地蠕动，以至于小妍的短信来了，我都没有留意到。

小妍打来了电话。小妍说，回来了也不给我个电话，我还想等你回来后帮我当当参谋呢，想买房子了，性价比什么的，我都是外行呢。

我也是外行啊！我说，我只能看感觉。

那没关系，三个臭皮匠，顶个诸葛亮，我多集中几个人的智慧不就行啦！小妍在那边呵呵笑着说，多一个人参考，我就多一分放心啊！

那好啊！我倒乐意去帮小妍看房子。你最后选的是尚河坊？我忽然想起，尚河坊就是书香门第的二期，我妈看的楼盘莫不也是那个地方？

是啊！那儿规划有电影院，有学校，离关口步行只要几分钟，价钱相对便宜，再说，离你近啊！小妍调皮地说，我初选了一套，小两房的，要不明天带你去看看样板房，我好喜欢那个房子哦！小妍完全没有掩饰她对那套房子的喜爱，表情全在眉宇之间。

你这样不好哦！我开玩笑说，卖房子的人一见你，不涨价就算他有德行了，这样喜形于色，折扣就难得拿到哦！

我不就跟你说说嘛！小妍说，你又不卖房子！

我忽然想起我妈也看房子的事情，就跟小妍说，最近不知道出了什么问题呢，我身边的人都在看房子，连我妈在我出差的时候，也闲得无聊去看楼盘了，好像也是那儿，她老说有个书香门，我只知道有个尚河坊，有吗？

她莫不是看漏了吧，尚河坊就是书香门第的物业，没有一个书香门的啊？小妍在那边沉思了会儿，说，要不这样，你安排个时间，带你妈我们一起去看看？

我笑着说，好啊，不过我就是看看，现在我没钱买房子，你看我一个小公务员，收入都是透明的，得等彩票中了大奖呢！

那没关系啊！小妍说，你要买的话，我可以入股，或者你不想买，我买，你入股，怎么样？

我为小妍的鬼点子笑得特开心。人与人之间，一旦没有了目的，真的就很容易相处，那种精神上的愉悦，往往令人一下放松许多。

那天晚上，我和朋友多喝了两杯，还没有醉，很晚才回到家。妈还等着我，帮我放好了冲凉的热水。

# 四

周六的时候，小妍要我和我妈一起去看房子。

我先开车去梅林接小妍。经过书香门第，我放慢了车速，边走边看那个楼盘。好长时间，我忽视着身边的事物，越是与我隔得相近，越是熟悉到没有装进脑子里。别人说起来，脑子里马上可以对接起某种印象，印象之外，就一片模糊。书香门第也是，每个月有二十二天从它前面经过，却从来没有拿正眼看过。它的存在，是以一种反复镜像的方式，逐渐叠加起来的。当我认真打量它时，才发现对它根本没有任何了解，我所能想起的，就是一个新楼盘而已。书香门第还半掩映在脚手架中，隐约露出来的外景，有点西洋的古典味道。塘朗山横亘它的后面，青翠中的乳黄墙体顿时有种夕阳黄昏的浪漫。在这样的地方住着，该也是不错的。

小妍在梅林三村的站台等着，我到的时候，她正靠在站台上读一张报纸。我按声喇叭，她没有抬头。我拉开车门，叫了声小妍，她才连忙向我走来。我打趣说，还学习着呢。

小妍呵呵一笑，说，毛主席说了，三天不学习，赶不上刘少奇。

我问，看什么呢？时尚？星座？还是娱乐八卦？

小妍抿着嘴笑，问，你觉得我就应该看这些东西？

我说，那是女孩的专利。

小妍把那沓报纸递给我，我瞄了一眼，是一份《参考消息》。这年头，女人看《参考消息》的，不是脑子有问题，就是政治空想家。我看着小妍，问，你看这个？

小妍从包里又拿出一张报纸递给我，这份我看完了，舍不得丢，送给你，有时间你也看看！

我把小妍从上到下审视了一遍。这是一份杂文报，我上中学的时候读过，后来一忙生活，基本上就只在办公室浏览日报的标题了。一个女孩子，在车站等车的空隙，拿着一份参考消息或杂文报在读，这样的女子，内敛自然不说，起码应该是毕业于哲学系什么的，深沉着，古董着，以至于近乎妖魔。

你学的是什么专业？我问小妍，历史？哲学？该不会是中文吧？我想象不出小妍学的是什么，这样另类的个性，学的专业说不定也会出人意料。

小妍拉开车门坐到我旁边，说，别用那样的眼神看我，我一切正常！本科念的中文，研究生念的英国文学，怎么样，起码是有点底蕴吧？小妍看着我，我爸爸说，女孩子一定要有文化的韵味，我也喜欢，就念了！可惜的是，工作了，却没用上，一不小心就干上了秘书，但有些习惯，还保留了一点！

要向你学习！我发动车子说，我现在工作一忙，杂事一多，好久都没正经看一本书了，有时候心里怀念，可真正拿起书，就直想瞌睡，堕落了！我自我解嘲地说，现在要为柴米油盐酱醋茶和女朋友奋斗啊，再不结婚，我妈头发都要急白了！

小妍笑过后问，你说你妈要买房子？

哪是她买啊！我苦笑着说，就算是她买，也得我掏钱啊。我说先就住我那个，可她说把那个租出去，或者将来他们来住。总之，她兴致蛮高的，我一回来，就跟我唠叨好几回了，老是嫌我那房子没有电梯！

买嘛！小妍说，起码你也要先看看再说，也是一片孝心啊，再说没有电梯也是实际情况，老人上下，毕竟不很方便！

正是出于孝心考虑，我才要陪她去看呢！我说，这不，陪一个还不够，陪两个才可以！

过了梅林关，我把车开进民乐花园，按门铃叫我妈下来。妈说来了来了，等着啊！我担心妈下楼梯时一不小心会摔倒，连忙说，你慢点，不急的，我在下面等着呢！

妈很快就下来了。尽管妈脸上只是一瞬间的暗淡，但我还是捕捉到了她的不快。

小妍走向前拉着我妈的手说，阿姨，我们一起去看房子吧！

我妈拿疑虑的眼神看着我。我明白，妈上次委婉表达她的意见后，以为我和小妍已经断了。我说，小妍也要买房子，也在那一块，请我帮她看看，她都已经看好了！

妈说，哦哦，那我们先去吧。

上了车，妈问小妍，你想买什么户型的呢？

小妍拉着我妈的手，说，我看中了一套两房一厅的，还很实用，我也喜欢那个户型，准备要买了，请他帮我下下决心！

妈说，你家里帮你吗？

小妍说，我就按揭了，先付个首期，边住边供。

妈又问，你也是看中的书香门？

小妍愣了愣说，尚河坊，有入户花园的。

妈就不再吭声。很快，就到了书香门第。我把车停到路边，和她们朝销售中心走去。

妈问小妍，你看中的是几楼？

7楼，7A。小妍说。

妈说，我看的也是这里，也是七楼。先去看你的吧。

到了七楼，我跟在小妍的身后，走进了那套毛坯房。忽然，妈在后面拉拉我，低声说，我看的也是这套，这就怪了！

小妍发现我们没有进去，走出来问，怎么，进来啊！

妈愣在那里，好久才对小妍说，我看中的，也是这套。这不是书香门吗，怎么成了尚河坊？

小妍愣了一下，笑着说，那好啊，阿姨，我们合着买，我入股啊！我站在旁边，觉得小妍的话火辣辣的，像一个湖南妹子。

我有点尴尬地说，妈，这就是书香门第的房子，这是二期，叫尚河坊。

妈和小妍看遍了每一个角落，装什么样的灯饰，摆多大的组合沙发，娃娃住哪间房子，哪里摆什么都已经装在了她们的心里，我顿时好像成了一个带她们看房的局外人。站在阳台上，我看到南坪快速路穿过绵延起伏的青山，车流呼啸而过，很有些山里的感觉。

下楼的时候，小妍说，就冲这片山景，这样的房子也值得买了。

妈说，我那天一看就想买呢。

小妍说，那我们赶快下去，先把定金交了。

妈说是嘛，这么好的房子，不定一会儿就被别人买了。

妈和小妍热烈地讨论着，我不知道，最终，她们是谁来买这套房子。

看着她们自由兴奋的讨论，我忽然觉得，小妍说的物质，如同一个无形的容器，一旦把男人女人装在里面，就充满了生命灵性。这个世界上，物质与精神的完美结合，只有人类本身，譬如爱情。

走出工地，阳光正从山凹处投射过来，照在小妍米黄色的长裙上，小妍那双小腿，像海水漫过之后，洁净无比的沙滩。

# 我非英雄

## 一

　　罗勇从保安公司到执法队上班后，一下子能休息两天，很有点不习惯。按他新的计划，以后，周末在宿舍看书学习，要好好给自己充充电。前一阵子，先是住院，紧接着找工作，耽误了一段时间。最近，他想找一个合适的自考辅导班，将最后两门课程一次通过。不过这第一次双休，可以适当放松一下，罗勇想了想，就打电话约江小风出来坐坐。

　　江小风还在睡觉，电话通了好久他才接听。江小风的铃声是一首摇滚，听起来不错。罗勇听着，想起跟他做了半年多的同事，竟然没有打过他的手机，这首歌还是第一次听到。

　　喂，谁？江小风粗重的嗓门传了过来，带着不愿醒来的睡意。

　　还只习惯夜生活？罗勇笑着问。罗勇离开幻影后，江小风接任了幻影集团的保安队长。江小风曾换过好几家公司的保安，一直喜欢上夜班，是只默默无闻的夜猫子。

　　是罗队？江小风细起声音问，跟不相信似的，我还以为你忘了兄弟我呢！快说，在哪里？我请你喝酒！江小风的声音由细而尖，透着一股急切，仿佛睡意瞬间散了去。

　　罗勇没有急着回答江小风。从江小风的声音，他想起了自己从医院走出来时，江小风到医院接他的情景。

那天走出医院，大堂里透出的冷气撕扯着外面的热浪，空气中弥漫着一股凡士林的气味。江小风在前面走着说，出院是好事儿，别整得跟失恋似的！江小风的声音里，天生就有这么股没睡好的味道。这种腔调有点催眠的效果，容易让人产生恍若隔世的感觉。

罗勇伸出胳膊握紧拳头，那团黑黝黝的肌肉，如同一颗浑圆的铅球，透出健壮和力量。罗勇又甩甩胳膊，确认身体没有病，抬头看看医院那块牌子，心想准是自己有神经病了，牙齿出点血算什么，本来拿点药吃几天就好，可自己居然住进了医院。

江小风提起装着洗漱用具的塑胶水桶，把包塞到罗勇手里说，走吧，都盼着你归队，瞻仰瞻仰大英雄呢。

罗勇跟在江小风的后面，机械地挪动着脚步，依然有点恍恍惚惚。得了点皮外伤，到医院一躺下来，身体里的力气竟像被那输液瓶中的水一点一滴慢慢稀释掉似的，精气神散了多半，走起路来，飘着一般。

本来，罗勇还是很喜欢幻影集团的，正筹划起码还要再干一年。从部队转业前，罗勇就参加了自考，已经过了十门课程。转业找工作，罗勇想来想去，在人才市场看来看去，最后选择了很多人不屑的保安。保安工资低点，却不用操心吃住，三班倒，也不用加班，上完八个小时，剩下的时间都属于自己。罗勇要的就是这时间。训练了一个星期，罗勇被派到幻影集团做了保安队长。幻影集团是深圳知名的大企业，薪资福利都不错。罗勇在幻影半年，考试又过了两门课程，满以为生活就要按计划幸福地降临了，哪知道，节骨眼上自己会出个这样的事情。

那天早上，离上班时间还有二十分钟，罗勇正在巡岗，电工摇晃着从外面进来。电工没有佩戴工牌，旁若无人地往里走。罗勇上前一步，拦住电工。按公司规定，进出厂门的人，不登记就得出示工牌，还要记录出入时间。

罗勇才说了半句话，脸上就感到了疼痛。电工一脸酒气，瞪起眼睛看着罗勇。罗勇捂住脸说，兄弟……脸上又挨了一拳。罗勇一抹脸，发现满手是血，脑子里蓦地想起经理的话，双腿一软，就躺在了大门口，扯起嗓子高声喊：来人呀，杀人啦！

幻影集团的老板就在这时开着雷克萨斯进来。远远的喇叭声，罗勇十分熟悉，不由把手伸向挂在腰间的电子钥匙，但他什么也没有摸到。情急之中，他想站起来敬个礼，竟然发现自己真的站不起来了。幻影的规矩，保安必须熟悉老板那辆雷克萨斯的喇叭声，喇叭在一百米的远处一响，保安得赶紧按下伸缩门的遥控钥匙，待老板的车到了门口，门正好完全打开。罗勇进来后，只用了一个星期，就熟悉了老板那辆车的喇叭声，甚至连那辆车轮胎与地面的摩擦声，也远远地辨得出来。每次，不等老板按响喇叭，他已经按下了开门的按钮，在标准的敬礼目视中，雷克萨斯唰地开进厂门。

这回，罗勇没有听见雷克萨斯轮胎与地面的奇特摩擦，他听到喇叭时，自己已像一个大字写在地上。罗勇又用手在四处摸了一下，终于摸到了伸缩门的遥控钥匙，不由自主地按下了开门的按钮。门开得迟了一点，雷克萨斯在门口减速，老板瞥了一眼保安亭，没有看到人，随即从缓缓收缩的电动门间，看见了躺在地上的罗勇。

雷克萨斯嘎地刹住，老板伸出头问：怎么回事？

迷糊之中，罗勇心里一咯噔，呻吟了一声，不由自主地再次高喊：杀人啦——救命呀——

这一喊，就把自己喊进了医院，根本不知道以后会发生什么，喊得自己脑子里一片茫然。

喂喂，罗队！江小风在电话里提高声音喊道，怎么啦，说话呀？

罗勇回过神来，我听着，你说。

江小风说，你先过去，就我们经常去的那个湘菜馆，你先点好菜，我去拿瓶酒！

挂了电话，罗勇信步朝那家菜馆走去。到了湘菜馆，罗勇挑了个靠窗的位置，点了一支香烟，随手翻了翻边角开始发毛的菜单，坐在那儿等。他不习惯点菜，也不讲究吃，只要对口味，什么都能吃下去。这一等，脑子就又恍惚了，那事打了结般，明明灭灭地在脑海中闪现。

回到保安公司，罗勇才知道，自己成了保安大队的英雄。据说，挨打事件上升到幻影集团和保安公司的高度后，经过多轮谈判，双方已经协商解决。幻影集团在医院结了账，给了一个月的误工补助。自己作为当事人，还没有出面，问题就已经被解决了。

公司领导说，罗勇在关键时刻保持冷静，打不还手骂不还口，综合素质特别过硬，真正体现了以顾客为中心的服务理念，是新时代的保安英雄，所有的保安人员都应向他学习！江小风嘿嘿笑着转述大队长的讲话，兄弟这回跟着你也沾了点光，配合得比较到位，沾了英雄的光，也被口头表扬了一次！

罗勇骂了句，瞎扯，我到现在都不知道自己当时是哪根神经出了毛病呢！我一出手，住院的不会是我。

江小风说，对啊，住院的不是你了，出钱的也就不是他们了，你那点工资，够在医院里给别人上几套设备检查？这回你呀，吃了点小亏，在医院里公费休养了半个月，工资照领，成为全公司的英雄，肯定还有奖金，赚大啦！

没过几天，公司通知开表彰大会，要他准备个发言。罗勇找到经理，觉得这事窝囊，不想要表彰。经理拿眼睛盯着他，眸子里那颗黑眼珠在里面不动声色地拉近推远，瞬间就完成了对他的全身扫描，目光中透出冷峻。

罗勇有点无辜地说，我真的不想要表彰，我这算哪门子英雄？

经理笑了，不是你想要表彰，你想要表彰就能表彰啦？是公司要表彰你！

那我也不想被表彰！罗勇有点发倔地说，要是这样也算英雄，那不成了客户的敌人了？

经理抬头看着罗勇问，这驴子还犟了？

这事让我心里很别扭，领导要是替我考虑，就赶紧让我回去上班吧。罗勇说，这也算英雄，我爹在老家都要被人笑话！

经理舒展开眉间的皱纹，苦笑着说，罗勇啊，公司的情况你也知道，一大摊子人参差不齐，跟客户的纠纷好几起还没处理好，现在正缺你这样的榜样，你以为这只是你一个人的事？和平年代嘛，和谐社会嘛，你遇事正确处理，有表率作用，也算英雄嘛，公司决定宣传，你好好配合，也是为公司做了贡献！

罗勇一下子愣住，看来，这个表彰，像一项政治任务，不同意得执行，同意也得执行。那，我不发言。罗勇想了想说，我不会讲话。

经理说，你不用担心，公司会安排人写好稿子，你只要顺着念就行。

第二天，经理拿来了发言稿给罗勇交代说，反复读几遍，一定要读出真情实感！

罗勇回到宿舍，把那稿子拿出来看，看着看着，觉得脸上渐渐发烫。越读越觉得那个人不是自己，自己不过是在帮一个自己不认识的人去说话，而这个不认识的人，挂着一幅自己的面皮，很有点人模狗样地说着假话。自己没还手是不错，哪里是想着什么大局，纯粹是下意识，顶多算不想把事情闹大，挨了打也哪里是不想还手，恨不得一掌把那小子拍扁呢。

开表彰会那天，公司的领导都坐到了台上，罗勇却一直没有进场。稿子最终是江小风代读的。江小风有感情地读完稿子，全场响起了热烈的掌声。罗勇在街上晃荡了一整个下午。他知道，他因为挨打离开了幻影集团，现在又因为不想当英雄而不得不离开保安公司。

罗勇打了一个呵欠，看看手机，差不多一个半小时了，江小风还没到来。罗勇再次按了重拨，把手机举在耳边，静静地不说话。

我看到你了你看到你了！马上就到马上就到！江小风的语速倒是快了一点，罗勇却感到一种漫不经意。

合上手机，罗勇留了五块钱在桌上，走出了湘菜馆。他今天一定要去培训中心看看，把自考辅导班的事情定下来。

## 二

罗勇没有想到，到执法队后的第一次执法对象，竟然是自己刚刚离开的幻影集团。有人电话举报，投诉幻影集团违规升了四个热气球。

赵队一放下电话就说，走！罗勇抓起相机，跟着大家呼呼地下楼。那辆印着"行政执法"的双排座人货车正嘎地停到门口，几个执法队员几乎同时拉开四扇车门，屁股一歪就坐了进去。罗勇走在最后，想起了幻影的一些事情。

打心眼里，他喜欢幻影。幻影的待遇不错，自己也干得不错，只可惜，缘分浅了点。此前，幻影集团的保安队长一年要换好几个。罗勇去了后，已经大半年没有动过了。老板给他涨了津贴，加起来一个月能拿到两千块。这样一份工作，再坚持一年半载，自考就可以顺利毕业，有了在深圳站住脚的基础。

离开幻影的前天晚上，罗勇绕着幻影集团走了一圈。幻影大楼在夜色中特别显眼，闪烁的七彩霓虹，冲天的激光射线，巨幅的挂壁广告，无不展示出气派和实力。罗勇想着自己在那栋楼工作，里面停着雷克萨斯和奔驰，不同肤色的老外进进出出，虽然只是一个保安队长，也有一种满足感，不知不觉中，泪水让眼前的幻影大厦摇曳婆娑起来。

　　交接完工作，罗勇去和朱总告别。罗勇是朱总面试招聘的，朱总对罗勇不错，只试用了两个星期就给他转正，正式委任为保安队长。

　　朱总问，我也看了监控，你是怎么做到打不还手的？

　　这个问题，罗勇无数次地想过。不全是因为保安公司有制度，也不是打不过那个电工。究竟是为什么没有还手，那时肯定有一瞬间的理由，只是现在，已不怎么确定当时的想法了。

　　我不那么做，吃亏的就是我，就是我所在的保安公司，我只能按保安操作守则上的程序做。罗勇想了想说。

　　哦？朱总有了兴趣，什么样的程序？

　　每个保安，入职前都有岗前培训，必须做到打不还手骂不还口。这样的话，一般就不会到动手的地步。

　　那要是别人先动手了呢？

　　守则规定，只要别人一动手，就躺到地上，等着队友报警送到医院。

　　朱总惊讶地扬起头，好半天才问，你真的就不想还手？

　　当然想！罗勇说，这种事情，只有一方忍让，才能得到解决，他当时喝了酒，正在气头上，只有我忍了。

　　朱总点点头，嗯，听说你要被保安公司评为英雄？

　　我不是保安公司的英雄，也不是幻影集团的敌人。罗勇说得理直气壮。

你的想法很有意思！从个人角度，我还是很欣赏你的，不过，很有点遗憾！朱总摊开双手说。

离开了幻影，紧接着也离开了保安公司，开始找新的工作。还算比较幸运，刚好街道城管执法队招一个资料员，罗勇去应聘，听说他当过兵会照相，当场就录用了他，成为城管执法队的一名协管，负责整理执法队的各种资料。

上车！赵队在里面火辣辣地喊道，快点上车，动作快点！

罗勇回过神来，伸手拉住车门，弓身挤了进去，啪地带上了车门。执法车有点老旧，启动时哼了几次才点上火。

队长，什么任务？一个队员侧了侧身子，问。

听指挥就是。赵队沉着脸，不多吭一声。

哪个地段？那个队员还在问。

是幻影集团。另一个队员刚接的电话，看了看赵队说，那家公司最近好像在搞个什么活动。

罗勇知道，幻影集团每年有四次订货会，他在那里大半年，参加过三次订货会的保卫。幻影对订货会的安保十分重视，进出都得查验专门的证件，除了大门全天有两个保安值守外，几个展厅门口也临时增加保安验证放行。平常，罗勇倒没太注意，经这一提醒，才想起来，幻影集团的订货会是升氢气球的，气球上都悬挂着条幅，比那栋十五层的楼还高。

你以为是什么好事情？赵队粗声说，等下到了附近，我先进去看看，你们先等着！

执法车开到幻影附近，赵队说，停下。车嘎地停住，赵队刚要下车，手机响了。

我们已经出车了，马上就到！赵队一条腿伸出车外，边接电话边说，好，好的，明白，一定妥善处理！挂了电话，赵队收回那条伸到车门外的腿，一把拉上车门，一脸无奈地说，收队！

一车人看着赵队，赵队一声不吭。司机倒车准备掉头，赵队有些不耐烦地说，掉什么头，慢点开，绕着它转一圈！

执法车转了一个弯，就看见幻影集团的那栋楼了。赵队说，开慢点。罗勇拿出相机伸出车窗，对着那栋楼一连拍了几十张照片。随着咔嚓咔嚓的响声，幻影集团的热闹和辉煌都收进了镜头之中。过了幻影集团，罗勇打开相片回放，在好几张照片中，他看到了江小风。罗勇放大那几张照片，江小风故作严肃的脸色后面，掩饰不住某种得意。几个保安直挺挺地站在不同的位置，江小风背着手到处走动，他腰间挂的那个对讲机，是罗勇曾经用过的，天线断了用创可贴黏着，隐约还看得清楚。

这小子，看来倒是找到了当队长的感觉，罗勇在心里说。罗勇和江小风是同一批进的保安公司，同住一间宿舍。江小风没有当过兵，但他干保安的经历比较长，知道很多罗勇不知道的内幕。罗勇喜欢上白班，喜欢大白天里的阳光，晚上他要看书。但他是队长，上班时间不固定，全天二十四小时处于上班和不上班状态，哪个队员辞职或请假了，随时要顶上去。江小风长期上夜班，他喜欢黑暗，只要一到黑处，他就特别精神。罗勇觉得，江小风正好和自己互补，渐渐就和江小风走得比较近。江小风平常喜欢死睡，要不就躺在床上拨弄着手机，偶尔才出去溜达一下。上夜班时，江小风焕然成一只夜猫子，手里提着警棍，绕着大楼四处走动，院子走完了一圈，又从东边的楼道上到楼顶，再从西边的楼道下来，猛不丁地按亮雪白的手电，就是野鬼也难免被这一冷不丁吓掉魂。罗勇检查巡岗签到表时，眼睛打江小风的名字上一溜而过，江小风即使不签到他也肯定到了，一晚上都不只到了六次。

合上相机镜头，罗勇微闭上眼睛，想自己自从到深圳后，开始有了自己的梦，而这个梦，在摇晃震荡了一下后，似乎越来越真实了。

三

到了执法队，罗勇慢慢才明白，执法队跟保安队大不相同。在保安队，自己是老大，和队友们无话不说，相处比较融洽。而在执法队，自己跟他们有着某种隔阂，他们是水，自己是油，虽然装在一起，却融不成一体。

江小风？你知道老子在哪儿？晚上，罗勇自个儿喝了一支啤酒，拿出手机打到江小风的保安值班室，只想找人说说话。

又有什么事呀？江小风在那边大着嗓门问。罗勇听出来了，江小风真上道了，大嗓门中不仅蕴含着威严，也藏着一种慵懒，俨然有了领导的味道。

老子无聊，想找人喝酒！你来不来？一支啤酒，罗勇本来没醉，也装醉了的感觉。

大英雄，你在哪儿？江小风顿了顿，还以为你喊我桑拿呢！

还能在哪里？罗勇说，一条单身汉，不在值勤就在宿舍，这时郁闷着，在摊边儿喝酒呢，你赶紧过来！

江小风说，郁闷啥，我看你是活得无聊，去，赶紧找个女人，就别想那些乱七八糟的事了，还我大哥呢，白当的！

罗勇一愣，吼道，你到底是过来还是不过来？你要是来的话，别他妈的像上回，马上到半天也到不了！

十来分钟，江小风就骑着辆自行车到了。江小风把自行车往树下一支，冲罗勇说，有啥指示，火气这么大？

罗勇说，你先把车锁上，咱们就喝点酒！

锁什么呀，这车前后两个轮子晃得厉害，没本事骑不稳，没人要，放心！真要丢了，到附近的废品点保准就找回来了！江小风坐到罗勇旁边，偏头看着罗勇。

罗勇招手喊，老板，再来两瓶啤酒！从旁边的空桌上拿了一张菜单递给江小风，你看看，再要点东西！

江小风点了两条烤鱼四串鸡杂，把菜单往旁边一丢，说，兄弟，你进了执法机关，面色都白了，滋润着啊！

罗勇瞪了江小风一眼，别拿我开涮，我既不是正式工，也不像临时工，啥长也不是，啥人也不管，就是个做事的，谁只要高兴，都可以叫我做点啥，现在就叫协管，协管是个什么东西，你懂啵？

江小风喝了一半的啤酒含在口里，好似惊讶得忘了咽下去，嘴角有细细的泡沫流了出来，那你，还在那儿干个球？钱多一点？还是前途好一点？江小风问，忽然笑了，我明白了，有外水，是不是？

罗勇叹口气，你还是不懂。钱也不多，前途谈不上，外水也轮不上我，就是闷得很，一个人觉着无聊啊！

那你找个女人吧。江小风说。好像女人属于没有思想的物品，只不过在不同的地方，只等着去发现然后带回来就是了。

罗勇摇摇头，喝了一口酒，又抬头看着江小风问，你有合适的人介绍？

江小风愣愣地看着罗勇，真没女人？

罗勇摇摇头，好久才说，谁不想有呢，可谁真心会跟你。一直想混好点，你也看到了，折腾来折腾去，总是没混好。再过一阵看吧，也许会好一点。

江小风哈哈笑起来，还真有一个合适的人选，我的一个表妹，一直不放心交给别人，要不给你介绍一下？

她是做什么的？罗勇问。

江小风揶揄着说，我还没问人家愿不愿呢，你倒先挑剔起来了！兄弟，省委书记都说广东要到国外引进新娘了，像你我这样的人，只要不缺胳膊少腿，就是福气喽！况且我那表妹，长得只有对过了你呢。

那行，你先让我们见见，看看她的感觉如何。罗勇改换了表达的策略，免得江小风再讥讽他。

这事我帮你看着。江小风举起啤酒，来，为了这门亲戚，我们干一个！

罗勇一口气喝完了杯中的啤酒，顿时觉得一股尿意自上而下，像要决堤一样，那种胀的感觉复合着奇怪的酥痒，让人很难憋住。罗勇站起，收起小腹，弓着腰身朝洗手间走去。进了洗手间，强大的尿意怎么都表达不出来，罗勇昂起头闭着眼睛，一只手撑到墙上，等待那尿从身体里尝试着往外奔涌。

干什么呢？罗勇正感到那尿要出来了，猛地听到有人一这么问，浑身一怔，那股即将抵达的尿意顿时缩了回去。

你干什么呢？江小风站在罗勇旁边，罗勇听到旁边水柱冲击的声音在感应冲便池哗哗的水声中浑厚而醇畅，自己还是尿不出来。

有点不舒服？想吐？江小风如同虚晃一枪，眨眼就结束了战斗。

没，没事。罗勇说，多放点，腾好位置，我俩再来几瓶！说话之间，一股尿突然有如天上飞瀑，以强大的力量冲击着池壁，又细细地溅回来，溅到他的裤子上、鞋面上，罗勇稍稍后退了一点，脑中一片茫然，顾自享受着巨大的压力下的顿然释放。

罗勇尿完出来，江小风给罗勇斟满一杯，问，没事吧？

没事，接着喝！罗勇觉得，刚才至少腾出了两支啤酒的空间，再喝一点，是没有问题的。

你坐下。江小风指着凳子说，我还有事情跟你商量。

罗勇坐下来，看着江小风，啥事情？

江小风举起啤酒，说，咱们先干了它！

两人一饮而尽。江小风放下杯子喊道：老板，再来两支啤酒！挪了挪凳子靠近罗勇，凑过头来放低声音说，有个赚钱的生意，想叫你和我一起做。

什么生意？罗勇有点疑惑，你我还能做什么生意？

江小风说，肯定是赚钱的生意！江小风挪挪椅子凑近罗勇，低声说了一阵，才稍稍提高声音说，既然是兄弟，有钱一起赚，怎么样？

罗勇愣了一阵，摇摇头说，这没得商量，一商量我就是同伙！你也不能这样，这性质非常严重！

江小风一把拉住罗勇的手问，兄弟，到底干不干？

不干！你也不能干！罗勇说，你要干了，我马上举报你！

啥？举报我？江小风忽然笑着说，跟你开个玩笑你也举报？你太不像兄弟了嘛！来，咱不说别的，喝酒！

罗勇举杯连着喝了一小口，瞅着江小风一口见底了，歇了一口气，连着一小口一小口地喝完了杯中的酒。

放下杯子，却不见了江小风，抬眼看去，江小风和那辆破单车，正摇摇晃晃消失在一片道旁树的阴影中。

罗勇愣了好大一阵，有点踉跄地起身，感觉世界在不停地晃荡。

## 四

周六晚上，罗勇刚上完课回到宿舍，电话响了。是江小风。江小风问，睡没？

罗勇不知道江小风这么晚打电话会有什么事情，听到江小风的腔调，似乎就有了睡意，说，正准备睡。

别骗我了！江小风在那边说，怎么啦，睡不着？江小风还是那语气，似乎前几天压根儿没有商量过什么事情，随意中还是过去的亲昵。

罗勇说，啥事情？我刚从外面回来。

上回说的那事情，有眉目了。江小风大大咧咧地说。

什么事情？罗勇愣了愣，猛然明白过来，说，你别跟我说，你也不能去干！罗勇自己绷起脸说，你一定要做，老子毙了你！

她同意啦！江小风似乎没有被罗勇的语气弄得不高兴，怎么样，兄弟，一起吃个消夜？

兄弟？罗勇心里一愣，要在平时，别人随便说说兄弟，罗勇也就默认了，尽管心里并没有把别人当成兄弟，也不会去戳穿这种亲近的表达。但是现在，罗勇自从听到江小风想做的事，心里特别反感，不觉得自己和他是兄弟。

江小风，我们曾经是同事，不是兄弟！罗勇说，我也想有个兄弟，你我可以是朋友，还没到兄弟那个份上吧。

江小风有点不高兴，亏你还把我当朋友，你真他妈混账，你住院的时候，谁在医院照顾你，谁趴在你床沿上瞌睡？我一直把你当我兄弟，原来你根本就没把我当兄弟，我操，你就是这样的人？

江小风，你说你是我的兄弟，你知道我是哪里的人吗？我的老家在哪里？我在哪条路上哪栋楼上班？住在哪里？如果我不跟你打声招呼就去了另一个地方，你能找到我吗？罗勇觉得一股热气往上一蹿，话就跟着出来了，要说你我是兄弟，我还真不知道你这些事情呢，要是兄弟，对这些事情都不知道？你把你的表妹介绍给我，没错，我们要是结了婚，我们慢慢就是兄弟了！

江小风在那边顿住，好久才说，对，你也是条汉子，原本我是真想把我妹妹介绍给你。

罗勇停住说话，顿了顿问，你说什么？

她同意了，你过来吧，我表妹现在就在我这里，成不成看你们自己。你既然这样想，我也不指望你把我当个兄弟，有个朋友不容易，我们同事一场，我说过的事情就要去做，人现在在我这里，你自己看着办吧。江小风说。

罗勇蓦地心头一震，轻轻闭上眼回想了一下，发现正是江小风那句"说过的事情就要去做"，就是这句话，在心里和江小风那个计划迅速对接起来，让自己会错了意。你们在保安亭等我，我马上过来！说完就挂了电话。

罗勇到幻影集团时，看见保安亭里有一个姑娘，却没有看到江小风。那女子端坐在自己曾经在那值过勤的凳子上，摆弄着手机。罗勇怕吓着那姑娘，先是轻轻咳了一声，接着加大点声音又咳了一声。看着那女子抬起头，罗勇笑着点点头，问，江小风在不在？

他巡查去了，一会儿就过来！姑娘说，浅浅地一笑。

姑娘漂亮，罗勇只瞥了一眼，心就被攫住。她的笑，是自然流露的那种，仿佛乡下的清纯与宁静是从她身上出来，融成都市的莞尔和俏皮。在大街上，罗勇看到的那些女人，漂亮则漂亮，要么是冷艳到不敢去接近，要么就是时尚到背上只一根细细的丝带，没事看看可以，要跟她过一辈子，罗勇不愿意。眼前的姑娘，穿的是能回乡下也能在大街上行走的，朴素，端庄，大方，脸上没有施任何粉黛，在荧白的灯光和昏黄的路灯下，像一道晨光中的剪影，那种混合的味道，让罗勇一个激灵。

哦哦。罗勇回过神来，支吾着应了一声，猛然想起这姑娘该不会就是江小风的表妹，该不就是江小风要介绍给自己做女朋友的姑娘。你是？罗勇问，他想立马得到确认。

江小风是我表哥，我叫黄小晔。姑娘笑得稍微恣肆一些说，你就是我表哥的朋友、他跟我说起的那个大英雄？

那就是你了！罗勇忽然觉得丹田涌起一股中气，这股中气迅速上行，然后喷薄而出，变成了这几个字。

你说什么？黄小晔脸上露出迷惑，不解地看着罗勇。

罗勇愣了愣，有点傻呵呵地一笑，心里想，江小风要是真愿意把这么漂亮的表妹介绍给我，他这个兄弟，倒愿意认他做一辈子！

罗队！一束手电从后面照射过来，江小风叼着的烟头在夜色中一明一暗地闪着，刚到吧？

是咧！罗勇说，掩饰不住脸上的喜悦，巡完了一遍？

江小风走进保安亭，将手电放到充电卡座上，说，小晔，这个就是我的朋友罗勇，跟你说过几次，以前是我的队长，现在在执法队，是个英雄！

罗勇有点不好意思，说，江小风，你又不是不知道，就别损我。

江小风说，你来得正好，我今天运气不好，上白班的要睡觉，上夜班的不舒服请了假。我表妹明天还要上班，我送不了，你要没事，就辛苦一点，帮我送她回去？

罗勇一听，知道江小风在给他创造机会。这家伙，看起来大老粗，竟然还有一点小心计。

好，你放心，你的妹也是我的妹！罗勇想藏住喜滋滋的心情，却没有掌控住自己的眉头和嘴角。黄小晔看着罗勇有点古怪的表情，忍不住笑了起来。

和黄小晔走在路上，罗勇有点尴尬，不知道说什么好。黄小晔朝罗勇靠近了一些，问，你不上班的时候，都做些什么？

黄小晔这一问，罗勇一激灵，想起来似的，对呀，自己怎么不就这个问题问她呢。想到这，罗勇放缓了脚步，说，我爱好摄影。

黄小晔站住，摄影？真的啊，我表哥怎么没说你这个？

当然可以啊！罗勇说，我照了好几年，不过都是业余的。

你都照些什么？黄小晔笑了起来，说，那你水平肯定很高，最近拍了什么吗？

黄小晔一鼓励，罗勇想起了自己刚 PS 的一组照片，说，有两双腿。

黄小晔疑惑地看着罗勇，眼睛睁成了 O 形，嘴巴动了几动，却没有说出什么。

罗勇觉察到自己没有表达清楚，连忙解释说，我前阵在广州拍过一张上班族的照片，最近在深圳用相同的光圈和速度拍了一张照片，两张照片都裁剪成一双腿，然后合成一张照片，你猜有什么效果？

黄小晔似乎明白了，却摇摇头说，不明白。

就像我们这样，两双腿都在走路，我走得慢，你走得快。罗勇说，知道为什么吗？

黄小晔还是摇摇头，问，为什么？

广州那双腿比较清晰，深圳这双腿比较虚幻，就像你那双腿比较轻松，我这双腿有点紧张。罗勇故意这样解释说。

黄小晔咯咯地笑着说，你这人真有意思！

那你以后帮我照几张照片可以吗？黄小晔说。

当然可以！找时间我们去海边玩，你要拍多少照片就拍多少照片！罗勇心情大好，开心地说。

嗯。黄小晔小声应了一声，罗勇没觉出她心里的羞涩。

不过我们可以慢点走，就当散步。罗勇半开着玩笑说，嗅到黄小晔身上的香味，正随夜色悄悄地弥漫。

# 五

一连好几天，罗勇晚上都在复习功课，好几天都没见黄小晔，考试很快就要进行了，课本还没翻完呢，他得恶补一下课本。

手机响了。黄小晔在电话里说，想和你说件事情。

罗勇问，什么事情，很急？

黄小晔说，很急，是我表哥江小风的事。

罗勇听到江小风，预感到有什么事情将要发生，忙问，他怎么了？

他怕是要出事情了，你去劝劝他吧。黄小晔说，他一半天都坐在别人饭馆里，我们一起去劝劝他，好吗？

他在哪里？罗勇问，怎么不上班坐别人馆子里？你在哪里？我这就过来，我们一起去看看！罗勇也不知道自己为什么激动起来，声音提高了很多。

我在厂门口。黄小晔说，我到幻影附近等你？

罗勇和黄小晔赶到湘菜馆时，江小风占据着一张大桌子，正就着一瓶啤酒高喊：老板，再来一碟花生米！这江小风，也不知怎的，敞开着上衣，露出两块健壮的胸肌，那胸肌上，不知什么时候文着的两条青龙随着他的一字一句一上一下舞动。他的脚下倒着一溜儿空瓶，胸口已经开始微微地泛红。再喝下去，怕是要大耍酒疯了。

黄小晔急步上前，一把扯起江小风的手，哥，你别喝了！

江小风愣住，看了看黄小晔，又看了看罗勇，指着黄小晔问，怎么，你也要来管闲事？我告诉你，这酒我喝定了！说着，将一张50元钞票拍在桌上，我又不少他一分钱！

罗勇上前一步，正要问江小风原因，店老板见有人来，忙拉住罗勇说，兄弟帮忙劝劝他，我这是小本生意，开业不到半年，还没回本赚钱呐，这个兄弟一坐就是半天，只点一碟花生米几瓶啤酒，顾客都不敢进门啊！

江小风也一把拉住罗勇，哥们，坐下，我请你坐下，我请你喝酒！你给咱评个理，我是坏人吗？不是吧，啊？老板，我告诉你，我是你的顾客，到你的店里来，是你的上帝，是看得起你，给你添人气！嫌我消费低？那没办法，上帝没有钱，但没钱饭总要吃酒也要喝吧，我这就节约点这总行吧，花生米只要一碟啤酒只喝一瓶，我有这个权利吧，你们说说，啊？老板你表个态，我有没有欠你的酒钱饭钱，你给我这个兄弟说说，免得他误会我！

老板看看罗勇，又看看江小风，脸色变了变跟着往后退了退说，没有没有。

江小风说：那你哭丧着脸干吗？赶紧，再给我上两支啤酒，加碟花生米，我陪这个兄弟喝一杯！

罗勇把江小风按到椅子上坐住，说，再加盘红烧龙虾，一碟老坛子泡菜！说完，拿眼睛示意老板去上酒上菜。

斟上了酒，罗勇端起杯子和江小风碰了碰，说，干！俯仰之间，两人的酒杯就空了。黄小晔拿起酒瓶要再酌，罗勇拿眼睛止住对江小风说，你小子，现在威风啊，跟谁学的？

啥学的？你别瞎想，我这个人，没事就想喝酒，这事情还要学？江小风看来还没有醉意，不愿意说出实话。

罗勇瞟了瞟黄小晔说，你帮我再叫十支酒来，我今天和他过足酒瘾！

店里的伙计看了看江小风，又看看罗勇，犹豫着不知道要不要去拿酒。罗勇冲那伙计说，去拿，今天全部算我的，边说边朝老板点点头，示意伙计去拿啤酒。

老板连忙说：算我的，算我请！

罗勇头一歪说，算你的甚子？你别看我这兄弟时髦威武，大家都是正经人，少不了你的酒钱！这样，你给我们一间包房，先上五支冰的，五支不冰的，让我和我兄弟好好喝上一回！

老板见状，连忙安排把楼上的雅座收拾出来。罗勇拉着江小风上楼坐下，服务员上了壶铁观音茶，花生米啤酒也端了上来。罗勇拿牙齿咬掉啤酒瓶盖，递给江小风一支，说，兄弟，好久没和你喝酒了，现在咱们关起门来，直接吹瓶子，好好喝它一回！

江小风咕噜咕噜几口，那瓶啤酒眨眼就在喉咙间消失了。江小风把空瓶子重重往桌上一放，说，也是，好久也没和你聊天了，现在咱们边喝边吃，好好聊它一回！

罗勇放下啤酒瓶子，说，好！当了个鸟官，还有点像兄弟！我问你，你这回是要砸别人的场子？

江小风眼睛一睁，说，老子才不砸谁的场子！老子在这里是顾客，在这里消费，你这是什么屁话，小看兄弟？

罗勇把江小风上上下下看了一遍，问，你坐那儿就点一碟花生米，吃上一整天，不成了黑社会里的小混混？

江小风一下愣住。

罗勇说，真要是兄弟，你就跟我说人话，说完咱们接着喝酒。你要是还跟老子打太极，我这就下去埋单，不打扰你，你还一个人在这儿接着喝，等着派出所有人来接你过夜！

江小风自个儿拿酒把杯子斟满，兄弟，我先自罚一杯！说着站起来，一仰脖子，啤酒泡沫顺着嘴丫子往下挂出两道白色，一直往下渗到衬衣上。

罗勇看着江小风，等着他开口说话。

兄弟，干我们这一行，谁没几个道上的兄弟？江小风凑近罗勇，酒气直冲罗勇脑门，有人要收保护费，找到我，我不干。

你不干怎么还干上了？

别人一天给我五十块，请我下午坐这里喝酒，不吵不闹不欠酒钱，这样的事情，能不能干？

罗勇一时愣住。门被轻轻推开，店里的伙计端了一盘冷切的牛肉进来。罗勇瞥了瞥问，我们点了牛肉吗？

伙计说，老板说送的，给两位佐酒。

你是自己拿自己当枪使！伙计一出门，罗勇忽然想到这句话说，你告诉我，你胸前什么时候弄得花花绿绿的了？

江小风把一块牛肉丢进嘴里，边嚼边说，这是他们当时唯一的要求，文个胸，敞开衣服吃。兄弟，有什么不对？

罗勇沉默了一会儿，拿牙齿咬两瓶啤酒，把自己的茶水起身倒进角落的花盆中，斜住杯子细细地酌上半杯冰啤酒，再换上没冰的那支啤酒斟满两个杯子。罗勇斟得很随意，那酒如一股清泉缓缓沿杯壁而下，不起一点泡沫，一手随着酒在杯子中升起慢慢放正杯子，松开手，酒在杯子中显得格外透亮，偶尔有一个小小的酒花泛起，一时安静得只有空调的嗡鸣声。

江小风，我和你以前是同事，那要是在部队，我们就是一起扛过枪的战友！罗勇指着黄小晔说，现在，你把你表妹介绍给我，实话告诉你，我真想跟你搭这门亲戚呢！罗勇把江小风的杯子移到他的面前，轻而低沉地说，才几天没见，你他妈的怎么变成这样了？

人我介绍了，成不成靠、靠你自己！江小风也指着黄小晔说，不管成不成，我们都是兄弟！又一把拉住罗勇的手，以后我们在一起，还可以干点大事情，怎么样？

什么大事情？罗勇问。

你、你真不明白？江小风眯起眼看着罗勇，真不明白？

兄弟，做人要厚道！我告诉你，大事小事我都做，只有一条，违法的事我不做。你不是要我去贩毒杀人吧？我知道你，你也就贪点这五十块的小便宜，那些肯定干不来！罗勇似乎被调动了谈兴，我这个人，就想规规矩矩做点事，千方百计学点本领，朝着自己的梦想搏一回！我倒要问你，你将来怎么弄？是一直在深圳，还是混几年滚回去？

梦想？江小风笑道，我有什么梦想呀，你的梦想是什么？对了，我告诉你，我有梦想，我的梦想就是有一万块钱，再大的梦想就是有两万块钱，你看，这算不算梦想？

你这算个球梦想！罗勇一字一句地说，我从到深圳的那天起，就想在深圳留下来！如果可以，我还要在这里买一套自己的房子！

哈哈哈！你这真是梦想！我这表妹，要交上好运呐！我只跟她说过，你是条汉子，算得上英雄呢！江小风大笑着咕上一大口酒，睨视着罗勇问，你是大专还是本科呀？你是蓝领还是白领呀？莫非你在家种地的爹妈当了厅长？我表妹可是个没后台的人哟，她的爹只会种地，她的娘会干点农活，她还有个弟弟在读初中，你要成了他们家的女婿，还得准备钱帮小舅子读大学哦！

黄小晔在旁边白了一眼江小风，不满地说，哥，你这是什么话！

江小风抬起头，哟，妹，这才几天，就向着他啦？

罗勇摸出香烟自己点上，狠吸了一口，又丢了一根给江小风。随着吐出的那口浓烟，江小风在他的眼前渐渐变得朦胧。

江小风拿手在罗勇眼前晃了几晃，喂，喂！

罗勇蓦地回过神来，看了看江小风，拿起两支啤酒相互一磕，瓶盖就飞了出去。

喝完这两支酒，都回去睡觉！罗勇不容置疑地说。

# 六

罗勇打电话给江小风，叫他马上赶到梅林食街，请他喝酒。江小风在那边说，跑那么远，有什么喜事？要不你过来，我请你！

罗勇说，啥喜事？告别酒，我要离开执法队了，下一步还不知道在不在深圳，咱们同事一场，眼看你已经成为我的准小舅子，一起聚聚！

江小风愣了愣，又要走了？为啥呀？你等着，我马上过来！

夜幕渐渐降临，食街这时已热闹起来，仿佛这里不是钢筋水泥筑的城市，而是一片泥筑的内地老城。桌子摆在马路边，烧烤摊冒着浓烈的油烟味儿，有人光着膀子坐下来，白天那些人模狗样的白领蓝领，顿然恢复出本性，无所顾忌地随意溜达，把整条街渲染成极为世俗的去处。

两人点一盘扇贝，一条清蒸鱼，两斤花甲，半斤蛏子，几样小吃，清炒一盘菜心，要了四支啤酒，开始闲聊喝酒。江小风点上一支烟，问，真的要走？

罗勇从江小风面前拿过烟。自己点上一支，点点头又摇摇头，才说，真的走。

江小风端起酒杯举到罗勇面前，兄弟，打我认识你起，你就是我心目中的好汉，我先敬你一杯！说完仰头一饮而尽，你给我说说，这回为啥要走？

人人都有本难念的经啊，罗勇饮过酒，脸上渐渐泛起酒意，哪怕一个临聘的协管，也很不容易啊。你看我们单位，局长下面拴着队长，队长下面拴着队员，都是一根藤一棵须的，我这样说，你明白吧？

江小风摸摸脑袋，惶惑地看着罗勇，你得罪人啦？

罗勇无奈地笑笑，反正都这样了，也不知道是好事还是坏事，不谈这个，来喝酒喝酒！

喝过酒，罗勇接着说，像我这样的临聘人员，那些直接跟百姓打交道的单位，始终是要有这种人的，不然要冲要打的事情，谁愿意干，干坏了谁来兜底？我是越干越没信心，一点都不带劲啊！

江小风给罗勇倒满啤酒，咋咋呼呼地说，他妈的，此处不留爷，自有留爷处！这么大个深圳，还愁找不到口饭吃？

罗勇一口干了杯中酒说，我也这么想，等我找到了新工作，以后的周末，如果有多余的时间，想在哪儿做点义工。

江小风喝了一半停下来说，你这个性格，我表妹肯定喜欢，你昨天见过她没？

见过，我们准备住到一起。

江小风一愣，什么，你们要结婚了？

罗勇说，我现在可以叫你一声兄弟，兄弟！我忽然想跟你说，有些事情我们干不了不干，别一不小心，不是成了垫脚石就是成了炮灰。什么事情，自己先忍着，前后左右都想好了，千万别逞能冒充什么英雄！

江小风若有所思，问，那你是计划回老家还是在深圳？你总不至于一结婚，就要我妹妹跟着你回去种地吧？

我还没想好。罗勇端起酒杯说，一切我都有计划，我的考试还剩两门课程了，我最近先要完成最后的考试，再做后面的决定！对于新的开始，罗勇要像当初选择在幻影做保安那样，好好掂量掂量。

对！江小风想起来似的，你说过，你是不是要毕业了？我明白了，你绝不会拿了文凭，再回家种地！

罗勇喝了一小口酒，眯起眼睛说，你也不能总上夜班，老看不见太阳呀！顿了顿，罗勇接着说，就像我，生活不管怎么变换，路是自己该走的，还是要往下走。

那你说说，我该怎么办？江小风问。

离开保安，那里匪气太重！罗勇说，你也学学我，学学我怎么安排自己的未来！借着酒意，罗勇忽然发现，自己什么时候已经有点高远，似乎成了江小风的长辈。

我读不进书！江小风说，有点无奈。

也不一定要读书，罗勇看着他说，要不，到时候你和我一起做点义工，也算自己主宰自己。

回到租房，黄小晔已经下班先回来了。黄小晔一把拉住罗勇，眼泪就要流出来了。你赶紧找我哥劝劝他吧，我总觉得他又要出什么事情！

江小风又怎么了？罗勇一听，有些吃惊地问。

我也不知道，他刚给我打电话，感觉他越来越怪怪的，我觉得好担心他！黄小晔说。

他怪怪的？怎么怪怪的？

天底下哪有这样的哥哥呀，老想自己的妹妹和别人先住到一起？黄小晔说，我也不明白，他怎么变成这样坏的人！

谁？罗勇愣住，要谁和谁住到一起？

黄小晔抓住罗勇的胳膊摇晃着，还能是谁呀，还能是谁呀！

罗勇愣愣，忽然明白过来。愿意把自己的妹妹介绍给别人，那是对那个男人的认同。罗勇一把揽过黄小晔，紧紧地搂在怀里，仿佛一松手，她就会从手中溜了出去。

我什么也没有，你真的不会后悔吗？罗勇把嘴凑到黄小晔耳边，轻声地问。

嗯。黄小晔的回答，小到只有罗勇一个人听得见，尽管旁边没有别人。

　　看着怀里的女人，一股柔情从心底升了起来，罗勇觉得，一定要在这座城市的天空飞翔，哪怕是扑腾着飞，哪怕没飞多远就落了下来，却一定要拼上一拼，一定要向自己的梦想靠近。

　　你当初为什么愿意当我女朋友？抚摩着黄小晔顺滑的长发，罗勇轻轻地问。

　　因为他说你是英雄，黄小晔坏笑着说。

　　那你是因为英雄才愿意跟我在一起？

　　不，因为我发现，你不是英雄！

　　那我是什么？

　　你是想要好好生活的人。

　　我非英雄。罗勇看着黄小晔，喃喃地说，眼里渐渐噙了泪。

# 午夜的旋

## 一

　　钟聚炜的考察公示贴出来的那天，前海市忽然涌动着一个惊人的传闻：市长贾风清被带走了。听到这个传闻，钟聚炜心里咯噔了一下。他见过贾风清几次，印象特别不错。贾风清办事干练，开会经常脱稿发言，在前海有很务实的口碑。

　　昨天晚上，钟聚炜还在电视的本地新闻中，看到贾风清出席廉政勤政教育学术研讨会，他在会上做总结发言，时而神采飞扬时而严肃认真，要求广大干部不飘浮不忽悠干实事，神色间不见有丁点征兆。怎么忽然就有了传闻，说就在昨天夜里，巡视组的人去到他家，直接把人带走了。还有传闻说，贾风清见到巡视组的人，保持住从容不迫，准备亲自烧水沏茶，但巡视组的人客气地说不必了，还是一起去喝咖啡。出门的时候，贾风清特别顺从，连一件换洗的衣服也没有带。

　　中午吃饭，整个食堂人特别少，特别安静。偶有几个人凑在一起，低声说着贾风清的事。钟聚炜心中，晃动着一种惴惴不安，借机在几个地方凑了凑，听到有人说贾风清被抓，线索来自公众的举报，不由暗暗惊出一身冷汗，心脏咚咚咚快跳起来，匆匆扒了几口饭，出了楼到街上信步转着。

两个月以前，钟聚炜匿名向巡视组举报了市长和两个局长。贾风清的出事，是不是缘于自己的举报？听到贾风清被带走的传闻，钟聚炜的第一反应，竟然没有举报成功的兴奋，心里反倒流过一丝冰凉般的后怕。这种后怕，起自全身，像涓涓小河，越流越宽，越流越多，越来越浓，在额头上冒出一股股冷汗，一时头不晕了，身体也没有不适了，脸色如同大病初愈般发白。

钟聚炜的举报，缘于在他家的对面，新开了一个建筑工地。工地开工前，他曾长期为小区大妈们的广场舞不堪其扰，无数次和管理处交涉，一直没有阻止大妈们的自娱自乐。钟聚炜希望管理处找到一个办法，既能让大妈们健身娱乐，又保证小区住户的安宁。管理处主任是个中年女人，姓和，人看着和蔼，钟聚炜觉着她要是到康复中心去当指导老师，为那些智障残疾人士服务，肯定易于被接受。和主任一听说他是政府公务员，听完要求后马上表态说，一定想办法，尽快安排一个社区活动室，保证让领导们满意。钟聚炜更正说，我不是领导，只是一名主任科员，但我的意思，也是大家的意思，说不定咱们小区真住有大领导呢！和主任点着头说，怎么不是领导？也是政府的主任，跟我这个自封的主任不同！钟聚炜尴尬地笑笑，由着和主任钟主任地叫个不停。很快，和主任就在小区门口一楼挂了一个社区活动室的牌子，请钟聚炜和社区工作站的人剪彩开张。然而，有了活动室，大妈们却不愿意到活动室跳舞，说房间里空气不好，里面沉闷，依然在小区的空地上载歌载舞。无奈之中，钟聚炜跟老婆秦子玉说，我在机关里，有些事情不方便，得你打电话向报社电视台报料，秦子玉撇撇嘴，懒得打。后来，有人打110报警，警察出动了两次，勉强把大喇叭降低了两三分贝。工地开工后，大妈们的大喇叭声就被工地的噪音覆盖掉了，仿佛顿然降低了数十分贝，那几首天天重复的音乐，似乎成了可以忽略的声音。

这个工地，还没开工前，已围得严严实实，接着就拆房子，打桩挖地基，如今已经开始浇灌水泥。可恨的是，工地从开工之日，一天也没有停过，白天施工，夜晚照样施工，天晴下雨都不停，重型机械通宵轰鸣，强弱强，砰啪咚，时而沉闷，时而清脆，没有任何固定频率，让人时而心烦意乱，时而惊心动魄，甚至在半夜骇然坐床而起，觉得整个夜晚浓缩在一起，缥缈旋转喧嚣，继而清醒无奈，再也无法入眠。要命的是，有时刚刚适应了这种烦躁而低沉的轰鸣，忽就哐当哐当地亮响起来。这是一种带着金刚钻头形似挖掘机的工程钩机，坚硬的水泥和偌大的石头在它的既锤又凿中，用不了几下便瓦解为碎片。这种机器功夫足以摧枯拉朽，声响极是气壮山河，让心脏改变固有的运动频谱，随着尖锐的声响一颤一颤地跳动，好半天恢复不到正常跳动。

钟聚炜对大妈们的小区舞本已心烦意乱，工地这一开，心跳的频谱更是没了规律。秦子玉似乎对小区的歌舞升平有些无动于衷，该吃就吃，该睡照样睡。工地的这种噪音，终于也让秦子玉焦躁起来，仿佛提前进入了更年期。秦子玉说，钟聚炜，这么烦人，到底还让不让人活？你不是认识那么多领导吗，得叫他们管管。钟聚炜苦笑着问，怎么管？你以为领导是我家的亲戚？你以为就我们一家受到影响？听听，方圆几公里，都跟着撕心裂肺。秦子玉说，你不还是业委会的吗，跟管理处施加点压力，叫他们去管！钟聚炜苦笑着说，别说一个业委会，我就是区长，怕也搞不定。秦子玉竖起眼睛，啥？那这个区长有什么用？钟聚炜笑笑，说，难道我不烦？这种事情看不见摸不着，就耳朵听得到，政府也难得管好。秦子玉说，那也总得试试。话没说完，嘭嘭声又巨响起来，秦子玉赶紧捂住了耳朵。

钟聚炜于是给管理处打电话，管理处的电话一直占线。钟聚炜想了想，打市长热线。市长热线的音乐好听，还没听完电话就通了，钟聚炜说了声你好，接着说我要投诉，再把手机对着工地一会儿，问，你听到什么没有？接线生说听到了，是施工的声音吗？钟聚炜说，对，就是工地此刻施工的噪音！我要投诉他们，一天到晚高分贝施工，咱们的市长是不是也住在这样的环境？记录好地点、电话，钟聚炜吁了口气，希望问题马上能得到解决。但是一直到午夜两点，工地没有丝毫停工的迹象，秦子玉在辗转反侧中迷迷糊糊地睡了。钟聚炜本来犯困得很，好不容易陪老婆睡着了，自己却没了睡意，悄悄起身下床，到阳台上去抽烟。

工地此刻一派繁忙。七八台工程机正一派忙碌，打桩的打桩，钻井的钻井，挖土的挖土。五六辆泥土车进进出出，满载着渣土从那个大坑的斜坡上爬上来时，马达的轰鸣如同一阵惊雷滚过，渐渐消失在朦胧的夜色，把人的心神都跟着拉没了。以前，这里是一座厂房，每天都有机器低沉的嗡鸣，每周一还有一家工厂在广场上开早会，有人拿着大喇叭用河南普通话高声训话。从开盘搬进这个小区，大家就一直希望什么时候这个工厂搬迁了，把那块地平出来，建一座大超市，不，最好建一座城市公园，或者植成一块绿地，一眼望过去，宽敞，养眼，舒畅。不承想，这座厂房就真搬了，看着货柜车往外拉设备，人们心里不由开始有了一种期待。很快，工程机开来了，开始拆房子，挖地基，据说是搞城市更新，要建一组30层的高楼。让人心烦意乱的噪音，也就是从那时开始，没日没夜，经久不息。

投诉的第二天，钟聚炜的手机上，收到一个来自系统的短信，告知投诉已经转到区政府处理。接着又收到一条短信，告知转到区环保局处理。第三天，系统又发来一条短信，告知已转由监察大队处理。第四天没有系统短信，第五天系统短信又来了，告知街道执法队已经处理，满意回复1，比较满意回复2，基本满意回复3，不满意回复4。满意什么？一个星期过去了，又一星期过去了，工地依旧日夜咚咚响个不停，一分钟都没有停过。尤其是在午夜，在彻夜不息的低沉轰鸣声中，钩机冷不丁就对着坚硬的水泥或石头捶击起来，高亮的声响顿然地动山摇一般，让人蓦地胆战心惊肉跳，再也无法入睡。

钟聚炜把回复转发给秦子玉，说总算有了音信。秦子玉讥笑说，亏你还是个公务员呢，当官当不上，办事办不成，屁用都没有。说起公务员，钟聚炜只有苦笑。如今，谁还愿意宣称自己是公务员，除了上班，谁还会透露自己公务员的身份？在大街上说出来，不被骂死，也被口水淹死。钟聚炜安慰说，也不是影响我们一家，总还有别人投诉的，再说工地建完也就完了，说不定那时没噪音还不习惯呢。秦子玉腾地站起来，指着自己的眼睛大声说道：你看你看，就是这一阵子没休息好，黑眼圈都有了，多用了好多面膜！你忍受得了，我忍受不了，他们要不停下来，我就要得心脏病了，看你怎么办！钟聚炜仔细看着子玉，子玉的整个脸蛋，这一阵确实憔悴了一些，脾气也大了很多，三十出头的女人，跟进了更年期一样，满脸的焦虑。钟聚炜扳过子玉的肩膀，小声说，别担心，再想想办法，事情都是一步一步来的。秦子玉狠狠瞪了一眼，推开钟聚炜，嘭地一把关上了卧室的门。隔着门，传来声嘶力竭的喊叫：有本事就给我当个处长！

秦子玉这声关门，比工地上高亮的声响还要惊心动魄。她这声喊叫，钟聚炜只有莫名的无奈。看来，今晚，又只能主动睡在沙发上了。

钟聚炜来自农村，父母至今在老家种地。政法大学毕业后，考进了市直机关，没多久就选调到前海市财政局，是一村人眼中的骄傲。村里传言，钟聚炜早晚会当上城里的县长，前途不可限量。

钟聚炜当然想过自己的仕途。身在官场这些年，钟聚炜深知个中微妙，只要稍想有点政治前途，说话办事都如履薄冰。机关机关，处处充满机关，不识个中玄机，弄不好就被卡住，甚至直接就卡死了。机关里混，得把官当大，否则，芝麻大点事，都罩不住。不是有当兵的俗话吗，也可以套用过来，不想当大官的干部，算不得什么好干部，能有什么出息呢。官当大了，手里资源多，待遇跟着好，于人于己，都是多赢，里面实惠，外面风光。话是这么说，官场中混也不容易，以前好像还行，忽然就官不聊生了，除了管牢嘴巴中的吃，还要管好舌头上的话。同事之间活跃气氛，都只说些风花雪月，往往祸由嘴出，千万不能拔出萝卜带出了泥，弄出点什么事来。现在，稳妥最重要，急就容易出问题，考虑仕途的"上进"，前提是要稳妥。像子玉这么没心没肺的人，哪里知道官场中间的天机？

钟聚炜和秦子玉原本不认识。有一次在同乡会的迎春晚宴上，几个人吃过饭，有人提议转下一场，一帮人就到钱柜包了一个大歌厅。灯红酒绿中，大家唱歌的唱歌，跳舞的跳舞，玩得很是尽兴。钟聚炜不会唱歌，也不会跳舞，大学时曾被一个女孩拉着跳，连踩了别人三脚，女孩一脸怒气地甩开了他，就再也没有跳过。钟聚炜看着老乡们欢歌，不时抿一口洋酒，渐渐也有了些兴奋，不由左右扫了一眼，发现另一边端坐着一个女孩，也在那儿独自喝酒。钟聚炜起身过去，伸出酒杯碰了碰，抿了一小口，坐到了女孩身边。女孩就是秦子玉，两人一聊，竟然是邻县，而且隔得还不远，于是开始交往起来。那时子玉是一家公司的文员，最终决定娶子玉，是钟聚炜心中不可说的秘密。那年夏天，子玉去找他。钟聚炜穿着休闲短裤，正在宿舍看书。子玉靠着他坐下，双手揽住他的脖子，用脸轻轻地蹭他的耳朵。钟聚炜搂着子玉，心里怦怦直跳，一把将子玉扳倒在床上。他想去吻她。就在那时，他看到了子玉白净的大腿，眩晕之中，觉得一股淡淡的清香弥漫而来，一种他从没有嗅到过的奇特异香。这股香像炊烟一样，升腾着，在房间回荡，越来越浓郁。钟聚炜问，什么香？子玉躺在床上，及膝裙绷成梯形，微微张着嘴，胸脯一起一伏的。钟聚炜俯下身又问，什么香味？子玉睁开眼，疑惑地看着钟聚炜。你闻闻，是什么香？钟聚炜说。子玉抽抽鼻子，说，米香，新米的香。钟聚炜也抽抽鼻子，这种香就从记忆中走来，家里收稻子的时候，就是起初这种淡淡的香味，而舂米煮饭，散发出来的正是这种在房间弥漫的香，大米的香，夹一丁点泥土和青草的芬芳。将这种味道和米香对应起来，钟聚炜蓦然平静下来，一个个记忆在脑海中不断闪现。他坐到子玉身边，问，哪来的米香？子玉双手勾住钟聚炜的脖子，说，不知道。钟聚炜被勾着脖子，一点点向子玉靠近，忽然，他确定了米香的来源，米香来自子玉，来自她神秘的身体，来自她的裙裾之间。那一刻，钟聚炜忽然感到莫名的亲切，在心里对自己说：子玉，我要娶你！

秦子玉决定跟钟聚炜结婚，除了老乡这个因素，看中了他工作踏实努力，二十九岁就已经混成了副科。这要是在老家，就是县里的副局长镇里的副镇长，可以算是父母官了。当然，秦子玉也是爱钟聚炜的，经常会比钟聚炜显得主动。结婚以后，秦子玉对自己的夫君寄予升迁的厚望，想着有一天夫荣妻贵，能在闺蜜们面前不经意地显摆显摆。谁知道结婚过去了七八年，抗战都胜利了，钟聚炜只前进了一小步，在结婚的第三年升为主任科员，从此就保持着一动不动，一直没有进入预期的处级系列。钟聚炜一天不升官，秦子玉就一天不生孩子。没有孩子，秦子玉把精力用在工作上，三年实现了从民营企业到国有企业的华丽转身，又用三年当上了部门经理。现在，秦子玉拿的钱比钟聚炜多，过的日子比他舒坦，不仅两人的工资卡在她手上，家里的话语权也牢牢被她掌握。几年以前，子玉开始抱怨钟聚炜原地踏步，抱怨他只会做事不会来事，眼神不好，魄力不足，一辈子只能当个小兵。面对秦子玉的抱怨唠叨，钟聚炜只能无奈地苦笑，农村出来的人，既无背景，又非豪门，所谓的"跑部钱进"，自己够不上。再说，钟聚炜打心眼里看不惯那些歪门道，大凡那些"又跑又送"的人，眼睛都只朝上看着，向上低头哈腰的，什么时候都是妩媚的笑脸，向下却是抬头挺胸的，好像天生就是满脸冷漠，哪里还有多少人性亲情？钟聚炜不愿意这样，秦子玉也不愿意这样，两人间的冷战不时发生，动不动就被秦子玉一脚蹬到床下。起初，钟聚炜还很在意，每次一想到自己确实升迁无望，渐渐不再计较，睡沙发就睡沙发，他已经习惯了。

　　钟聚炜在财政局法规处工作。这些年来，练就了对机关事务的洞察能力，哪里有个风吹草动，准逃不过他的眼睛。也正是这种洞察，使他更加谨小慎微，只求把自己该做的事情做好，尽量对得起那份薪水。问题是，一些不怎么会办事也不怎么会办文的同事，自己和他们一次次同台竞技，他们一个个先后都正处副处了，还有的已经混到了副局，自己却还在原地踏步，称呼他们已经改了两次，由直呼名字改称为某处，又由某处改呼为某局。和自己一同选调来前海的魏平安，现在虽然也只是正科，但他在区直机关已经带长了，属于部门领导。每回见面，魏平安就笑称钟聚炜为市领导，自己怎么就是市领导了？魏平安说，你是市直领导机关里的领导，简称市领导。虽然明知道是玩笑，心里还是酸了一下。无奈归无奈，有时候，钟聚炜也想着无论如何，怎么也要混成副处，不枉子玉一番苦心，不愧父老乡亲殷殷期望。也正是这样想着，钟聚炜工作格外卖力，处处小心谨慎，好给单位领导留下个好印象。

虽然钟聚炜知道，在省市这样的直属机关，只要人品不是特别差，大多数人在退休前，大致能混到副处级的，至于带不带长，那是另外一回事。自己现在是什么状态呢？工资待遇，早已都是副处级的了，但问题不是工资的问题，是行政级别的问题，中国是处长政治，几乎一切决策的源头都开始于处长，处座能和科长是一回事吗？可是，面对诡异莫测的官场，他也不知道自己究竟离处座还有多远。而今，他和秦子玉都快四十岁了，还没有孩子，秦子玉说不急，他心里急。退一万步，如果要熬到退休前才被提任为副调研员，秦子玉有没有耐心等待？秦子玉抱怨他官小，拿不生孩子要挟，这事本来就让人心里堵得慌了。但秦子玉有足够的理由，说这是为自己好，为他好，为将来孩子好，又让他无法回击，子玉似乎也有那么一点道理。现在，秦子玉又被这噪音搞得睡不好觉，心烦意乱，两种气合着撒在他头上，怪谁呢？自己还烦这要命的咚咚响声呢。

如果升不了官，工作又不出差错，举报一下那些邋遢事，给心里疏解一把淤气，也算一种畅快。钟聚炜想举报，可是举报谁，举报什么事情？他一时不知道，也没有想好。但他知道，那些举报的人，多半刚发出举报信，往往就已经暴露在被举报人的视野之中，不知道哪个环节出了问题，却一定是在哪个环节出了问题。举报不是什么好玩的事，弄不好，小则在单位成了另类，一辈子得不到提拔，别说升迁，保住当下就烧了高香。大则受到无形的打击报复，让你有苦说不出，找不到回击的对象，只能无奈地干瞪着眼睛节节败退。举报时，一定得先过过脑子的，举报出去，能不能奏效还在其次，首要的是保证隐秘，非得做到查无可查。

毕竟，无论从哪方面，谁都输不起。弄不好，连这样的安逸日子也没法往下过，秦子玉就不只是给冷脸看，而是要直接跟他拜拜了。

### 三

那天晚上，钟聚炜本来睡在卧房。但外面的声音实在让人都睡不着。秦子玉翻来覆去地好大一会儿，忽然说，干脆将这房子卖了，换一个清静的地方去。钟聚炜对住了十年的房子有感情，觉得自己的第一套房子不能卖，要搬也应该想办法去买第二套。秦子玉说，那行，你筹钱，再买一套。钟聚炜想缓和一下气氛，开玩笑说，等门口这房子建完了，就买这里的。秦子玉忽然升起一股无名火，冲钟聚炜高喊一声：你给我滚！一脚将他蹬到了床边。

钟聚炜只好去客厅。在他和秦子玉之间，他尽量采取克制隐忍，离婚两个字，已经到了秦子玉嘴边，再一惹她，就从她嘴边蹦出来掉地上，拾不起来了。钟聚炜默默来到客厅，轻轻拉开阳台门，茫然看着人员零落而无比响亮的工地，心里满是无奈和愤怒。对于这样一个扰民的工地，管理处组织过好几次签名抗议，工地仿佛不知道有人投诉，丝毫没一点改变。或者是也知道有人投诉，隔上一两天，冷不丁地就在半夜两三点挑衅般凿上一会儿，整个小区多数人家的灯刚刚亮起来，这种尖锐的声音忽然就停了，只剩下装载车和挖土机的轰鸣。小区业主们也很无奈，组建了好几个 QQ 群，专门讨论改善小区环境，还有人自发组织起来，凑钱拉了几个巨型条幅，抗议工地日夜施工制造噪音，抗议政府不作为，这种静默举动，没有任何效果，也在一直坚持。

秦子玉不能忍受，钟聚炜也不能忍受。起初，他还想坚持忍一忍，告诫自己要心静自然凉，尝试将高亮的咚咚咚想象为波澜壮阔的交响乐，将低沉的轰鸣想象为美妙的旋律，但每当半夜被亮响惊醒，无论脑子里怎么想象，都再也无法入睡。在忍受了两个月后，钟聚炜终于忍无可忍，在一次次被咚咚哐当声惊醒后，一次次向市长热线投诉，甚至把气撒在接线员身上，使那个常年保持着平和心态的接线员也终于忍无可忍，实在抵挡不住一个又一个连环质问，不等他把事情讲完就草率地挂断电话。后来，钟聚炜又向城管局、环保局投诉，向报纸和电视台反映，答复都是先记录下来，转交相关部门处理。本来，钟聚炜也没做多大指望，不过就是出出心中的怨气，夹杂着解决问题的碰碰运气，哪里知道，城管局和环保局居然都答复转到相关部门处理，他们要转到哪里？找的就是城管局环保局这样的相关部门呀。本来以为投诉过气就顺些了，却又生出新的气愤，只能独品苦涩和无奈。

躺在沙发上，钟聚炜茫然地看着屋顶，想起自己职场上的不如意，连带着婚姻上的磕碰，现在连睡觉都睡不安稳，自己每样都深感无能为力，不觉潜然泪下。明天上午，有局务会要开，讨论财经检查方案，他是起草兼报告人。钟聚炜拭了拭眼睛，想既然自己都不能决定，那就顺其自然，还得早点入睡，先把明天的会开好再说。这时，偏偏有一只蚊子，不时绕着他飞来飞去。钟聚炜对蚊子特别敏感，尤其是最近，对那种耳边细小的嗡嗡声充满恐惧。蚊子从额头掠过，钟聚炜仿佛就知道它要停在脸上的哪个部位，一只手在黑暗中悄然抬了起来，脑神经紧张地等待蚊子细长的脚和脸接触的刹那，以便五指并紧的巴掌果断下击，让该死的蚊子毙命于掌下。蚊子该是一只饿蚊，身体轻瘦，寻找食物急迫，羽翼煽动起来慌乱，嗡嗡声显得有些清脆。那些平常饱食终日的蚊子，飞起来都是有姿有态的，在从容不迫中和人斗智斗勇，先要绕人飞个三五七八圈，反复尝试降落在多个点后，才猛然在一个意想不到的地方悄然着陆，着陆了也不急于吸血，潜伏着警戒一番，看看有没有什么动静。

　　这只蚊子从某个角落飞来，直接在钟聚炜的眉骨上方着陆，刚一落脚，就伸出了坚硬的吸管。钟聚炜愣了愣，终究没有料到蚊子下手这么快，伸出手掌猛地向额头拍去。啪！钟聚炜听到手掌和额头撞击的声音中，蚊子清脆的嗡嗡声由近而远，蚊子显然没有打到，却下手重了一点，眼眉疼了起来。钟聚炜伸手开灯，捂着额头四处找那只蚊子，蚊子竟然胆大地附在眼前的墙上，不时翕动着翅膀，随时准备起飞。钟聚炜揉揉眼睛，蚊子果然如他所料，比一般的蚊子细小得多，腹部可能因为长时间没有进食，已经瘪成赤白色了。这只蚊子，为了有口饭吃，在刚才的重击中幸免一死，竟然还不肯躲得远远的，看来也是存了不是被饿死就是被打死的侥幸。钟聚炜屏住气息，再次伸手向蚊子靠近，三十厘米，二十厘米，十五厘米，眼看蚊子仍伏在墙上一动不动，钟聚炜再次重手出击，砰！这次用的力度，该有百斤之上，一股掌风扑面而回，这回没有听到蚊子逃逸的声音。顾不得手掌疼痛，钟聚炜赶紧查看手掌，掌里没有蚊子的尸血，只有痛和红。

　　就在这时，工地高亮的哐当和低沉的轰鸣猛然闹腾起来，这哐当和轰鸣声交错在一起格外刺耳，让人在惊恐中兴奋，让他的睡意陡地站了起来。钟聚炜默然看着窗外，顿然忘记了一只蚊子的骚扰，陷入频谱无常的声响，头脑蓦地胀大虚空，心脏随着轰鸣的节奏东窜西跳，只觉得身体游弋向夜空，不断地漂浮旋转。昏黄的窗口外，工地像一口巨大的堰塘，里面搭了几处工棚，机器很多，人却很少，一半的机器正在开动。如果把机器全部利用起来，噪音至少可以压缩一半时间。问题是，工地似乎一点也不急，总是只开动那几台机器。也不对，工地显然是很赶工期的，不然他们怎么会24小时施工，彻夜不停呢？仿佛对于他们，根本就没有日夜之分，不管什么时候，也不管什么天气，那种惊心动魄的捶击声就能冷不丁地响上一阵子。这么个噪音问题，似乎越是简单就越是复杂，投诉，交涉，报料，热线，该有的方式，该有的方法，全都使上了，就是得不到解决。钟聚炜茫然地看着这个热火朝天的工地，轰鸣声搅起了他心底潜藏已久的愤怒，一股热血急速上涌，一时就决定豁出去了，妈的，可别怨我，我也是被你们逼的！

钟聚炜起身披上衣服，来到阳台上，默然看着工地。工地隐没在夜色中，巨大的土坑中是另一番天地，挖土机一铲一铲将泥土往装载机里装，钻井机不紧不慢地往下钻探，低噪音和高分贝合在一起，将沉闷和焦虑搅拌在一起，而且一直搅拌着。钟聚炜盘想着，该举报什么，如何举报，才会有效。以前，电话投诉的都是工地，没有起到丝毫作用，显然老是投诉工地，依然不会有什么效果。投诉工地为什么不行？肯定是后面有背景，甚至有利益勾结。对，举报管工地的部门，举报城市的管理者，这也不是无中生有吧，我不举报你贪污腐败，我举报你不作为，这也可以吧？闪念之间，钟聚炜回到书房，打开电脑，就着窗外的轰鸣，简直就是一气呵成，写下了他人生中的第一封举报信，把市长、环保局长、建设局长一把举报了。钟聚炜点击鼠标发出举报信后，深深吸了口气，又长长地吐出来，仿佛淤积在心头的烦躁和无奈，已随着电流进入静谧的夜空，化作天空中一颗颗星星。关了电脑，关了灯，竟然仿佛听不到了那种从未停止过的轰鸣，沉沉睡了过去。

那一晚，那只两次侥幸逃脱的蚊子，终于美美地吸了一顿新鲜的人血，干瘪的肚子膨胀成一颗椭圆的黑豆。

## 四

贾风清的传闻正在机关发酵。这种传闻，正从贾风清深夜在家被请去喝咖啡的各种段子版本，极为丰富地向贾风清遭受公众举报方向纵深发展，在一个个听起来生动真实的传闻中，原本高大上的市长开始以全新的面目浮现出来。

一连几天，办公室的同事都在私下议论猜测关于贾风清的种种传闻，钟聚炜不敢轻易插话，又不能不偶尔插插话。但话不能乱说，得模模糊糊的，无可无不可，尽量哼哼哈哈。要是让同事们知道，自己干过举报市长的事，还一把将市长举报到"双规"，不但刚刚被列为副处的考察对象会无疾而终，所有的人还会对自己有一千个防备，当面都客客气气，心里却筑起几道防线，那就彻底混成孤单了。

考察前，马处长跟钟聚炜通过气，说组织上准备培养他，希望工作再尽心尽力一些，好好表现表现，搞出成绩让领导看得见。对马处的话，让钟聚炜感觉到一股温暖。起码，在单位还有马处关心自己。想想，大家都说干好干坏一个样，但有了领导的培养，有自己的努力，有时候干好干坏还真不一样。魏平安跟自己一样，凭什么当上了科长？肯定也是干事漂亮干出来的。哪知面临这样的机会时，自己却打不起精神，整天睡意蒙眬的，有时硬捏着自己的嘴巴，呵欠还是从指缝间硬挤了出来。这样下去，弄不好，又被领导白培养一回，辜负了前后左右一大帮人。

同事孟治国的资历和钟聚炜差不多，这次也是考察对象。在法规处，孟治国读过博士，是全系统的法规专家，主笔起草过多个地方法规，局里出台的各种条例和规定，无不经过他手。因这一工作的特殊性，孟治国经常和外单位沟通交流，属于信息灵通人士。孟治国办事严谨，政策水平高，消息颇灵通，嘴巴却很严，钟聚炜服他，只不过听不惯他那口带着潮州气息的普通话，和他说话，弄不好就容易听岔。从孟治国口中说出来，钟聚炜三个字，就成了"中纪委"，久而久之，同事们都跟着改口叫他"中纪委"了。

那天，钟聚炜有事，上班晚了一点，刚到办公室门口，正掏钥匙的那会儿，听到里面几个人在热烈地讨论什么，隐约说到纪委的举报。当他推开办公室的门，讨论忽地戛然而止。钟聚炜愣了愣，问，有什么最新消息？同事们都怔了下，齐口说没有没有，大家没事八卦一下。从他们的神色，钟聚炜感到了同事们瞬间的尴尬，也不再问什么，若无其事地走到自己的座位上。

孟治国忽然看着钟聚炜问，是不是有什么最新进展？

什么进展？钟聚炜有点疑惑地问，考察？你不也在嘛，我们同台唱戏，看运气了，看领导的意思，能有什么进展？

不是这个！这两天贾风清，才是头条嘛！孟治国笑笑，几十种传闻满天飞，我都快失去判断力了！

钟聚炜心里紧了紧，说，要么就是贪污受贿呗，要么就是买官卖官嘛，再不就是情人小三啊，权钱色，再怎么传来传去，万变不离其宗，跟我们八竿子打不着的事情，等着组织上公布案情呗！

听说，是被人举报的，事情好像还有鼻子有眼。孟治国犹豫了一下，接着说，而且还有一种传说，举报人涉及我们单位。孟治国警觉地看了看门口，你觉得会是哪个部门的人？

涉及我们单位？钟聚炜心里惊了一下，那传说是谁？难道，涉及？

孟治国看了看几个同事，笑着说，这就不知道了，传说没有那么细。不过，传说中虽是我们单位的人，举报的却没有涉及我们单位的事，现在大家都在猜，这个人是谁呢！

几个同事附和着说，对呀，大家刚才就在想这个人是谁呢。

钟聚炜抬起头，问，传说的是什么事，我还才听到你们说，不是哪个小金库？

孟治国摇摇头，纪委，有内部消息，你该知道呀！

孟治国的话，仿佛有所指一般，让钟聚炜心里一阵紧缩。难道，自己的举报已经暴露了，全局上下都在背后指点自己？钟聚炜猛然想起刚在门外听到的话：是纪委举报的，不对，应该是向纪委举报的才对，纪委还要向哪里举报？这个纪委，不就是在说自己吗？想到这里，钟聚炜的心陡地往下一沉，打开电脑开始装作整理材料，心神却怎么也集中不起来。

孟治国在后面打着哈哈说，该不会是我们这个办公室的谁吧？

几个同事附和着说，应该不会，应该不会吧？

钟聚炜起身把大家扫了一眼，说，事情没搞清楚之前，可是什么可能都有。说完，心里虚得冒出了一股冷气。

整整一天，办公室再也没人讨论贾风清，大家闲暇间谈论的是文章的爱情，章子怡的男朋友，马尔代夫的度假，港隆城的牛扒，仿佛贾风清的新闻已成为久远的过去时。从同事们轻松愉悦的谈论中，钟聚炜越发觉得有点不同寻常，要是以前，哪怕一个处长出了点事情，大家都得把事件进行全方位的想象，直到前前后后扒拉得体无完肤，再也嚼不出什么味道，才舍不得般从嘴里一口吐了出去。现在，大家口中，仅仅在称呼上由贾市长改成了直呼其名。

中午的时候，钟聚炜像往常一样去食堂吃饭，觉得所有的同事都用异样的眼光看着自己，似乎比往常更客气一些，这种客气，隐约含着敬而远之，仿佛意味深长。连平常在一起打球的人，也只拍拍他的后背，轻描淡写地一声：吃啊！这一句吃啊，和平常的吃了啊也不相同，平常，大家要是进食堂，迎面打个招呼，只会相互点点头，笑笑。要是吃完出食堂，迎面碰到才会说吃了啊，是，吃了，吃完了。吃啊，是什么意思，吃还是没吃？还是正在吃着？这是一个静止的语态，里面流露着疏远和不关心，吃还是没吃，都与问的人没有关系，无论言语多么有感情，脸上神色多么丰富，也只是一种硬碰上不得不表示的礼貌。

忐忑之中吃完午饭，钟聚炜想走走楼梯，既当作散步，也清清脑子。慢腾腾地走到四楼，就觉得有点气喘起来，看来平常锻炼还是少了。钟聚炜靠在墙边，忽然听到过道有人低声说话。一个女人说，知道不，听说举报贾风清的有我们局的人？一个声音问，谁呀？听说好像是法规处的。问的声音又压低了一些，到底谁呀？现在大家都在传闻，你不知道？你别绕弯子嘛，说来听听。我也是听他们说的，好像是纪委，可别乱传，不是我说的啊！

钟聚炜靠在墙上，浑身如同泄气一般，顺着墙缓缓地蹲到地上，好久站不起来，脑子里一片茫然，再也听不清她们在议论什么。

## 五

钟聚炜当初的举报，也是一时冲动的意气用事。冲动完了也就过去了，几乎忘记了这事。

他哪里会想到，就在自己刚刚发出举报不久，单位先是一个处长升任副局长，接着又有两个调研员退休，还有一个处长调走，一下子就空出了四个正处级的职位。处级干部大都是内部选拔，意味着连带空出了四个副处的位置。局里很快就进行人事调整，自己这回过了民主测评，进入了差额考察对象。偏偏在就这个节骨眼上，自己早不举报晚不举报，选在自己被考察前举报市长，市长还就真被"双规"了，这事整得真他妈的别扭，简直让人把肠子都后悔青了。刚刚有些眉目的升迁，这不又被自己堵上了吗？

自从钟聚炜进入考察对象，秦子玉的脸色有了一些好转，睡觉也不全将背对着他了，有时还主动和他恩爱一回。恩爱完了，秦子玉说，这次要当成最后机会，一定要想想办法，一定要上去。钟聚炜问，想什么办法？秦子玉用指头捣着钟聚炜的脑门，连声说，开开开！钟聚炜实在不知道如何确保上去，这个年头，送是不能的，也是不敢的，要官，哪能一要就给？钟聚炜抓着秦子玉的手放到自己的脑门说，你再点点，再使劲点点！秦子玉问，干什么？你点芝麻开门呀，让我再开开窍！秦子玉娇声一笑说，你就是死脑子，你就不知道经常去向领导汇报汇报工作？钟聚炜叹口气，他怎么没想过，向领导汇报工作，理由呢？一个科级干部，要去向局领导汇报工作，别说局领导不知道是怎么回事，那还不越级了，让处领导知道了，还不给自己小鞋穿？所谓的提拔，在部门内就直接没戏了。

秦子玉说，这回你一定要把握好，我们近期也好要个孩子。秦子玉一把揽住钟聚炜，接着说，要是需要花钱，你就跟我说，该花就得花的。以后，你好好当官，我好好赚钱！

钟聚炜心里打了一个寒噤。花钱这事，秦子玉只知道一点皮毛，算是外行。自己虽是内行，知道行情，但这不仅是过去时，自己没有这个实力，也不喜欢这种方式。想起自己举报过市长，市长虽然与自己隔得太远，却是局长的老板，也就约等于间接地举报了自己的领导，如果真被单位知道，那所谓的考察对象，其实已经是一种组织陪衬，哪还敢寄予什么希望？有时，钟聚炜想和子玉说说话，说说心里的烦恼和焦躁，想到要是将举报也告诉她的话，只能招惹她的讥诮，只好忍在了心里。

看到秦子玉心情不错，钟聚炜揽紧了些她说，你怎么就这么看重这个官呢？你看现在，当官还不如你们做企业呢，大家走出办公室都不敢说自己是公务员，开车碰瓷只能自认倒霉，吃饭也不敢去高档酒楼，高危职业啊，真没觉得有什么好！

秦子玉一把推开钟聚炜，说，那总也还得有人当处长局长吧，你是比他们差还是比他们笨，别人能当为什么你就不能当？就不能不贪不腐只好好当官吗？

钟聚炜说，我恐怕真当不了。钟聚炜试图再搂住秦子玉，秦子玉一把挣脱了，看着他问，你怎么就当不了？

钟聚炜张了张口，觉得官场中的东西一下两下跟她说不清楚，想了想说，远的不说，贾风清当市长这官够大了吧，可你看看这个贾风清，贵为副部，高级领导干部，还不是把持不住，说倒就倒了。你知道不知道，有时候你根本不想贪，有那么多人不答应？我还是觉得，不如就过一种普通的市民生活。钟聚炜说到这儿，看着秦子玉的眼神正一点点凝聚起来，连忙接着说，也不是硬不当官，不是不当，而是不强当，咱就努力并顺其自然好不好？

秦子玉掀开钟聚炜的手，一个转身，背对着还在遐想中的钟聚炜，一把将他身上的被子全拉了过去。

钟聚炜回过神来，知道自己又没把握好火候，还好，没有被赶出卧室。钟聚炜暗自庆幸，还好自己嘴紧，没有将举报的事告诉子玉，不然她还不知道要怎么看待自己呢？钟聚炜轻缓地平卧起身子，茫然地看着黑暗中的屋顶，思绪又回到了自己的举报。

说实话，举报市长前，钟聚炜还是很有些瞻前顾后的，只不过这种理性没有战胜冲动。官场中，各种各样的举报比比皆是，有的有诉求，有的纯出气，有的是报复，还有的是污蔑和打击。自己当初的举报，也是出于忍也可忍，主要还是要出一口气，也有一些报复工地的意思。问题是，自己这一举报，市长就真被"双规"了，这究竟是一种巧合，还是举报有了效果？贾风清被调查完后，还会不会来个咸鱼翻身，甚至因为被调查而高升？还会不会牵扯出更多的人被调查？在这些人被调查之前，会不会有什么风吹草动，或者有人已经知道了是自己举报？自己一同举报过的另外两个领导，会不会也被"双规"？

想起这些，钟聚炜不由又是一阵冷噤。他努力让自己冷静下来，想想还有没有什么补救措施。自己写举报信时，有没有留下什么纰漏？第一，写举报信这事，至今只有他自己一个人知道，躺一张床上的秦子玉都不知道他干了这事，安全。第二，他是匿名的，署名落款是一个中国公民，这也无可查考，也安全。第三，他是在家中的手提电脑上起草的，举报信发出后，立马就把文件粉碎了，大致安全。第四，虽然留了手机，却是一个谁也不知道的号码，那是几年前在街铺买的，非实名不记名，从来没有对外使用过，也算安全。第五，邮件是以直接留言的方式粘贴上传的，没有使用自己的邮箱，这也问题不大。第六呢？想到第六，钟聚炜顿时吓出一身冷汗，邮件是用什么网络发的？自己家的网。钟聚炜猛然想到，每一根网络都有精确的 IP 地址，这个 IP 地址就像一根瓜藤，顺着这根藤，很快就能摸到那个瓜。操，真是智者千虑，仍有一失呀。当初咋就没有想到这层，转到平板电脑上，在哪个公共场所随便蹭蹭网，不就万事大吉了？钟聚炜想到第六，就不敢往后想还有没有第七了，就这一个第六，已足够他吃不了兜着走了。

想到这些，钟聚炜不由一阵阵后怕，不敢再往后深想，却不得不往后想了又想，这一想再想，对自己究竟举报了哪些事情，竟然越想越模糊起来。

## 六

小区的抗议一直在进行。钟聚炜比任何人都想抗议，但作为面临升迁的公职人员，他只能孤军奋战，不愿参与到小区业主的集体抗议之中。小区住户的抗议也没有效果，渐渐就转向抗议管理处，逼迫管理处和工地交涉。

作为小区业委会委员，钟聚炜得顺应业主们的需求，到管理处了解情况。钟聚炜问，你们搞的那个万人签名投诉，最终结果怎样？

见钟聚炜问起噪音，和主任满脸笑容中绽放出得当的愁苦，抱怨着说，签名活动一个月搞了三轮，早就递到区政府去了。区政府回复说，转到环保局了，环保局又回复，派执法队来查了，罚了5万块钱，已经下了整改通知。

钟聚炜问，那怎么施工晚上还没停呢？

他们说也不能天天晚上来守着，执法队一来，工地就停，执法队一走，工地马上开工，声音这东西，看不见摸不着，政府也没办法啊！

钟聚炜只能无奈地苦笑。他知道有一些事情，并不按规则运行，背后会有看不见的人撑着，撑得还很巧妙，批文是不会给你的，但做出了默许的姿态，不出问题，就一直这么干了，等到真有了什么问题，具体问题再具体对待。这种默许，不留任何把柄，预留了时间空当，等接到投诉去查时，别人差不多已经收场了，最终大都不了了之。万一出了什么差错，那也是间接责任，没有什么大不了，内部会议上自我检讨一番，基本上就烟消云散了。门前这个工地，多半也是这样，背后肯定有某种看不见的力量支撑。

你们要和工地去谈，严肃地谈。钟聚炜看着和主任说，就这么一个工地，还能拗得过这两万多居民？

和主任脸上又增添了一分为难之色，哎呀，可真是谈了又谈呀，我们管理处平时连进都进不到工地，只能和街道领导一起去，工地那个经理当时也是答应得好好的呀，但我们前脚一走他们就耍赖，说人家也有难处，有时候是特殊情况，一罐水泥浆刚刚拉过来，总不能刚浇了一半就不浇了吧！

钟聚炜理解，管理处也只能踢球，市长热线都解决不了的问题，他们能有什么办法？他们没有办法，又得对业主有交代，只能讲程序到位，端出一个不能把握的结果，倘能把业主的关注，从管理处又推向工地，就算给自己解了套了。关键是工地耍赖，搞敌进我退敌退我进的游击战，跟你比看谁耗得起，建房子又不是一辈子的事情，有个三年两年，耗着耗着，就把房子建起来了。

难道真一点办法都没有？末了，钟聚炜还是有些不甘心地问。

我们希望广大住户也发挥各自的聪明才智，想出一个好的办法呀，我们每天听投诉电话都听得耳朵发麻，管理处也不胜其烦啊！和主任稍稍放松了一些神情，指了指耳朵接着说，我也作为小区业主，和大家一样经受着煎熬，孩子们没法安心写作业，夜里都睡不好觉，眼圈一直黑着哪。

钟聚炜想了想说，那也得想出一个办法来，不然你们怎么好意思再催大家交管理费？

这个要大家一起努力才行呀！和主任笑嘻嘻地说。

钟聚炜清了清嗓子，看着和主任说，我倒是有个办法，可以在一个月之内让工地停工。

什么办法？和主任满脸惊讶，迎着钟聚炜的目光问。

钟聚炜把目光从和主任眼睛上移开，看着和主任脸上细小的雀斑，放低了些声音，郑重地说，你们找一个律师，叫上三十家媒体，好好写一个状子，向法院起诉市长不作为，附带起诉区长和环保局长，肯定能换来业主们的安宁！

和主任蓦地直起身子，嘴巴张得比睁大的眼睛还圆，我不想活了呀？我们公司不想混了呀？不出三天，我没有消失，也被不明不白的人打得躺在医院里，估计连我们公司也被检查罚款搞得穷于应付了！这主意不行，会害死我们！和主任连连摆头，摆完头又接着摆手说。

钟聚炜笑笑，别说他们，就是自己，也不能干这事。可问题是，大家都不愿干，这要命的噪声如何解决？当面沟通，人进都进不到工地，即便进去了，又到哪儿去找能决定这工地开工停工的人？投诉？整个小区里的业主一直在投诉，有的是自己直接打电话投诉，有的是参与签名投诉，有的是出钱拉横幅抗议，形式不同，目的都一样，还我安宁。但是，投诉无效。看来，这些常规方式都不能奏效，非得出一个什么绝招，否则，没个三年两年，工地不会夜间停下来，而如果不解决，简直是让人情何以堪！

还是要么举报，要么起诉吧，经费嘛，可以找业主们再募集一些！钟聚炜想起来似地说，既然来了解情况，完了总该表表态。

回到家，秦子玉也刚回来。屋外的哐当声正紧锣密鼓地高响着，钟聚炜只觉得心脏跳动又不受自己控制了，赶紧将门窗关紧，不想这声音却显得更加沉闷，不像从房子外传进来的，而像从自己的胸腔往外传，让人窒息得喘不过气来。

秦子玉看了看钟聚炜，说，你好歹也是在混官场的人，又是业委会的，这个噪音就真一点办法都没有？

钟聚炜看着秦子玉的脸色越来越难看，小心地说，我又不是当官的，能有什么办法？我刚还在和管理处交涉，大家都在积极想办法，你有没有什么好办法？

秦子玉白了钟聚炜一眼，满脸怒气地说：有！

什么办法？

你受得了我受不了！秦子玉提高声音说，要么赶紧加装隔音玻璃，要么我就搬出去住！

钟聚炜不知为何，心里也升起一股无名的火，大声地说：这噪声又不是我造成的，你冲我发什么火？

秦子玉懒得和钟聚炜争论，嘭的一声，关上了卧室的门。钟聚炜知道，今天又要睡沙发了。

# 七

钟聚炜被噪音困扰得焦虑无助时，想起老乡魏平安，觉得不妨找找他，看他能不能推动一下，或许能找到什么解决办法。

下了班，钟聚炜约魏平安在一家叫湘镇府的菜馆吃晚饭。见了面，魏平安笑问，市领导亲自召见，有什么指示？钟聚炜苦笑了一下，说，市领导现在快要崩溃了，来找你这个带长的出出计谋。

魏平安说，不会吧，你都搞不定的事情，我哪搞得定！

钟聚炜给两人斟上一小杯酒，自己端起来先抿了一口，说，酒还不错，我们也是好久不见，先喝一个。

喝了酒，钟聚炜叹了口气说，你们环保局不作为，不仅我快崩溃了，连我老婆也快癫狂了。

魏平安不解地看着钟聚炜，说，你这是什么意思？

大致给魏平安说了说家门口工地上的噪音情况，说，你们的执法队去也去了，怎么就是解决不了，估计是象征性执法，该不会你们局长真卷在里面吧？

魏平安不好意思地笑笑，好像是与他自己有关一样。

钟聚炜接着说，我知道肯定有困难，那么多人投诉，市长热线、环保热线，还有报纸电视的新闻热线，居然没有一点效果，估计一个区的环保局，夹在中间也很为难？

魏平安终于开口说，你说的这个情况，我先了解了解。钟聚炜说，保密。魏平安也说，保密。

老乡相见，毕竟坦诚了一些。钟聚炜几杯酒下肚，将自己的烦恼一股脑儿地吐了出来。升迁无望，老婆冷战，内心烦躁，工作压力大，人活着确实不易啊。有时候想哭，连哭的地方都没有。魏平安说，这个时候，你可千万别冲动，最好就老老实实地做事，谁个没有一本难念的经？忍吧，忍的过程中，说不定一切又都变化了，那变化的方向多着呢。

钟聚炜说，其实我何尝不想忍，何尝不想顺其自然？看你都活得滋滋润润，我连觉都睡不安稳，你说我是该忍不该忍啊！

那你想怎么办？魏平安也觉得睡不好觉是问题，而且这个问题还与他有关。

能怎么办？还不是只能到处发发牢骚，你们要是也管不了，我就只能希望天天下大暴雨，工地好停下来！钟聚炜话到了嘴边，还是忍了回去，没有把自己举报市长的事情说出来。

魏平安说，我觉得你老婆的想法也可以考虑。

钟聚炜不解地看着魏平安，考虑什么？

魏平安说，她既然想搬出去，那你就在外面租个房子，和她一起搬出去住，山不转水转，总睡不好觉还是不行的！

钟聚炜默然。他仔细想过，现在的家庭困境，实际已经由老婆当初的嫌弃他升不上官，转化为工地噪音让人睡不好觉，而现在的自己，主要矛盾已成为在自己举报了市长，恰逢自己面临升迁的机会时，单位有了各种各样的传闻，这是自己完完全全无法掌控的，这些又纠结在一起，让自己抑郁烦躁，却不得不在单位装着没事一样，心中的苦只能憋着，说得出也不能说，想哭也只能笑。

魏平安见钟聚炜不作声，接着说，我觉得你现在状态不好，以后下班，多找点时间，我们一起活动活动，爬爬山，打打球，人生再多烦恼，还不是一天天过，过去就过去了！

钟聚炜点点说，你帮我了解了解工地的情况，要是确实没有办法，我真的只有考虑搬家了！

过了两天，魏平安打来电话说，那个工地属于城市更新工程，确实有很多人举报，环保局每收到一次投诉，执法队就去一次，可是这个工地有些手续还没办完，没有建设批文，属于提前施工，不属环保局的管辖范围，最多只能提醒不要扰民，声音能小就尽量小点。魏平安放低声音说，你也知道，机关风格，依规办事，执法无据，不能把执法变了违法。

钟聚炜无奈地苦笑。工地既然属于违建，应该归建设局管。钟聚炜这样一想，又觉得有些不对。不管归谁管，总不能扰民吧？城市不同于乡村，往往没有白天和黑夜之分，似乎就应该是这样，任何时候你都可以弄出声响，但任何时候弄出的声音都不能超出一定的分贝。日出而作，日落而息，那是农业传统。城市里，上班有的分早中晚，很多人是三班倒，专在大白天睡觉。想必环保部门，对于噪音的分贝该也有个标准？

在机关混了十几年，钟聚炜对社会问题一向采取谨慎冷静，不围观，不参与，尽量忍。然而，眼前是这个工地，正对着卧室窗户，自从工地开工，就再也没有睡过好觉，老婆在家里闹不说，自己在单位经常无精打采。而现在，恰恰自己处于关键时期，进入了副处的考察人选。这个时候，哪怕只为了秦子玉，也必须打起十二分的精神，但睡不好觉，在领导面前一副无精打采的模样，领导看见了心里会怎么想，会不会觉得你夜生活过于丰富？

想起自己举报了市长，市长就真出事了，噪音依然没有得到解决，举报的传闻还闹得沸沸扬扬的，偏偏这个时候自己被列入考察对象，这也真太他妈的，这人怎么就做得这么憋屈？

## 八

这天刚上班，办公室静悄悄的，大家都忙着自己的事情，办公室一片键盘的敲击声。钟聚炜正起草一个回复意见，电话响了。

钟聚炜拾起话筒，是马处长。马处说，你过来一下。钟聚炜点了文件保存，拿起笔和笔记本，去马处办公室。推开门，钟聚炜准备坐到处长对面的椅子上，马处伸伸手说，把门带上。钟聚炜疑惑了一下，转身把门关上，坐到马处对面。

马处看着钟聚炜，脸上绽露出笑容，说，怎么，最近忙瘦了，都忙些什么呢？

钟聚炜忙说，一直胖不起来，也没忙什么，就是你转来的几个要办的文，都需要征求处室意见，再集中汇总。

马处点点头，问，考察期没有什么异常吧？

钟聚炜愣了愣，没呀，我也不知道呀！这是领导考虑的事，我就只努力做工作了，剩下的事情就交给领导了！

马处点点头，看着钟聚炜沉吟了一会儿，像在回忆什么。看着马处欲言又止的神色，钟聚炜心里有了一些紧张，话是这么说，考察的事情，说不在意那是骗鬼的，马处能不明白？再说，能不能升，马处也有很大的话语权，起码在年度考核中，就可以割一软刀子。以往，马处叫他过来，都是直接交代任务，今天这是什么意思？

马处，找我来有事？钟聚炜看着处长，有些期待地问。

也没有什么事，没什么事，随便问问。马处夸张而轻声地打了个哈哈，说，你现在处于关键时刻，我也一直向领导们大力推举你，自己可要把握住啊，千万别在什么环节出点差错！职数有限，僧多粥少，啊啊？

钟聚炜似乎有点听明白了，忙问，马处，我做得还有什么不够的，请帮忙指点一下，我一定加以注意！

马处看着钟聚炜，问，最近有没有听到些什么风声？

风声？没有呀！考察是组织上的事情，我也尽量不打听。

马处诡异地笑笑，说，贾风清之后，还不知道会发生什么情况。也说不定，组织部门出一个文件，所有的提拔任用都暂缓了，也说不准竞聘就直接改任命了。马处说到这儿，有意停了停才换了个口气接着说，在组织公布前，是传闻不断啊，连我们局都不能幸免，连我们处也卷了进去。

钟聚炜心里一沉，知道马处肯定也听到有人说自己举报的事情了，激灵一下忙说，我也是前几天偶然听到同事们私下议论，说贾风清是我举报的，马处，这话你信不信？

马处沉吟着说，局领导都听到这个传闻了，不管大家信不信，有句话叫众口铄金，关键时刻直接影响人的前程啊！

钟聚炜心虚地点点头说，马处提醒得对，但别人的嘴巴，我也封不住，万一要影响，也只得听天由命了。

马处严肃起来，有确切消息证实，是你实名举报的。咱先不说这个，我先问问你，你开过几次贾风清的会？你跟他很熟吗？你提过他的包还是给他擦过鞋？要是举报，别说你，就是我也举报不出一个市长的什么东西。可举报信摆在那里，钟聚炜，你的名字，白纸黑字。马处弯着指头敲着台面说。

我的名字？钟聚炜心头一紧，谁写的我的名字？

现在关键的是，你这一举报，单位都跟着有很大的压力，以后局领导都在市领导面前抬不起头，我在局领导面前也抬不起头。贾风清的事情，说到底我们也不清楚，即使有什么问题，也是省里该管的事情。马处将严肃的目光集中到钟聚炜的眼睛，你怎么就想起要举报市长？

我……钟聚炜一时不知道该怎么回答马处。

你也不用担心，这事既然发生了，市长也出事了，过去的事情我们都改变不了，关键是以后，你当时就没有想想，会不会有什么连带后果？

我想看看马处说的这封举报信。钟聚炜想了想，说。

马处从抽屉里拿出两页纸在手里晃了晃，你还用得着看？你自己写的，写了什么，你还不清楚？我就奇怪，你从什么地方知道这些事情的？平常也没有看出，你城府很深啊，举报的这些事情，看来是下了真功夫，有鼻子有眼的。我就奇怪，你举报市长，图个什么？真要举报，也不要隔那么远，直接举报我嘛！

钟聚炜的脸色刷地白了下来，有些战战兢兢地说，马处，你一直培养我，人又正直，怎么能举报你，谁又能举报你什么！再说，我们还等着马处再往前走一走，好拉我们这些老部下一把呢！

马处笑笑，事情都有个两面性，就看你怎么看了。人性嘛，有时是善恶搅在一起，看你是愿意张扬善呢，还是放纵恶的一面，你张扬善的话，恶的一面就被踩在下面，你要是放纵了恶，善就被压倒了。有时候，正当的举报是允许的。我这么说，你懂吧？

钟聚炜懵懵懂懂地点点头，马处，你看人可是一向看得透想得明白，要向你多多学习。

马处沉思了一会儿，你这个事情，现在也不好处理。要是贾风清没有出事，你检讨甚至降职都不好说了，现在这个情况，我到底说你是反腐英雄呢，还是背后搞小动作？具体怎么弄，组织上会有个态度，你先要有个心理准备，等上面对这事的进一步处理。

钟聚炜惊恐地看着马处，不知道该如何辩解。自己举报这事，随着工地平整开始浇筑，那种毫无频谱规律的哐当亮响已经渐渐少了，虽然也有通宵施工，但经常已只有各种机器的轰鸣，加上近一段时间的强制性适应，已经勉强能够接受，基本可以睡觉了。

马处……钟聚炜想解释一下自己当初举报的因由，一开口却又觉得没有想好，这一解释，就等于承认了自己的举报，不管是好事坏事，对自己都不是好事，现在已完全陷于被动，只能边走边应对了。

好了，你也不用过多解释，马处说，今天我既是个人跟你提醒，也是按局领导的意思，代表组织，跟你谈这个话，你啥也别想，好好工作！

钟聚炜站起来时，心里猛地一沉，马处说的啥也别想，这是什么意思，是暗示以后他别再想升迁的事情了，还是安慰自己不要多想安心工作？这是处长的意思还是局长的意思？

怀着矛盾恐惧和后悔，钟聚炜起身回到了自己的办公室。办公室里，几个同事抬头看了他一眼，又都埋头弄着电脑。

## 九

现在，钟聚炜迫切想找到自己当初发出的这封举报信。可任他在电脑怎么搜索，也没有找到这封举报信。那封让他独自快意过的举报信，当时就被彻底删除。在钟聚炜越来越频繁的回想中，举报内容竟然越来越模糊，各种意念交织在一起，甚至让他已无法确认，自己在举报信中究竟举报了谁，具体举报了哪些事情。

通过百度，钟聚炜下载了一个文件恢复大师的软件，按照软件说明，对近三个月删除的文件进行恢复。很快，在恢复工具中，他找到了那封举报信：

巡视组：

我以一个中国公民名义，抱着最后的渺茫希望，向你们举报×××××（乱码6个）情况：

1. 怀疑前海市建设局××××（乱码5个）与月光集团有很深利益勾结。理由：月光集团在××××××××××××（乱码12个）未见任何建设许可等文件，经了解未经审批即开工建设。经多次数月向市长热线举报，始终只有应付式回复，却无任何查处，该工地迄今仍然日夜施工。如果该工地没有相关"后台"，应不至于如此罔顾民生民意，肆意开工在建。建议以此为线索，深查建设部门相关负责人和该集团有无不正当利益关系。

2. 怀疑前海市区环保局相关主要领导与月光集团有很深利益勾结。理由：该工地开工建设已大半年，日夜施工从未停止，其噪声严重影响周围居民生活。自今年上半年以来，周围市民数千人先后通过各种方式投诉，本人也至少有 10 次以上投诉，但均无有效回复，也无任何效果，该工地依然 24 小时开工扰民。后经相关渠道了解，确认乃系违建施工，××××××××（乱码 8 个）以建设部门管辖为由未予查处。但违建与否与扰民与否乃两件事情，环保部门却予以推脱，怀疑环保部门相关负责人也被月光集团"公关"，或存在很深不正当利益关系，致使该工地经年扰民而致监管盲区。建议以此为线索，深查××××××××××××××××（乱码 15 个）有无不正当利益关系。

3. 怀疑前海市市长××××××××××（乱码 10 个）。理由：在反腐败的关键时期，此工地大半年违规作业，周围居民数千人向市长热线投诉，而竟不能得到依法处理，甚至连基本解释也没有，可见相关部门的无奈或强硬，更见该集团因有"老虎"的庇护而有恃无恐，建议以月光集团调查入手××××××××××××××××××××××××××××××（乱码 33 个）一定可以牵扯出一批具有更高级别的违法违纪的党政干部，净化干部队伍。

当下，正值反腐败的关键时期，百姓对党的信任，就看党是不是为百姓谋福利，就看党能不能把自己管好，就看党能不能更为彻底地清除党中的腐败分子，就看党能不能严肃处理干部队伍中的不作为分子。从近两年的成效看，我们看到了一些信心，但还切肤体察着诸多不够。对于上述举报，具体证据我们都没有，但严峻的违建和扰民事实摆在近十万居民面前，我们相信任何人都不会觉得这很正常××××××××××（乱码9个）。

前时，媒体公布了巡视组电话×××××××××××××××××××（乱码18个）期望在巡视组富有成效的工作中，及时达到一举两得的效果：既净化了领导干部队伍，又还了老百姓生活安宁。

××××（乱码4个）午夜2点

钟聚炜把自己写的举报信仔细读了几遍，越读越忐忑起来。没错，虽然没有指名，虽然生成有若干错码乱码，大致意思还是看得清楚。他举报的就是市长，还举报了城管局长和环保局长。市长被"双规"了，那两个局长会不会感到什么风吹草动？还没有被"双规"的人，会不会查到是他举报的，会不会背后搞出什么报复的动作？越是往深处想，钟聚炜越觉得后怕，赶紧重新点了删除键。恢复大师提示：确定要删除，无法再次恢复？只犹豫了一下，狠狠地点了确定。他的举报，在他的电脑上真实存在过，现在该是确真水过无痕了。

关掉电脑，钟聚炜下楼散步。心里却仍然想着自己的举报。显然，局里关于自己的传闻并不是无风无影的。处长手里，已经有举报信的复印件，短暂的一瞥，他看到了两页打印纸的举报信大致就是自己举报信的长度。但是，自己似乎是没有署名的，自己是绝对不会署名的，难道，是自己在紧张之中习惯性地署上了自己的名字？

而刚刚恢复出来的举报信，落款的地方竟然是乱码，真的是自己忙乱之中出了差错？如果是这样，那么贾风清的下台，无论与自己是否有关，都与自己扯上关系了，纵然千口也莫辩了。可是，自己无论如何是愚蠢不到要实名举报自己的市长，自己又不是市长局长的竞争对手，除了要回一片安宁，什么目的也没有，不至于傻到要把自己置于这样的风险，究竟是什么地方出了差错？钟聚炜想来想去，却怎么也想不明白。

如果，真是自己的举报把市长拉下了马，是该庆幸还是一种不幸？这样自己算是英雄吗？自己愿意当这个英雄吗？现在，单位上下都知道自己举报过市长，哪怕贾风清的下台与自己的举报无关，大家会怎样看，领导会怎么想？钟聚炜一时理不出一个头绪，很希望能在哪里探探口风。但他知道，无论与自己的举报是否有关，不到最后一刻，都必须守口如瓶，透不得一丝一毫的风声。钟聚炜忽然觉得，自己在愤怒中向暗夜中打出的一拳，这使出的力在挥拳的过程中被什么东西收住了，而他仅仅知道自己刚才挥拳的动作，这一拳打中了什么，自己全然不知，也无法知道，心里只有越来越深长的惶恐不安。

自从处长谈过话后，钟聚炜每天上班，首先就是打开电脑关注各种政务信息，尤其是他举报过的两个局长，要登录那建设局环保局的官网，看看这两个单位的政务动态，如果哪天他们没有活动露面，他的心里，就潜藏着一股说不清道不明的期待，暗含着不绝如缕的焦虑。

现在，钟聚炜深感已经置身其中，如何收场，已经完全左右不了了，只能死装硬拼地等待着，等待着，在煎熬中静观其变。

十

秦子玉似乎脾气更暴躁了一些，给钟聚炜发出了最后通牒，说如果再想不出办法解决，她这几天就要搬出去。看着秦子玉这一阵被这个噪音弄得心烦意乱，钟聚炜心里生出许多歉疚，仿佛这噪音是他的罪过。这一段时间，秦子玉真的更瘦了，眼睛又黑了一圈，不知不觉间张嘴就有呵欠。

但钟聚炜却感到自己无能为力。什么办法都想过了，什么办法都没有什么效果，连市长被抓了都还一样，自己还能怎样？剩下的，怕就是和秦子玉一样，改变不了别人，只有改变自己，要么加装隔音玻璃，要么也搬出去。显然，自己也搬出去，哪怕是临时的，是不大可行的，不说阳台上养的花草，就这么一套房子，里面怎么可以没有主人？加装玻璃，倒有可行性，但房子好几个门窗，还有一个大阳台，绝不是一个小工程，装起来需要时日。况且，这个节点上，自己得坚持上班，没有时间在家监督施工。

自己不能解决，还得寄望于管理处。钟聚炜先在小区的业主QQ群中发起对噪音问题的讨论。钟聚炜发言说，工地日夜施工固然不对，但管理处的责任是为小区业主提供管理和服务，为业主们营造温馨和谐的生活环境。马上有业主参与讨论说，管理处要是不和工地交涉，我决定停交管理费，哪天解决好噪音问题哪天再交。又有人说，别对管理处抱有什么指望，管理处顶多能管理水电卫生什么的，大家还是要找政府。一个人马上说，找政府有什么用？我不相信，这么长的时间，没有人找过政府，大家的投诉难道还少吗，墙体上的抗议条幅难道政府看不见？有人说，家里刚出生的小孩确实受不了这个噪音，孩子整夜整夜地哭泣，噪音加孩子一闹，人都快疯了。这个人的发言马上得到另一人的回应，他八十几岁的老母亲有心脏病，想送回老家又无人照顾，正不知如何是好。一时讨论热烈，各种观点交集在一起。钟聚炜适时引导说，还是要两条腿走路，一方面要让管理处尽自己的责任，一方面要找政府出面解决。钟聚炜说，今晚六点半，谁愿意和我一起去和管理处沟通，同时也希望有别的业委会委员牵头，去和政府沟通，争取早日解决噪音问题。钟聚炜的提议一出，马上有几百人响应，愿意和他一起去给管理处施压。

看着这么多人愿意和他去管理处，钟聚炜心里惊了一下。几百个业主，满怀着怒气去管理处，可不是好玩的，弄不好，会导致群体事件，这种可能，自己得坚决避免。钟聚炜说，大家推举五个代表即可，不能让管理处感觉我们是以势压人，而是要以理服人。

一个人马上反对说，跟不讲理的人讲理肯定讲不通，不如我们今晚举行一场声势浩大的游行示威，预备找好媒体记者，从管理处门口开始，然后开进工地，直接逼他个狗日的停工！

这个提议，钟聚炜在心里想过，要想有效果，最好先找公安局备案，拉好抗议横幅，从区政府市政府门前经过。但这种事情，他是万万不可出头也不能参与的，虽然也有可能导致解决问题，毕竟会阻塞交通，影响到更多无辜的人。

群里一时沉默了几秒。忽然有人说，干脆简单点，我们组织五千业主直接进工地，狠揍那些狗日的头头脑脑，造成群体事件，看政府到底管不管？

另一个人马上说，不如再简单点，大家凑份子，花钱找一帮子人进到工地，见到机器就砸，最好死个十个八个的，这事就成了！

钟聚炜马上制止，不行，绝对不能使用暴力，现在是法治社会。

一个人讥消地说，你该不会是工地上的托儿吧？还法治社会？他日夜施工咋就不法治啦？历史从来都反复证明，矛盾最后无法解决的时候，不以革命性的果决手段，不足以解决问题。

　　钟聚炜沉默了会儿，发现在群里讨论是一种错误，这些业主心中的怒气，并不比自己少，千万不能由自己把这些怒火集中在一起，碰上个火星子就点燃了，燃成无法控制的熊熊大火。然而，钟聚炜心里，却又希望有人这么去做，这样问题解决就容易多了。这么一想时，钟聚炜觉得自己有些阴暗，一个噪音，要用十条八条命才换得来，这岂不过于残酷？

　　钟聚炜说，你们提的这些办法，虽然有的可行，但都不是最好的办法。我倒是觉得，还是要走政府路线，搞行政起诉，到法院去告环保局和区政府！说完，就匆匆下了线。

　　晚上，钟聚炜私下约了另两个业委会委员，去管理处找和主任。刚一见面钟聚炜就问，和主任，这个噪音弄得小区里有人快要妻离子散了，你们究竟想到什么办法没有？

　　和主任一脸无奈，看得出来，她也有了黑眼圈。

　　钟聚炜说，今天我们三个人都是代表全体业主来的，如果你们再不解决，那业委会就要同意大家停缴管理费了。

　　和主任睁圆了眼睛，满脸委屈地说，这是小区外部的事情，也不能怨我们呀！要不这样，明天我们一起去找街道，你们知道，我们也是千方百计在沟通协调，我们也是受害者呀！

　　一个委员说，作为业委会，我们不是要见证管理处如何工作，而是要有实际的行动，关键是要看到有实际的效果！当然，你们需要我们配合的，这没有问题！

　　和主任叹了口气，难呐，你们这就是要逼我辞职不干了，我就是辞职不干了，再来别人怕也解决不了。

　　钟聚炜说，作为业委会代表，我们也压力很大，你问问大家，现在民愤很高，弄不好会出什么乱子，你们赶紧跟你们的总公司汇报，一定要想出一个办法！

和主任说，大家真是身受其扰，对工地的举报都没有生效，这家工地肯定有背景！不过也别急呀，看工地的样子，那种大的声响估计也快结束了，开始浇筑框架的时候，声音就会小很多，应该可以睡觉了。

和主任的话，也不是没有道理。就自己而言，现在最紧要的已经不是噪音问题，而是自己举报了市长，如何从这个套中解脱出来。

## 十一

《前海日报》终于正式证实了贾风清被"双规"的消息，报道只有一句话：前海市市长贾风清涉嫌严重违纪被停职调查。标题很大，正文也只有这句话。

钟聚炜怔怔地看着报纸封面的标题，心里不知道是什么滋味。这则消息，对于前海而言，等于一则旧闻，前海所有的人，正伸长脖子等待贾风清被"双规"的细节，诸如有没有贪污，有没有受贿，有没有通奸，有没有滥用职权。钟聚炜等待的，似乎还不只这些，他最想知道的，是有没有披露贾风清与自家门口的月光集团的城市更新工程有没有关系，自己的举报究竟成没成为他下台的导火线，或者有没有一些联系。但报纸只有简单的一句话，全部意思严丝合缝，没有提供任何新的内容，只提供了无限大的想象空间。

对着这则报道，钟聚炜愣了好一会儿，上网百度了一下贾风清的名字，屏幕跳转之间，贾风情被"双规"的信息已经排到了前面，将他在前海那些光鲜的政务活动信息打到第十八屏以后。而外地的报纸报道比较详细，除了直接引用省纪委的网上公告，有的链接了他的履历，有的对他被"双规"进行了各种推测，还有记者分析了他可能牵涉到的部门和工程项目。浏览完贾风清的相关信息，钟聚炜又登录建设局和环保局的官网，百度了那两个局长的名字，发现都是一些过时的新闻，最近都没有公开活动的报道。

纪委，又打了一虎啊！孟治国忽然站起来伸了一个长长的懒腰，吁了口气似地说，终于被搞下去了，呵呵！

钟聚炜心里一惊，好多天来，办公室已没人和自己讨论贾风清的事情了。钟聚炜回头看着孟治国，以前每次同事们开玩笑，他都还不以为意。但是现在，他心里暗暗惊了一下，孟治国的玩笑，没说好，也没说不好，办公室待久了，会有不同的政治收获。

呵呵，钟聚炜也笑笑，我爸当初也没想到，给我起了这么个牛的名字！办公室的同事，都喊他纪委，而他已经多年自称小钟。有一次，和外单位电话沟通工作时，无意说了句我是钟聚炜，让对方硬是愣了好大一会儿，整个通话都战战兢兢的。从那以后，每次拾起听筒前，都要在心里先默念一遍：你好，我是财政局的小钟，然后才开始拨号。

后头肯定还有大戏上演！孟治国咧开嘴角，笑得意味深长。

钟聚炜心里再次一怔，问，你觉得还会有地震？

你想嘛，有些戏，一个人也演不成啊！孟治国晃晃身子，我听说，人是被举报的，弄不好就拔出萝卜带出泥，大大小小一长串。还有这个举报的人，这回看来捏准了七寸，以后要面临什么，现在这个生态环境，还要等待观察！

钟聚炜猛然愣住，紧紧闭住嘴巴，生怕发出什么声音，脸色蓦然难看起来。隔了会儿又觉得不妥，于是糊弄着说，也说不定，举报信早就像雪片一样在飞，终于罩不住了，真相我们是不知道的，有时候群众的眼睛也不是雪亮滴！

孟治国说，那是那是！要是动了真格，有些人虽然没有贪污腐败，但恐怕也殃及池鱼，都跟着换届了。

钟聚炜心里放松了一些，孟治国明明听到了传闻是自己举报的，就是不点出来，他可能还不知道处长已经代表局领导找自己谈过话，不由在心里笑了一笑。孟治国话里的意思，大家心知肚明，你懂他懂，我也懂，就是不能明说出来。钟聚炜心想，究竟还有多少不贪腐的？难道因为这是大气候，什么样的气候长什么样的东西，就如这南方，荔枝龙眼就是独有的物产。那么，现在是什么气候，产些什么东西？自己的举报，算是这个气候的产物吗？

孟治国忽然来了谈兴，接着话题神侃起来。以前有个叫诸葛冰的，实名举报蓝水市的市长。后来那个市长真被"双规"了，判了十一年，这个姓诸葛的到处宣称，是他把这个市长搞下去的，到处以反腐英雄自居。其实有人知道，他本来和那个市长是穿一条裤子的，只是那个市长太强势，没有平衡好关系，逼得他不得不跳墙了！而且，后来判刑的时候，公布的情况与这个诸葛冰举报的内容没有什么关系。人家一市之长，工作千头万绪，任你哪一个人，就能轻易扳倒他，他也就当不上市长了！更吊诡的是，没过多久，这个叫诸葛冰的人，也跟着进去了，居然也是因为遭人举报，查他的经济问题。

钟聚炜也知道这事，地球人都知道这事，却从未往深里想过。这个孟治国，真是个法学博士，是整个法规处的权威专家，然而专家仿佛就做不了官，干的时间比自己还长，也还是一个主任科员，想来心里也对升职之类的事情不抱多大希望，平常说话不知不觉就少了一些顾忌，有时不免就渐渐露了一点真性情出来。但是这回，他和自己一样，在最不抱希望的时候，也是副处的考察对象，却显然比自己淡定得多，不露一点急躁的痕迹。

你评估一下，继贾风清之后，接下来会不会有一个什么级别的地震？

孟治国笑笑，虚晃了一枪，政治固然是由经济决定的，但一个人的政治生命却是由政治本身决定的，这个世界上，注定还有不少贾市长贾区长贾局长，至于是塌方还是地震，用事实说话，你就看着后头，还有什么好戏开场吧。

钟聚炜暗自吁了口气。现在，一切都充满变数，只能边走边看，该摊上自己的，躲也躲不掉。

# 十二

好长时间，钟聚炜心里还暗暗感到一种惴惴不安，这种不安，从他自己开始，蔓延到周围的一切。他甚至怀疑，自己当初该不该举报，毕竟这个噪音，市长也不是直接责任。想想，一个市长，也挺不容易，要说城市里最忙的人，就是这些市长们了，不管他们忙些什么，终究也是肉体凡身，疲惫的感觉和大家一样，生命的时间也都一样。如果真是因为自己的举报，就毁了一个市长，哪怕这个市长腐败透顶，也仿佛是做了一件亏心的事情。

法规处经常会和市政府办公厅打交道，钟聚炜也认识办公厅的几个人。办公厅的小陆对接的就是钟聚炜这个口上的工作，工作上的沟通，使两人走得比较近。这天，钟聚炜要就一个监察条例向办公厅征求意见，把文件传给小陆后，钟聚炜跟他打电话沟通一些情况。钟聚炜说，我们领导想快点让这个条例出台，能不能帮忙把文件排在前面一点？

小陆在电话里说，这个啊，得看看啊，现在代市长刚来，还在熟悉情况，要想上会，估计没那么快，以前的要上会的材料还一大摞排着呢！

小陆说的是常态，尤其是新来一个领导，先要调研了解整体情况，再确定继承和发展的方略，那些不涉及城市整体发展的日常事务，副市长们基本就直接处理了，但副市长们有时候似乎喜欢将事情拿到市长办公会上讨论，这就得有耐心等待了。钟聚炜问，能不能有个大致时间，我这边好向领导汇报？

小陆说，等着吧，市领导可不像你们的局领导，就那么一亩三分地，他们可都是千头万绪，每一分钟都排得满满的，连周末也没得休息，你认为快得了吗？

市长之忙，钟聚炜早有耳闻，小陆的话不过是一种印证。贾风清在位的时候，就听说他是工作狂人。据说他一般早上六点半起床，七点钟司机准时来接他去办公室，别人还没上班，他已经处理了一个小时的公文，圈阅、同意、转阅、交办、批示，然后办公厅将这些文件分类处理。除了这些文件，还要开市长办公会、市委常委会、省里的会，要出席在本市召开的国际博览会，要去本市优势产业调研，要会见来访的国际友人，要听取这个那个区长局长的工作汇报，要向中央各部的要员汇报工作，还要去中央各个部委周旋寻求支持，吃饭从没有一个正点，晚上十点以前基本没有回过家，经常一个晚上要赶三四场饭局，桌上的饭菜没吃多少，各种各样的酒却喝了一杯又一杯，待到回到家里，已是满身疲惫无力，一点七情六欲都没有了。就这么大一个一市之长，全部时间都被排得满满的，哪里还有一点个人的自由？谁说要羡慕市长的？想起来竟是多么可怜！

贾风清被"双规"后，局里内部传达过市委的警戒材料。组织部的一个副部长说，贾风清出事后，他的老婆也跟着进去了，在国外读书的儿子辍学回来，连一个正当工作都找不到，还是组织部门给他联系了一个养家糊口的工作。贾风清呀贾风清，你身居高位，成天这么忙，为何就让我们这些人左右为难呢？真是不举报你难，举报你也难啊。想起这些，钟聚炜一时对贾风清生出一些怜悯，不管身处高位还是低位，其实都生活得极不容易，真是市长有市长的难处，百姓有百姓的艰辛，人人都有一本难念的经啊！

昨天，秦子玉独自搬到她妹妹家去住了。想起市长，心里对秦子玉的憎恨，又变成对她的可怜。自己堂堂一个男人，职场上没有她风生水起，生活上又不能让她顺心顺意，她连抱怨一下都不行吗？秦子玉搬走前，什么话也没说，仅仅拉了一个小小的皮箱，装了一些日常要用的东西。她没说去哪里，也没说什么时候回来，钟聚炜问什么她都不回答。好在，小姨子没等秦子玉到多久，就悄悄来了电话，问是不是吵架了。钟聚炜听着感觉哭笑不得，他现在连吵架的心情都没有，所谓的冷战，就是一种相互无语的空间暴力，空气中充满了火药味，就只差那么一点火星子了。钟聚炜跟小姨子说，没有吵架，就是外面噪音比吵架还厉害，你姐要是愿意，就先在你那儿住几天吧。

秦子玉要搬出去，钟聚炜几天前就有察觉。以前，她说卖房再买房，说要搬出去，都没有什么实质性动作。这回，钟聚炜看到她早早地把皮箱拉到了衣柜旁边，拉杆拉了出来，朝天伸着，准备着随时拉起箱子就走。钟聚炜想，秦子玉要是搬出去了，他也就不天天回了，晚上就住办公室，隔天回来洗个澡，浇浇阳台上的花草，也让自己趁机静一下。现在，秦子玉说走就走了，钟聚炜却不想在办公室住，他得回家，回到这个他可以随意穿衣走动的地方。

秦子玉一走，家里一下空荡起来。钟聚炜坐在沙发上发呆，想着想着，心中五味杂陈，眼泪不由滚落而出，忍不住失声痛哭起来。

# 十三

晚上下班，钟聚炜上到小区的楼顶，给魏平安打电话。怎么样？钟聚炜问。

啥怎么样？魏平安有些莫名其妙地问，我？一贯地按部就班，还能咋样？

钟聚炜想了想，问，贾风清的震荡，区里头有没有跟着什么动静？

魏平安回过神来，玩笑着问，你现在不但是中纪委，还成了军情局呀？关心那么多干什么，做该做的事，心不惊，肉不跳，过日子，这样不很好嘛！

钟聚炜尴尬地笑笑，有时他也很想这样。可眼前这工地，并不因为秦子玉不在家就安静下来，工地动不动就让人半夜惊醒，日子照旧过得心惊肉跳。更要命的是，自从自己举报后，就不只是晚上睡不着觉了，现在连白天也经常心神不定，简直就要崩溃了。

区里面真没什么动静？钟聚炜又问了一遍。

你是说贾风清的事？魏平安有点明白似的问，不都已经公布了吗？

听说是一根藤上的？会不会也跟着动？钟聚炜小心地问。

这我哪知道呀！魏平安笑起来，你是中纪委，是市领导，给省纪委打个电话，不就知道了嘛！

钟聚炜说，别瞎扯，说真的。

真的？真的不知道！魏平安顿了一下，你老关心些无关的事情干啥呀，不是说进入了副处的考察对象吗，进展怎样？我可盼着你赶紧升呀！

估计没戏，后面没人，手里没钱，你也知道。说起升迁，钟聚炜虽然很想放下，心里还是很有些郁闷。

还是随缘好，该来的早晚会来。魏平安说，打起精神，干好事情，要是精力过于旺盛，你就打打球爬爬山，再不然炒炒股票，别的没有把本钱弄好，多活几十年也比别人赚，少操心那些没准谱的事情！

钟聚炜叹了口气，想和魏平安说说自己眼下在单位的处境，想想魏平安对有些事也不知情，就又忍住了，毕竟在电话里，说多了不方便。

偏偏在这个节骨眼上，一个工地搞得人睡不好觉，哪里还打得起什么精神，中午草草地吃完饭就睡午觉，上班还是呵欠连天，你也是领导难道你就看不到？钟聚炜说，我感觉已经神经衰弱了。

还是先忍一忍，只有坚持一下。领导们不就经常讲，要抓大放小，这点事情就把你难住了？魏平安一本正经地问，那你准备怎么担当大任？

钟聚炜默然。他何尝不想忍住，不想坚持？经历了这么长时间的噪声骚扰，本来已经在心底无奈地接受了，如果工地仅仅是二十四小时的机器轰鸣，那也就认命了，可是在这轰鸣中偏偏就不知道什么时候会发出一阵哐当巨响，仿佛遭遇了大当量炮弹的空袭，好不容易让心神平复下来，却再也难以入睡。原本有个正常的心跳，这工地一开，各种咚咚轰鸣声和心跳有了不同的频谱，心跳刚刚适应这种频率，猛不丁又有战鼓般的巨响，心跳马上又改成另种频率，心脏不能承受其重，心惊肉跳的，仿佛要跳出胸腔，还怎么睡安稳觉？一切，都是睡不好觉惹的，睡不好觉才举报，睡不好觉秦子玉才搬出去，睡不好觉才在考察关头格外焦虑。当初快意举报过后，发生的一切都已不在自己掌控之中，哪里曾想到，现在的难受，比当初的睡不好觉更加不堪？

我隐约记得，好像在哪见过，如果居民楼附近的工地全天候24小时施工，要给居民环境补偿的，有没有这样的规定？钟聚炜问。

魏平安在电话里笑了起来，还要折腾噪音的问题？我就告诉你，如果没有工地的噪音，楼房建不起来，社区的生态功能就完善不起来，房价也就涨不上去。就说你现在住的房子，不是周围荒地三五里修起来的吗？当初也有人跟你现在一样，但是现在，他们的房子是不是由当初的几千变成了现在几万？你假设一下，如果你周围空荡荡的，说不定还巴巴地等着有人来修房子呢！

钟聚炜一怔，觉得魏平安说的也有一些道理，但是，也不能让人老睡不好觉吧？要是忍受个一年两年，房价因为新的建筑而升了两倍三倍，似乎也就值了，相当于多工作了十年二十年。

你就忍忍吧，别搞那些自己决定不了的事情，再说也就一段时间的事情。你是不是时间太多，找时间过来，咱们一起喝点小酒，聊点我们感兴趣的事情，说点开心的东西。喂，喂，你在听吗，信号不好？

找个时间，我俩坐一下。钟聚炜轻声说，比起在老家，隔得这么近，我们又有好久没有见面了。

钟聚炜握着手机，茫然地看着热火朝天的工地。工地上似乎增加了人手，各种制式的机器都在运转，那种发出低而清脆嗡鸣的是空压机，那种发出忽强忽弱的轰鸣的是挖土机，那种仿佛在耳边捶击钢铁发出巨大声响的是钩机，还有电焊机的沙沙声音，钢筋落地的哐当声，装载车加油爬行的咆哮声，那个高高的打桩机靠得最近，正发出巨大的声响，一直往下钻探，各种嗡鸣混合在一起，像一群漫天飞舞的蜜蜂，让人的心跟着飘摇，东翻西腾。

眼前这片工地，淹没在夜晚巨大的阴影之中，在它的背后，除了城市的轮廓，看不清还有些什么，却隐藏着深深的莫名恐惧。

## 十四

近来传闻说，贾风清被抓后，向组织交代了很多问题，前海官场恐怕马上要发生七级以上的地震，可能要倒好大一片。

现今，不管是谁，每天一到单位，先都要暗暗了解谁没来上班，单位人事有没有异常情况。报纸上更是紧锣密鼓，每周都有省部级的人接受组织调查，每天都有厅局级的人涉嫌严重违纪，至于更小一些的官员，媒体已经没有版面报道，只能淹没在统计数据和综合报道当中。所有的人都嗅到了气候的巨大变化，宁可不做事也不能出点啥事。可是，那些已成为历史的不光彩行为，却不可能再被改变，过去有点什么事情的人，只能在侥幸和焦虑中茫然地等待。

钟聚炜一直担心的事情始终没有发生，心里稍稍松了口气，这样的氛围，至少来自外部的压力使他不至于马上就会遭到内部报复。但是，这种压力却可能转移到另一个方向，有人可以给施工方暗示和压力，举报者被打甚至被做掉的风险却在加大。现在，工地上的噪音已经有所变化，到了晚上十一点以后，除了电焊的声音，不少大型机械停止启动了，噪音问题似乎得到了解决。钟聚炜对此没有暗喜，心里那块石头，依然没有落地。耳朵里安静了，心里却更不安起来，不知道是否会有哪一天，就有几个什么样的蒙面大汉兀地站到面前，手里拿着利器，什么话不说就往他身上扎。他也不知道，局领导和善面容的背后，会不会记恨他举报过市长，而一个举报过市长的人，难道就不能被认为会举报自己的领导？

钟聚炜佯装散步，来到小区的管理处。和主任眼快，他还没打招呼，她的声音就清脆利落地飘了过来。钟先生，今天得闲啊！

钟聚炜慢慢地踱进管理处办公室，站住，眼睛落在一张空着的沙发上，说，没事，吃过饭，瞎转转，就转过来了。

和主任翘着浑圆的屁股，小心翼翼地倒了一杯开水，双手递给钟聚炜说，转转好，转转好，身体健康，来，喝杯水！

钟聚炜伸出一只手接过水杯，然后将那只装了热水显得柔软的塑料杯放在柜子上，不由联想起机关里一些不成文的规矩。就像现在，和主任递过来的这杯他并不需要的水，她倒不倒是一个问题，自己接不接是一个问题，喝不喝又是一个问题。作为业委会委员，管理处总该是尊重他的。如果和主任没有这个倒水的动作，有人就会认为被剥夺了固有的权利，起码会心里闪过有些许的不快。不是说吗，有些贪官家里的钱，几年都没有打开。想必，贪官有时候心里也很需要，那种仪式般的被尊重的感觉。

那个，最近都怎么样？钟聚炜清清嗓子，随意到毫无主题地问道。

还好，还好，都还好呀！和主任依旧满脸和气，仿佛被误解了，很有些无辜一般。您看，前一段时间大家反映的噪音问题，现在也都得到解决了，都很正常了！

钟聚炜点点头，这个噪音的问题倒是出人意料，现在小区里大妈们的跳舞，大家还有没有在提意见？

最近没有人投诉。和主任笑着说，感受过工地噪音后，大家对大妈们那个小音箱的摇滚都不以为意了。和主任笑得厉害了一些，工地扰民大半年，意想不到的结果，就是大家都能接受大妈们制造的旋律了！

那么，你们最后怎么解决工地噪音的？起诉了没有？

和主任连连摆头，依旧笑着说，这哪能真就起诉呀！这附近的几个小区，业主都意见很大，投诉肯定是天天有的，说不定也有谁搞了起诉，也说不定还有人向上面举报，你看，连市长都被搞下去了，估计即使有什么后台，也不敢轻易就动了。哎，工地一静下来，电话总算少了很多，以前，每天听投诉，不带手机都听见铃声在响，我耳朵都开始幻听啦！

钟聚炜低头笑笑，这个和主任，随便拉呱几句，都挺能让人释然的，物业公司选她当管理处主任，算是选对人了。转念之间，觉得管理处毕竟处于低位，打听不到什么消息，不觉就没了什么兴趣。

刚回到家，魏平安来了电话，在电话里压低声音说，我们老板昨天晚上被请喝咖啡了，听说是有人举报，具体情况还不清楚，你没干过吧？

　　钟聚炜一愣，举报？你们局长和我有什么关系？我也不认识他呀，他姓什么叫什么？我哪知道他干了些什么坏事？

　　魏平安说，听说他的事情涉及你说过的那个工地，才提醒你一下，究竟怎么回事，你自己清楚，该注意的，自己注意！魏平安说完，匆匆挂了电话。

　　看着魏平安挂断的电话，他忽然发现，魏平安的来电，不是手机里存的那个号码，而是一个隐藏了号码的来电。

　　钟聚炜再次愣住，那颗咚咚直跳的心不住地往下沉陷。这个环保局长，自己可真是一并举报了的。

## 十五

　　晚上，工地出奇地安静。钟聚炜站在阳台上默默看着工地，心里那种莫名的恐惧却搅得他难以平静。

　　钟聚炜记得，自己举报环保局长，像举报市长一样，也没点名。可不点名，点了职务，局长市长，还需要点名吗，不就一个人吗？现在，自己举报过的人居然已经有两个被"双规"，难道自己的举报真的起了作用？还会不会有自己举报过的人接着被"双规"？钟聚炜这样一想，不由生出一股深深的惧意，为自己当初的意气用事暗暗后悔。

　　可是，正如那些官员，人生的污点洗不白了，自己举报过，这个事实也抹不掉了，即使是匿名的，总也留下了这样那样的蛛丝马迹。况且，现在那封举报信就在马处的手上，全单位的人都认为自己举报过市长。好在，单位里议论归议论，组织上没有对自己采取什么措施。既然单位都知道了是自己举报，建设局环保局就不能知道自己举报了他们？自己举报了三个领导，现在两个都已经被"双规"了，剩下的那个，会不会已经知道风声，对自己采取什么措施？还有已经进去的人，人虽在里面，外面的影响力依然存在，尤其是贾风清，在位时让谁上谁就可以上，现在进去了，说让谁下谁就得下了。会不会有人从背后着手调查，正在给自己设套做局？退一万步，谁都不报复自己，恐怕也会成为仕途上一个无法修复的坎，以后只能永远原地踏步。现在，怎么办？

晚上，钟聚炜躺在床上，竟然一时不适应这种安静，怎么也不能入睡。工地今天出奇地安静，偶尔有机束电焊的火花闪过来，马路上的车流声倒是仿佛响亮了许多。钟聚炜想梳理出个眉目，心神怎么也集中不起来。这静，静得有些可怕，似乎心率已经适应了那种无常的频谱，一时回不到轻松地跳动，无端生出焦躁和沉闷。总觉得夜色中正有几个人在楼下窗前逡巡，伺机要上来撬开房门，把他拖出去。钟聚炜忽然希望，工地的噪声大些才好，再大些才好，似乎只有那样，自己的心率才能正常一些。

忽然，楼下传来保安压着嗓子对讲的声音。保安说：4 号，4号，派两个人过来，15 栋发现情况！

钟聚炜轻声起床，掀开一点窗帘，向下看去。楼下有两个保安，正朝上指指点点，明亮的手电差点照到他的脸上，钟聚炜赶紧缩回了头。什么情况？钟聚炜心里猛然一紧，接着打了一个问号，莫非真有人盯上自己了？钟聚炜悄悄将头稍稍往外探出了一些，想看个究竟，是不是与自己有关。

看，有人！只听得两个保安私下议论，等下看他怎么跟人解释！

钟聚炜如遭电击，慌忙缩回了头，轻手轻脚地将窗帘拉上，颓然坐到宽大的凸窗上，仿佛已可以向任何索命的人交出自己，只等待着外面的人破门而入，架着自己走出这迷蒙的夜色。

外面又来了几个人，他们在楼下议论，有人上楼了，有人等在外面，几道手电晃来晃去，对讲机的声音格外清楚。钟聚炜再也无心想知道他们在说什么在做什么，他们就是某个要报复自己的人派来的，正在探听自己的什么，或者已经将自己严严实实地包围起来？

坐在窗台上，钟聚炜脑海里忽然响了一阵隐隐约约的歌声，是《小小的一片云》的旋律，也是《春暖花开》的旋律，是《山丹丹花开红艳艳》，也是《大海呀大海》，这些旋律似曾熟悉，却又让他想不起究竟是哪一曲，它们像一泓满溢的水，朝着他的脸倾泻而来，幻化成一个浮动的浪朵，一群曼妙的舞姿，她们伸手展腰，抬腿踏步，翘腿扭臀，踏步，再踏步，旋转，再旋转，若隐若现，如在天边，又似眼前，缥缈恍如天籁。

意识到这种声音是自己幻听到小区的大妈们跳广场舞时，钟聚炜从一时的悬浮中回到了寂静的夜。怔了好大一会儿，心里始终想着一定要弄清楚，自己的举报到底有没有生效。想了很久，也没有想明白自己的举报究竟有没有生效。

保安在楼下又开始粗声粗气地讲话。一个保安说，狗日的活该，这以后真该清静了。另一个保安说，可把我们害苦了，连续几个月，眼睛都没完全睁开过。一个保安说，老板跑路啦，可害了那些工人，辛苦干了半年，工资都拿不到！一个保安说，听说还是违建，老板原本想边建边卖的，没想到资金断了，这才跑路的，以后可就是这么半截烂尾楼戳在这里啦！

听到他们的话，钟聚炜心里猛然一惊，不啻那种钩机巨大的声响让他心里颤抖了一下，难怪工地上突然这么安静了，原来是老板没钱跑了。钟聚炜拉开窗帘，看着夜色中的工地，灯大都灭了，只有塔吊上的红灯一闪一闪的，矗立的半截楼房，像一片巨大的阴影，挡住了视线。

钟聚炜拿起手机，他要把这个消息告诉秦子玉。第一遍，秦子玉没有接。钟聚炜再拨一次，这次电话被按了。钟聚炜想了想，又按了重拨。这时，电话通了。钟聚炜有些激动地说，子玉，工地终于停工了，快回来吧，家里安静了！

姐夫，你这么晚了还打电话！是小姨子接的电话，小姨子看来正睡意蒙眬的，打了一个呵欠才问，想我姐了？想了就赶紧来接她回去呗。我告诉你，我姐可是怀孕了，你可再不能让我姐生气了！

什么？钟聚炜仿佛遭到电击一般，怀孕了？你们等着我，我现在就来接她！

## 十六

《前海日报》头版报道了一条简讯，贾风清被开除党籍和公职。报纸的第三版，省纪委一个官员接受记者采访，披露了贾风清违纪的一些细节。报道说，贾风清在职期间，纪检部门从各个渠道前后共收到一千三百多封事关贾风清的举报信，涉及受贿、渎职、贪污、买官卖官、滥用职权、权色交易以及生活腐化等多个方面，已查实的有收受贿赂、批发官帽、包养情人、与他人通奸等事项，目前纪委正在加紧整理材料，准备移交司法处理。

看着报纸上披露贾风清的罪行，钟聚炜一字一句地读了三遍。这样的市长，简直就是一个奇才，在那么繁忙的会议和活动中，竟然还有时间完成这么多的法外交易，难怪举报信有一千多封，雪片一样飘向纪检部门。从报道中，钟聚炜忽然发现，贾风清所犯之事，大的方面就将近十项，细究起来，小的肯定不下百项之多，比如批发官帽，他肯定不只批发了一顶，要不然怎么叫批发呢？比如包养情人，像他这种身份的人，要么包的是二三线的影视明星，要么包的是电视台的台花主持人，肯定也不止一个，但可以推定的是，她们无不都是正值青春妙龄的小鲜肉。问题是，披露的贾风清的问题中，根本没有自己举报工地上的那些事情，没有说他不作为，相反肯定他是干了一些事情的，就算有所谓的行政不作为，顶多也就是众多犯事中的九牛之一毛，贾风清的下台，竟然与自己的举报没有丝毫关系！他妈的，害得自己几个月提心吊胆，差点儿就砸了电脑硬盘，竟他妈是一场虚惊！

很快，办公室的同事都看到了这条消息，大家又开始了猜测讨论。孟治国展现出招牌般的微笑说，看来看去，故事都大同小异，只是主人公略有不同，从来就没有什么新意啊！

一个同事说，这就叫故事虽然纯属虚构，却总有人主动对号入座。说完，几个人一起笑了起来。

钟聚炜抬起头，发现同事们仿佛又无所不谈了，他们不再对着他故意谈论风月，话题又回到了无所不谈。钟聚炜觉得自己的神色可能有点奇怪，就问，你们觉得，贾风清是有期还会是无期，甚至会是死缓？法规处，谈点这方面的法律问题，倒也很切合大家的专业背景。

孟治国晃晃脑袋说，这还不好说，要看最终的金额认定，再说对于这样的高官，经济问题往往和政治问题纠结在一起，既然在动他，起码可以断定，他这辈子的政治生涯结束了。

钟聚炜站起来说，我直到现在都奇怪的是，局里面居然还有我的举报信，我有那么傻吗？

孟治国一怔过后，马上笑了起来，原来你也知道，传说可都是你呀，就不知道你是不是大智若愚了。

钟聚炜忽然想告诉他们，自己真的举报了贾风清，看到他们都一副事不关己高高挂起的姿态，一时也没有了诉说的兴趣。

钟聚炜深深吁了口气，长时间的紧张顿然松弛下来，一时觉得升迁不升迁，也不那么重要了。现在最重要的，就是秦子玉肚子中还未谋面的孩子，即使这个世界都对自己不友好，也会有人一直陪伴着不离不弃。

第二天刚上班，马处叫钟聚炜过去。马处一脸严肃地说，那封举报信，是由省里转到市里，市里转到局里的。现在组织上已经查明，是你们这一批考察的一个人，以你的名义，向省纪委举报的。

钟聚炜惊讶地看着马处，听到了自己心咔嚓一声，似乎有什么正在缓缓断裂、塌陷，额头里飞出一朵朵金星，耳朵开始嗡嗡作响，坐在对面的马处，连同身后的那堵墙，慢慢旋转飞舞起来。

好久，钟聚炜回过神来，端了端身子问，是我们局内的人吗？

马处从抽屉里拿出那封举报信，捏在手里摇了摇，丢在钟聚炜面前，这里面举报的事情，我看也扯不上多大关系！真没想到，会有这么离谱的事，还有这么卑鄙的人！马处有些愤愤地说，这回，你终于要上来了，好事多磨啊！

钟聚炜看着马处，顿然觉得厌倦了这种生活，升不升无所谓了。自己的人生，已经过去了一半，还在争那些不太确定的东西，自己真是显得肤浅了。

我举报过贾风清。定下心来，钟聚炜平静地说。

你真举报？举报他什么？马处见钟聚炜出神地看着自己，不解地问。

没有任何证据，就举报他不作为。钟聚炜笑笑，接着说，马处，我想休一周假。

马处斜过身子侧着脸，惊讶地问，这个时候，你还要休假？

钟聚炜点点头，这一阵实在过于紧张，老婆也怀孕了，想好好调整一下。

那天晚上，秦子玉没有背对着他。钟聚炜蜷缩在子玉怀里，睡得特别沉实。梦中，仿佛又嗅到了那种熟悉的米香。

# 后　记

　　我没有想到如此之快，出版这本小说合集。作为作家，宜在文本之外，不再多说什么。但我有时候还是有话。尤其是在看到那么多各种名头的聚会、沙龙之后，我越发走向自己的寂寞。而在我读过那么多的庄重文学杂志和流行文学期刊之后，我知道了自己想写什么样的文字。本来，出版一本书，或者也可以不要代序或自序的，更无须添加这样一个与正文貌似无关的后记，我在内心一直喜欢清清爽爽的。然而最近出版的几本书，都借了后记之机，说过一些有关文学无关紧要的话，于是也就再说几句。

　　大多时候，我并不将自己视为文学之人。我的身份太复杂，时间常常要每日分成几等份，甚至夜以继日，当然我的阅历和见识也很复杂，视野和格局也复杂，左半脑和右半脑也很复杂，复杂的结果，就是写成的作品很少，杂七杂八想得甚多，甚至顾自不可一世，宏观居多，微观见少。有时候，我也很奇怪自己的这颗脑袋，居然可以写诗，可以写散文，可以写小说，可以写评论，还可以看财务报告，擅长品牌规建，亦能搞科研，写高度正确（时尚）的讲话，关注天文和考古，生活性情为之，玩扑克下象棋，听交响赏昆曲，窝在沙发看电视神剧，下到厨房把玩铁锅在火苗上舞蹈……这么多年的杂七杂八在纷繁中转换竟也渐趋随意，也算勉强看淡了自己，看清了责任，因之也品味了生活。

最近读到钱理群先生关于鲁迅研究的新论，有内篇外篇之分，懵懂中有几分启发，使我对于文学的理解渐趋完整。我一直在想，文学究竟应该是个什么样子，是属于作者，还是属于公众，还是属于我们富裕的时间。或者兼而有之？想到这个问题，确要面临一系列复杂问题的过滤。比如文学的主体和介质问题，比如文学在世界中的定位，比如文学的作用问题等等，而所有的问题之中，其核心的是文学作为一种艺术和其他邻近艺术门类的区别问题，比如对艺术传达介质的赋予和把握，其次是文学和其他学科的交融问题，比如艺术性、审美性、思想性的先后问题，似乎长期有着不同的理解。而提起这样的话题，或也足可构成一套理论。但至少今天，我却不愿做系统研究，只想散漫地谈谈一些零星之意。

文学有什么功能，这种功能是指向大众的，还是指向自我的，跟文学创作的状态并不完全一样。文学处于创作状态时，创作者可以声称为自己而写，也确实存在这种情况，并且写出了好的作品。我想，作为艺术，文学自身的属性就是作为艺术品的唯一性，同样，每一篇作品的诞生也都具有这样那样的不同理由。文学是怎么产生的？文学是在人类的物质世界发展到需要精神层面予以对应的时候，作为精神产品而存在。在这样的意义上，文学首先是精神产品，但非精神产品都是文学。伴随文学产生的精神产品，还有巫术、宗教、哲学、歌舞等等。而在早期的精神产品中，文学具备了创作、欣赏、传播、启蒙和审美的优势，在特定的经济社会中，文学将其优势发挥到极致，成为精神产品中的一个重要学科。在欧洲，文艺在不同的经济形态中，曾经表现出几个高峰。欧洲文艺复兴时期，主要艺术形态是文学，诞生了属于时代的"文艺三杰"，文学在中国也曾担当过启蒙的作用。总结文学在历史上社会生活中发生重要作用的节点，都是在社会面临重大变革之中，与其物质成果有着基本的相适应。是否可以说，传统文学作为一种艺术存在，在社会即将发生重大变革时，文学创作者和文学本身都在客观推动这种变革发生，文学着重发挥的是其对社会重新构建中进行美学规范的功能性作用，这种作用往往和哲学思潮的启蒙互融互通，借助现有的传播手段，铺垫成为社会生活的精神产品。

现实世界正在日新月异地发生嬗变，国际秩序自 1945 年以来发生了巨大改变后，开放与合作成为替代战争和领土扩张的新主题，军事吞并或入侵及其由此引起的反吞并或入侵所带来的宏大叙事，渐渐被经济增长中人、财、物的组合调配构成的新焦点所抑制。当然，这个世界还有历史和回忆，但更多的却是征程和发展。文学一旦从战争这样的特重大历史事件中走出来，就一直充满着怕见井绳的恐惧，几乎再也难以回到重大事件之间，即便心有余也仅仅彷徨于其边沿，而开始关注于个体和些微，个人及其命运的直接抒写开始代替群体及其国家命运的直接抒写，文学也由巨大集团的工具转换为生命个体的花朵。当然，即便今天，仍然有着一种集体意识希望文学绽放出符合特殊要求的花朵，并且始终和文学表现出不即不离的在世纠缠，希望文学作为花朵芬芳现世的同时发挥花朵锦上添花的工具作用。问题在于，作为个体花朵的文学承载的具体美学，通过简单累加并不完全等同于集体的美学规范，即便我们在大致排除了少数不合时宜的选项以后，仍然表现出从未有过的无所适从，文学从来没有任何时候像今天这样，群星闪烁于苍穹却多半暗淡无光，这或者与人类进入空天之后不再对星星寄望有关，也与人类从战争中抽身而出终于忙碌满足于现实中的身体和感官需求有关，纵然需要但在权衡之后也没有时间和精力去可爱地数天上的星星了，文学也从来没有像今天这么难以忽视的卑微而自在。

批评家吴义勤在《当代文学评价的危机》一文中援引文学 GDP

表明：当代中国原创长篇小说年产量 4000 部（不含网络长篇小说），法国为 700 部，日本为 400 部。事实上，随着人类精神生活的多元化启程，文学就已经面临着新的考验。扫描当代中国的文学产品，自二十世纪八十年代一次复兴之后，文学的推动力逐渐由阅读需求的推动转化为体制力量下文学所能带来的直接利益推动和市场力量驾驭下的财富驱动，逐渐由人们对精神生活的响应所构成的传统推动演变为创作者对世俗利益的把握所形成的当代推动，这种新的文学生产与消费关系，往往产生出满足"一次性"有效的精神产品，尽管对公众阅读经常处于失联状态，但对于创作本身而言仍然有效。这其中隐含的问题在于，对于公共的文学生产和公共的文学需求而言，这种传统的供需关系在面临生产过剩的全新挑战中，究竟应该怎样认识当代文学的本质呈现？其中的关键在于，是基于存在的合理性而普遍的顺应这一发展倾向，还是基于主流的价值思潮而介入干预拨动其发展方向，抑或在顺应中给予适当的引导？或者简单地说，在无论何种力量主导的现实面前，本质上的文学是该在映射中采取引导的姿态，还是在反映中保留反思的职责？我想，只要没有完美的终结，文学就是可以有所作为的，永远带领阅读走向极致的美。

即便在今天，当我们把文学重新放回文艺门类的大摇篮之中，将文学置放在精神产品的坐标之中，文学就只是其中之一，即便在精神世界中，其权重也是极其有限。当然必须承认，作为多样性艺术门类之一，文学将越来越显得小众，并且一直存在。今天，并非我们不再需要文学了，只是在对精神产品的追求中，由主要的戏剧、歌舞等艺术门类增加了丰富的表现形式，分母变大了，分值变小了，并且还将继续变小。在人类个体有限的时间中，选择文学的可能越来越小，然而文学并没有因此而变得高端或大众，文学依然是现实世界的一种精神存在。但是必须清醒，变小并非归零，文学一直在现实世界中寻找自身独特的存在，尽管这种寻找颇不容易。有时候，我十分怀疑，当社会不恰当地高度重视某个艺术门类时，是不是潜藏了某些不可告人的秘密。假如我们将这种重视放大到人人都是音乐家或作家的时候，这将是一个极为可怕的世界，是否可以想象我们的物质世界将以何种方式轰然塌陷。在将精神和物质归为现实世界的两个层面的前提下，我向来更为重视物质世界的推进或精神世界向物质世界的转化，我试图想象过，当我们遗忘爱迪生和法拉第的时候，数百年来我们仍在沐浴他们的遗留给人类的光泽，当然，物质的发展有时候也是一把双刃剑，譬如诺贝尔留下的遗产。但是显然，需要强调的是，理解上述观点的时候，如果将物质与精神简单割裂开来，这是一种粗暴无礼的行为。我相信，对于人类而言，必须真正建立以人为本这一前提，否则，一切根本就不重要，而建立了这一前提后，除了人本身，一切才能够没有或有那么重要。

今天，我们的文化倾向，尤其是文人文化倾向、媒体文化倾向，越来越倾向活在头条里、活在被传播之中，这从某个程度上预谋了文化的堕落。在文化之"满足"和"引领"两个维度上，"满足"一定程度发展为"迎合"，"引领"又常常表现为"和寡"，这种现象导致的是，文化成果与文化享用之间的脱节，知识文化生产者与消费的分离与错位。当我们看到一个演艺界明星子乌虚或未经确认的传言反复占据媒体娱乐版大幅头条时，我们就知道这种世俗文化导向暗含了某种蓄意或无奈，文化的娱乐化，除了根子（这里不展开）上的因素外，媒体客观上起到推波助澜的作用，培养出一批忘记脑袋、只有身体、娱乐至上的世俗大众。这个时候，最重要的现象，就是大众文化上升为主流文化，而主流文化上升为主导文化，主流与主导的分野，主流与主导各取所需，成为主流文化盲目流行、主导文化瞑目以待的格局。究其原因，其中恐怕暗含有这样的逻辑：今天的世界，一个人不读文学作品不会发生什么严重后果，而一群人没有消费的文化生活将面临现实危机？那么，不读诺贝尔文学奖作品是不是就没有丰富的精神世界？或者不是这样。我想，或许也有从来不读文学的人，也会活得好好的，精神世界依然可以高贵丰富。而今天的世界中，传统理念的文学所能给予的，越来越多的精神产品可以提供了，文学从精神文化生活贫乏的年代，正在进入精神文化产品极其丰富的时代，文学只有在众多的艺术门类中实现突围，才能葆有其在精神世界中锦上添花的独特位置。

然而，问题在于，人类在今天的表现是，对精神生活的渴求从来没有在物质这么丰裕的背景中这么强劲，一朵鲜花，令人愉悦，一种声音，令人安宁，一种仰望，令人怀想，一段旅行，令人开阔愉悦……精神生活无时无刻地存在于人类的生活之中，文学是否要在众多的精神生活中凸显出来，这本身就是一个问题。但毫无疑问的是，精神生活的多样性，却是人类生活的基本需求，而这种多样性，首先要求的是各种精神生活的独特性及其融合性。那么，什么是文学的现实独特性，这种独特性又如何通过融合性展现其开放性？在人类的现实世界，只要不关涉生死存亡，往往最后的博弈都指向利益。物质要通过价格来展现其价值，而精神则通过价值来实现其价格，价值和价格从来就混杂在一起，价值和价格是世界的白天和黑夜，世界还是那个世界，给我们的映像却不一样。如果我们的文学止于内部的循环，始终在作者、编者和批评者之间循环，则可视为文学在这一特定阶段的价值终结。在人类建构的价值链中，各个环节相互咬合，因为分工而呈现其独特价值，也因为分工而形成各自的存在，这种分工，不仅要彰显内部价值的存在，更重要的是生发出跨链条的价值倍增。

　　我还要指出的是，部分创作者对政治的误解。历史上的文学与政治一直有着千丝万缕的关系，今天及今后的文学，也将难以回避公共政治这个主题。关于主旋律，很多创作者刻意回避这种价值形态，如果你承认自己需要文学，那么一个政党为什么不能有自己的文学？正是文字本身，构建了艺术的美，正是哲学，构建了艺术的思想美，正是经济，构建了人的关系，正是政治，构建了这个躯壳。无论是哪一种情况，当精神的追求成为建构世界本身时，一切都不那么重要。而只有寄望于通过对其予以精当把握，浇灌到文学理想之中，达到某种独特或久远的精神期望，这个世界，连花花草草都有了不同凡响的意义。这就是文学的魅力。

　　我是一直坚持读书的，什么书都读了一点。回想我读过的一些作品，有时候我深感凄凉。现在，我们的传统文学正在快速向期刊和出版分野，由于众所周知的原因，主流仍然存在于体制之内的期刊文学。这倒也不奇怪。奇怪在于，我们的整个文学越来越媚俗了，讲一个故事，炖一盅鸡汤，作为文学唯一特质的文字，往往沦落为这种讲述的纯粹工具，文字作为文学语言本身的魅力前所未有地被忽视，精巧与快感逐渐取代了情感与美所带来的力量。文学既然是一种艺术，它就该像舞台上演奏的交响乐，得用扎实的艺术修为端出艺术的姿态。我仍然相信，那种一眼就能见到的美好的文字，首先内蕴着情感和美，然后才可以讲述一段寻常或不寻常、存在或不存在的生活。

　　中国是一个重视文学的国度，社会思想正是文学传统切入阐释儒家文化，文学曾在很大程度上代表着某种道德。而现在，文学正经历着 21 世纪以来前所未有的边缘化，经历着社会从道德维护向法治转变而带来的衰落（并非衰亡），这种社会的变迁直接影响到文学作为人学中人的巨大变化，当然，文学定然将永远存在，只要人的苦难存在，哪怕有一天——大数据思维能够按照预设的关键词可以写作精彩的小说，今天意义上的作家面临着全部失业——人类也需要文学，那种大数据带来的精美文学。

无聊的时候，我就常常在这么反省自己。悲哀的是，在反省中我越来越困惑于艺术，即便明白了某些似是而非的道理，我仍然不十分清楚艺术究竟是什么。我想，我之所以仍在写作，是因为我还没有弄清楚这些，如果有一天我觉得自己明白了，我还会在内心满怀激情地去写作吗？

我要感谢省委宣传部、省作协和花城出版社，尤其是省作协新近多措并举推动文学发展，本书得以出版，就是受惠于之的成果。

凌春杰 2016 年 11 月 19 日于深圳